Un long dimanche
de fiançailles

SÉBASTIEN JAPRISOT

Un long dimanche
de fiançailles

FRANCE LOISIRS
123, boulevard de Grenelle, Paris

Édition du Club France Loisirs, Paris,
avec l'autorisation des Éditions Denoël

© 1991 Éditions Denoël, Paris
ISBN : 2-7242-6738-9

« Je vois personne sur la route », dit Alice.

« Comme je voudrais avoir d'aussi bons yeux », remarqua le Roi d'un ton amer. « Voir Personne ! Et à cette distance encore ! Moi, tout ce que je suis capable de voir, sous cette lumière, c'est des gens ! »

LEWIS CARROLL
De l'autre côté du miroir

Samedi soir

Il était une fois cinq soldats français qui faisaient la guerre, parce que les choses sont ainsi.

Le premier, jadis aventureux et gai, portait à son cou le matricule 2124 d'un bureau de recrutement de la Seine. Il avait des bottes à ses pieds, prises à un Allemand, et ces bottes s'enfonçaient dans la boue, de tranchée en tranchée, à travers le labyrinthe abandonné de Dieu qui menait aux premières lignes.

L'un suivant l'autre et peinant à chaque pas, ils allaient tous les cinq vers les premières lignes, les bras liés dans le dos. Des hommes avec des fusils les conduisaient, de tranchée en tranchée — floc et floc des bottes dans la boue prises à un Allemand —, vers les grands reflets froids du soir par-delà les premières lignes, par-delà le cheval mort et les caisses de munitions perdues, et toutes ces choses ensevelies sous la neige.

Il y avait beaucoup de neige et c'était le premier mois de 1917 et dans les premiers jours.

Le 2124 avançait dans les boyaux en arrachant, pas après pas, ses jambes de la boue, et parfois l'un des bonhommes l'aidait en le tirant par la manche de sa vieille capote, changeant son fusil d'épaule, le tirant par le drap de sa capote raidie, sans un mot, l'aidant à soulever une jambe après l'autre hors de la boue.

Et puis des visages.

Il y avait des dizaines et des dizaines de visages, tous alignés du même côté dans les boyaux étroits, et des yeux cernés de boue fixaient au passage les cinq soldats épuisés qui tiraient tout le poids de leur corps en avant pour marcher, pour aller plus loin vers les premières lignes. Sous les casques, dans la lumière du soir par-delà les arbres tronqués, contre les murs de terre perverse, des regards muets dans des cernes de boue qui suivaient un instant, de proche en proche, les cinq soldats aux bras liés avec de la corde.

Lui, le 2124, dit l'Eskimo, dit aussi Bastoche, il était menuisier, au beau temps d'avant, il taillait des planches, il les rabotait, il allait boire un blanc sec entre deux placards pour cuisine — un blanc chez Petit Louis, rue Amelot, à Paris —, il enroulait chaque matin une longue ceinture de flanelle autour de sa taille. Des tours et des tours et des tours. Sa fenêtre s'ouvrait sur des toits d'ardoise et des envols de pigeons. Il y avait une fille aux cheveux noirs dans sa chambre, dans son lit, qui disait — qu'est-ce qu'elle disait ?

Attention au fil.

Ils avançaient, la tête nue, vers les tranchées de première ligne, les cinq soldats français qui faisaient la guerre, les bras liés avec de la corde détrempée et raidie comme le drap de leur capote, et sur leur passage, quelquefois, une voix s'élevait, une voix tranquille, jamais la même, une voix neutre qui disait attention au fil.

Il était menuisier, il était passé en conseil de guerre pour mutilation volontaire, on avait trouvé des morsures de poudre sur sa main gauche blessée, on l'avait condamné à mort. Ce n'était pas vrai. Il avait voulu arracher de sa tête un cheveu blanc. Le fusil, qui n'était même pas le sien, était parti tout seul, parce que de la mer du Nord aux montagnes de l'Est, depuis longtemps, les labyrinthes creusés par les hommes n'abritaient plus que le diable. Il n'avait pas attrapé le cheveu blanc.

En 15, on lui avait donné une citation et de l'argent pour des prisonniers. Trois. Le premier en Champagne. Les mains levées, ouvertes, une mèche jaune sur un œil, vingt ans, et il parlait français. Il disait — qu'est-ce qu'il disait ?

Attention au fil.

Les deux autres étaient restés près d'un des leurs qui achevait de mourir, n'importe quoi dans le ventre, des éclats de feu, des éclats de soleil, des éclats. Sous une carriole à moitié incendiée, avec leurs calots gris bordés de rouge, se traînant sur les coudes, leurs calots pas tombés, soleil ce jour-là, camarade. C'était où ? Au fin fond de l'été 15, quelque part. Une fois, il était descendu d'un train dans un village et, sur le quai de la gare, il y avait un chien qui aboyait, aboyait contre les soldats.

Le 2124 était vif et robuste, avec les fortes épaules de l'homme de peine qu'il avait été dans sa jeunesse, quand il était parti, aventureux et gai, en Amérique, des épaules de bûcheron, de charretier, de chercheur d'or, qui le faisaient paraître plus petit. Il avait maintenant trente-sept ans, presque jour pour jour, il croyait à toutes ces choses qu'on lui avait dites pour justifier le malheur et qui sont ensevelies sous la neige, il avait pris ses bottes à un ennemi qui n'en avait plus besoin, pour remplacer, bien bourrées de paille ou de papier journal, ses vieux godillots pendant les nuits de veille, on l'avait condamné dans une école pour mutilation volontaire, et une autre fois aussi, malheureusement, parce qu'il était saoul et qu'il avait fait une bêtise avec des camarades, mais la mutilation, ce n'était pas vrai. On l'avait cité, il faisait de son mieux comme les autres, il ne comprenait plus ce qui lui arrivait. Il marchait le premier des cinq parce qu'il était le plus âgé, dans des boyaux inondés, ses larges épaules tendues en avant, sous des regards cernés de boue.

11

Le deuxième soldat aux bras liés avec de la corde était le 4077 d'un autre bureau de la Seine. Il gardait encore une plaque avec ce numéro sous sa chemise mais tout le reste, signes et insignes, et même les poches de sa veste et de sa capote, lui avait été arraché comme à ses compagnons. Il avait glissé, à l'entrée des boyaux, et ses vêtements trempés le glaçaient jusqu'au cœur, mais peut-être n'était-ce qu'un mal pour un bien car le froid avait engourdi la douleur de son bras gauche, qui le tenait sans repos depuis plusieurs jours, et son esprit aussi, en sommeil de la peur, qui n'entrevoyait plus ce vers quoi il marchait, sinon comme la fin d'un mauvais rêve.

Il était caporal, avant ce rêve, parce qu'il en fallait un et que ceux de sa section avaient voulu qu'il le soit, mais il détestait les grades. Il avait la certitude qu'un jour les hommes seraient libres et égaux entre eux, les soudeurs avec tous les autres. Il était soudeur à Bagneux, près de Paris, il avait une femme, deux filles, et des phrases merveilleuses dans la tête, des phrases apprises par le cœur qui parlaient de l'ouvrier, partout dans le monde, et qui disaient — oui, il savait bien, depuis plus de trente ans, ce qu'elles disaient, et son père, qui lui avait raconté si souvent le temps des cerises, le savait aussi.

Il savait depuis toujours — son père, qui le tenait de son père, lui avait mis ça dans le sang — que les pauvres font de leurs mains les canons pour se faire tuer mais que ce sont les riches qui les vendent. Il avait essayé de le dire aux cantonnements, dans des granges, dans des cafés de village, quand la patronne allume les lampes à pétrole et que les gendarmes vous supplient de rentrer, vous êtes tous des braves gens, soyez raisonnables, rentrez. Il ne parlait pas bien, il n'expliquait pas bien. Et il y avait tant de misère, chez les bonhommes, et le vin qui est le compagnon de la misère abrutissait tant leur regard qu'il savait encore moins comment les atteindre.

Quelques jours avant Noël, alors qu'il montait en ligne, le bruit avait couru de ce que certains avaient fait. Il avait chargé son fusil et il s'était tiré une balle dans la main gauche, très vite, sans regarder, sans se donner le temps de réfléchir, juste pour être avec eux. Dans cette salle de classe où on l'avait condamné, ils étaient vingt-huit à avoir agi de la même façon. Il était content, oui, content et presque fier qu'il y en ait eu vingt-huit. Même s'il ne devait pas le voir, puisque le soleil se couchait pour la dernière fois, il savait qu'un jour viendrait où les Français, les Allemands et les Russes — « et la calotte avec nous », il disait —, un jour viendrait où plus personne ne voudrait se battre, jamais, pour rien. Enfin, il le croyait. Il avait les yeux bleus, de ce bleu très pâle piqué de tout petits points rouges qu'ont quelquefois les soudeurs.

Le troisième venait de la Dordogne et portait sur sa plaque de poitrine le numéro 1818. Quand on le lui avait attribué, il avait balancé la tête avec une sensation bizarre, parce qu'il était de l'Assistance et que, dans les centres où il passait, étant enfant, son casier au réfectoire ou au dortoir était toujours le 18. Il marchait, depuis qu'il savait le faire, d'un pas lourd, encore alourdi par la boue de la guerre, tout en lui était lourd et patient et obstiné. Lui aussi, il avait chargé son fusil et il s'était tiré une balle dans la main — la droite, il était gaucher — mais sans fermer les yeux. Au contraire, il avait apporté à toute l'affaire un regard appliqué, hors du monde, ce regard que nul ne connaît d'un autre car il est celui de la solitude, et il y avait longtemps que le 1818 menait sa propre guerre, et tout seul.

Attention au fil.

Le 1818 était certainement des cinq soldats le plus brave et le plus redoutable. Pendant trente mois d'armée, il n'avait jamais fait parler de lui, il n'avait jamais rien dit de lui à personne. On l'avait pris dans sa ferme, un matin d'août, on l'avait mis dans un train, on lui avait donné sa vie à garder, pour revenir, il ne comprenait rien d'autre. Une fois, il avait étranglé un officier de sa compagnie. C'était sur la Woëvre, pendant une offensive. Personne ne l'avait su. Il l'avait étranglé, avec ses deux mains, en lui écrasant la poitrine d'un genou, il avait ramassé son fusil, il avait couru, plié sous des gerbes de feu, et puis voilà.

Il avait une femme, enfant trouvé elle aussi, dont il se rappelait depuis qu'il était loin la douceur de la peau. C'était comme une déchirure dans son sommeil. Et souvent il se rappelait des perles de sueurs sur sa peau, quand elle avait travaillé avec lui tout le jour, et ses pauvres mains. Les mains de sa femme étaient dures et crevassées comme celles d'un homme. A la ferme, ils avaient employé jusqu'à trois journaliers en même temps, qui ne ménageaient pas leurs efforts, mais tous les hommes, partout, avaient été emmenés à la guerre, et sa femme, qui avait vingt et un ans, neuf de moins que lui, était la seule à tenir.

Il avait aussi un petit garçon, qu'il lui avait fait pendant sa première permission, auquel il devait la seconde, qui marchait déjà d'une chaise à l'autre, qui était fort comme lui, avec la douceur de peau de sa mère, et qu'ils avaient appelé Baptistin. En trente mois, il avait eu ces deux permissions, plus une sans papiers qui ne l'avait pas mené plus loin que la gare de l'Est, à Paris, parce que ce n'était pas possible, mais sa femme, qui savait à peine lire ou écrire, avait compris à mille kilomètres de lui ce qu'il fallait faire et il avait pleuré pour la première fois de sa vie. Il n'avait jamais pleuré, il ne se rappelait pas une larme depuis son premier souvenir — un platane, l'écorce, l'odeur d'un platane — et sans doute, avec de la chance, il ne pleurerait jamais plus.

Le troisième était le seul des cinq soldats condamnés qui croyait encore à la chance et qu'on ne les fusillerait pas. Il se disait que, pour les fusiller, on n'aurait pas pris la peine de les traîner sur un autre front et jusqu'aux premières lignes. Le village de leur procès était dans la Somme. Ils étaient quinze au départ, pour qui les circonstances n'atténuaient rien, et puis dix, et puis cinq. A chaque halte, on en perdait dont on ignorait le sort. Ils avaient roulé une nuit dans un train, un jour dans un autre, on les avait fait monter dans un camion et dans un autre. Ils allaient vers le sud, puis vers le couchant, puis vers le nord. Ensuite, quand ils n'étaient plus que cinq, ils avaient marché sur une route, escortés par des dragons bien contrariés d'être là, on leur avait donné de l'eau, des biscuits et refait leurs pansements dans un village en ruine, il ne savait plus où il se trouvait.

Le ciel était blanc et vide, l'artillerie s'était tue. Il faisait très froid et, hors de la route boueuse, crevassée par la guerre, qui traversait ce village sans nom, tout était sous la neige, comme dans les Vosges. Mais on ne voyait nulle part de montagnes, comme dans les Vosges. Ni de ravins ni de crêtes à crever les bonhommes, comme en Argonne. Et la terre qu'il avait prise dans sa main de croquant n'était pas celle de la Champagne ni de la Meuse. C'était autre chose, que le bon sens se refusait de reconnaître, et il lui avait fallu, pour y croire, un vieux bouton d'uniforme poussé à ses pieds par celui qui le suivait maintenant dans les boyaux étroits : ils étaient revenus dans la zone d'où ils étaient partis, là où se font tuer les gens de Terre-Neuve, aux confins de l'Artois et de la Picardie. Seulement voilà, pendant les soixante-douze heures où ils avaient été emportés au loin, la neige était tombée, lourde et silencieuse, patiente comme lui, et elle avait tout recouvert, les plaies ouvertes dans les champs, la ferme incendiée, le tronc des pommiers morts et les caisses de munitions perdues.

Attention au fil.

Celui qui le suivait dans les boyaux, le quatrième des cinq soldats sans casque, ni insigne, ni numéro de régiment, ni poche de veste ou de capote, ni photo de famille, ni croix de chrétien, étoile de David ou croissant d'Islam, ni rien qui puisse faire feu plus grand que cœur qui bat, celui-là, le matricule 7328 d'un bureau des Bouches-du-Rhône, né à Marseille parmi les émigrés italiens de la Belle de Mai, s'appelait Ange. De l'avis de tous ceux qui avaient pu le connaître, à un moment ou à un autre des vingt-six années qu'il avait vécues sur la terre des hommes, jamais prénom n'avait été plus mal porté.

Il était presque aussi beau que les anges, pourtant, et plaisant aux femmes, même de vertu. Il avait la taille svelte, les muscles longs, les yeux plus noirs et plus mystérieux que la nuit, deux fossettes autour de son sourire, une autre à son menton, le nez juste assez napolitain pour se rengorger dans sa compagnie d'un dicton de garnison — « Gros pif, gros paf » — et les cheveux drus, la moustache princière, l'accent plus doux qu'une chanson, l'air surtout de l'un à qui l'amour est dû. Mais qui avait sombré dans son regard de miel, éprouvé son égoïsme de marbre pouvait le dire : il était sournois, tricheur, discutailleur, chapardeur, cafardeur, peureux rien qu'à l'idée, faux à jurer sur la tête de sa mère morte, tireur dans le dos, traficoteur de tabac et de marraines de guerre, avare d'une pincée de sel, pleurard quand ça tombe pas loin, matamore quand le régiment d'à côté monte en ligne, de son vrai métier bon à rien, de son propre aveu le plus misérable et le plus minable des Pauvres Couillons Du Front. Sauf qu'il n'avait pas eu le temps d'en voir beaucoup, il n'était donc pas sûr.

Le front, en tout et pour tout, le 7328 l'avait connu trois mois, les trois derniers de l'année qui venait de finir. Auparavant, il était dans un camp d'instruction, à Joigny. Il y avait appris à reconnaître quelques bons bourgognes, au moins à l'étiquette, et à dévier sur le voisin la mauvaise humeur des gradés. Avant encore, il était à la prison Saint-Pierre, à Marseille, où il purgeait depuis le 31 juillet 14, quand tout le monde était devenu fou, une peine de cinq ans pour ce qu'il appelait « une affaire de cœur » — ou « d'honneur », selon qu'il parlait à une femme ou à un homme —, en fait une querelle lamentablement conclue entre deux proxénètes de quartier.

Cet été-là, son troisième derrière les murs, on récupérait jusqu'aux ancêtres et aux droits communs pour ressusciter les régiments fondus, on l'avait laissé choisir. Il avait choisi, de concert avec d'autres parieurs sans cervelle, que la guerre n'était plus qu'une question de semaines, que les Français ou les Anglais allaient forcément s'effondrer quelque part et qu'il serait libre avant Noël. En foi de quoi, après deux semaines dans l'Aisne à se terrer dans des trous pour se garer des marmites, il avait vécu cinquante jours qui étaient cinquante fois cent ans de bagne — à Fleury, au Bois Chauffour, à la côte du Poivre —, cinquante éternités d'horreur, seconde par seconde, épouvante par épouvante, pour reprendre ce piège à rats puant la pisse, la merde et la mort de tous ceux, dans les deux camps, qui s'y étaient secoué le fêtard sans avoir l'entrain de se finir, Douaumont devant Verdun.

Que la Bonne Mère, qui protège aussi les voyous, en soit remerciée longtemps : il n'avait pas eu à y aller avec les premiers, au risque de se faire étriper par un précédent locataire, et il en était sorti avec au moins cette consolation que rien ne pourrait jamais être pire, ni dans ce monde ni dans un autre. Mais il fallait qu'il soit tombé bien bas pour s'imaginer que la méchanceté humaine a des limites, le pire c'est ce qu'elle invente encore le plus volontiers.

En décembre, après six petites journées dites de repos, pendant lesquelles il ne pouvait entendre tomber une fourchette sans se faire une bosse au plafond et entièrement occupées, pour se reforger un moral, à des tracasseries de caserne, on l'avait emmené, lui, Ange, avec tout son barda et un régiment désormais réduit à enrôler dans les maternités, jusqu'aux rives de la Somme, dans un secteur à bout de tueries et donné pour calme depuis plusieurs semaines mais où, entre deux déluges d'un calibre monstrueux, il n'était question que de vaincre ou de mourir dans une offensive imminente, un assaut total et définitif qui ne regarderait pas à la dépense. Les bonhommes avaient été avertis de ce délire par le cuistot réputé bien parfumé d'une roulante, qui le savait par le coureur, franc comme un germinal, d'un officier d'ordonnance avare de paroles en l'air, qui le tenait de la bouche même de son colonel, lequel avait été invité au bal du général et de la générale pour fêter leurs noces de sang.

Lui, Ange, le pauvre barbot de Marseille, l'enfant perdu de la rue Loubon, même s'il était le plus taré des Peu-Ceu-Deu-Feus, il voyait bien qu'aucune offensive ne rimait à quoi que

17

ce soit, sinon avec contre-offensive, histoire de saler la note, et il s'était enfin rendu à l'évidence, comme n'importe qui avant lui, que cette guerre ne finirait jamais, simplement parce que personne n'était plus capable de battre personne, sauf à jeter armes et canons à la première venue des décharges publiques pour régler ça au cure-dents. Ou encore mieux à pile ou face. L'un des malheureux qui marchaient devant lui, le second de la triste file, un caporal qu'on appelait Six-Sous parce qu'il s'appelait Francis, avait drôlement bien parlé, à leur procès perdu d'avance, de l'utilité des offensives et des contre-offensives et de la prolifération inconsidérée des cimetières, il avait même balancé à ses galonnés-juges une chose terrible : depuis plus de deux ans que les armées s'étaient enterrées, de part et d'autre, sur toute la longueur du front, si chacun était rentré tranquillement chez soi en laissant la tranchée vide, cela n'aurait rien changé — « vous m'entendez, rien » —, on en serait exactement au même point qu'après les hécatombes sur toutes les cartes d'état-major. Peut-être n'était-il pas aussi intelligent qu'il en avait l'air, le caporal Six-Sous, pour finir fusillé, mais qu'est-ce qu'on pouvait répondre à ça ? Lui, Ange, rien.

Après une supplique vaine à son chef de bataillon pour réintégrer sa bonne vieille cellule de Saint-Pierre, et une autre, identique jusque dans les fautes d'orthographe, à son député des Bouches-du-Rhône, les deux écrites au crayon-encre mouillé dans un quart d'eau sale, parce qu'il détestait se mettre du violet sur les lèvres et n'avait plus de larmes depuis longtemps, il s'était pris à ruminer toutes sortes de stratagèmes ingénieux et cruels, dans le seul espoir de se faire porter plus pâle encore qu'en ces quelques mois il n'était devenu, blême, gris agonie, cadavéreux.

Dix jours avant ce Noël qu'il avait imaginé celui de sa liberté, à l'heure trouble du crépuscule, après force pichets de vin et des atermoiements orageux, il avait convaincu plus con que lui, un clerc de notaire de l'Anjou qui ne voulait rentrer à la maison que pour surprendre sa femme dans la débauche, de se tirer mutuellement une balle dans la main et, plus aberrant que tout, la droite, d'accord en cela que l'incroyable serait plus crédible. De sorte qu'ensemble, dans une écurie où les chevaux s'affolaient rien que de sentir venir le carnage, à plusieurs kilomètres d'un front où il ne se passait rien, ils avaient fait ça d'un mauvais bras, d'un vouloir incertain, se jurant fraternité comme les enfants dans le noir cherchent à se rassurer mais s'effraient de leurs propres cris. Lui, Ange, le 7328, à l'ultime seconde, parce que tout son être se révulsait de tenir parole, il avait vivement écarté sa main de la bouche d'un fusil et fermé les yeux. Il avait tiré quand même. Il lui manquait maintenant deux phalanges d'un annulaire et le bout d'un majeur, mais l'autre, pauvre andouille, il avait fini pour toujours de compter ses totos, il avait pris le coup en pleine figure et les chevaux déchaînés, cassant tout pour fuir la saloperie des hommes, l'avaient mis en bouillie.

Oui, il marchait dans la boue parce que c'était sa place, le quatrième des cinq condamnés traînés jusque-là, en ce labyrinthe dans la neige, pour y voir en face le mauvais sort, mais il avait trop marché, il était trop fatigué pour se défendre encore, il n'aspirait plus qu'à dormir, il était sûr de s'endormir dès qu'on l'attacherait au poteau de misère et qu'on lui banderait les yeux, il ne saurait jamais ce qui s'était passé à la fin de sa vie : Anjou, feu, feu de cheminée, nez de canard, canard à mare, j'en ai marre, marabout, boue des tranchées dont il s'extirpait, tête baissée, tanguant d'une épaule à l'autre, pour aller plus loin vers les reflets du soir, il en avait marre.

Attention au fil.

Le cinquième, le dernier des soldats aux bras liés dans le dos, celui-là était un Bleuet, sobriquet de la classe 17, il lui manquait cinq mois pour avoir vingt ans. Il avait pourtant vécu plus de jours au front que le polichinelle trébuchant et pitoyable qui marchait devant lui et, si tant est que l'imagination y fait quelque chose, il avait souffert encore davantage de la peur.

Il avait peur de la guerre et de la mort, comme presque

tout le monde, mais peur aussi du vent, annonciateur des gaz, peur d'une fusée déchirant la nuit, peur de lui-même qui était impulsif dans la peur et n'arrivait pas à se raisonner, peur du canon des siens, peur de son propre fusil, peur du bruit des torpilles, peur de la mine qui éclate et engloutit une escouade, peur de l'abri inondé qui te noie, de la terre qui t'enterre, du merle égaré qui fait passer une ombre soudaine devant tes yeux, peur des rêves où tu finis toujours éventré au fond d'un entonnoir, peur du sergent qui brûle de te brûler la cervelle parce qu'il n'en peut plus de te crier après, peur des rats qui t'attendent et viennent pour l'avant-goût te flairer dans ton sommeil, peur des poux, des morpions et des souvenirs qui te sucent le sang, peur de tout.

Il n'était pas le même avant la tuerie, il était tout le contraire, grimpant aux arbres, au clocher de l'église, bravant l'océan sur le bateau de son père, toujours volontaire aux feux de forêt, ramenant à bon port les pinasses dispersées par la tempête, si intrépide, si généreux de sa jeunesse qu'il donnait aux siens l'image d'un trompe-la-mort. Même au front, les premiers temps, il s'était montré brave. Et puis, il y avait eu une torpille, une de trop, un matin d'été devant Buscourt, à quelques kilomètres à peine de la tranchée où il s'enlisait maintenant. L'explosion ne l'avait pas touché, seulement projeté en l'air de son souffle, mais quand il s'était relevé, il était couvert du sang d'un camarade, couvert tout entier de sang et de chairs qu'on ne pouvait plus reconnaître, il en avait jusque dans la bouche, il crachait l'horreur, il en hurlait. Oui, il hurlait sur le champ de bataille, devant Buscourt, en Picardie, et il arrachait ses vêtements et il pleurait. On l'avait ramené nu. Le lendemain, il avait retrouvé son calme. Il était peut-être saisi parfois d'un tremblement sans raison, mais c'était tout.

Son prénom était Jean, encore que sa mère et tous les autres, au pays, lui disaient Manech. A la guerre, il était simplement Bleuet. Le matricule qu'il portait en bracelet à son poignet valide était le 9692 d'un bureau des Landes. Il était né à Capbreton, d'où l'on voit Biarritz, mais la géographie n'étant le fort de personne dans les armées de la République, ceux de sa section pensaient qu'il venait de Bretagne. Il avait renoncé dès le premier jour à les détromper. Il n'était pas contrariant, il se faisait petit pour éviter les discussions stériles et, finalement, il s'en portait bien : quand il se perdait dans son barda ou les pièces de son fusil, il se trouvait toujours un pépère pour l'aider à s'y reconnaître et, dans la tranchée, sauf ce sergent qui l'avait pris en grippe, personne ne lui demandait rien d'autre que de rester à l'abri et de faire attention au fil.

Mais il y avait la peur, qui avait envahi tout son être, le pressentiment qu'il ne retournerait jamais chez lui, une permission qu'on lui avait promise et qu'il n'espérait plus, et il y avait Mathilde.

En septembre, pour revoir Mathilde, il avait écouté les conseils d'un Marie-Louise, sobriquet de la classe 16, son aîné de presque un an, il avait avalé une boulette de viande trempée d'acide picrique. Il s'était rendu malade à vomir ses orteils, mais n'importe quel carabin savait maintenant déceler une jaunisse bidon avant même de savoir lire, on l'avait traduit une première fois devant un conseil de guerre, celui de son bataillon. On l'y avait traité avec l'indulgence que son âge méritait : deux mois avec sursis, mais les permissions adieu, à moins de se racheter en faisant prisonnier Guillaume à lui tout seul.

Ensuite, c'était novembre, devant Péronne, après dix jours sans relève sous les insultes du sergent maudit, et la pluie, la pluie, la pluie. Il n'en pouvait plus, il avait écouté un autre Marie-Louise, encore plus intelligent que le premier.

Une nuit qu'il était de guet dans la tranchée, la canonnade loin, le ciel noyé, il avait allumé, lui qui ne fumait pas, une cigarette anglaise, parce qu'elle s'éteint moins bêtement qu'une brune, et il avait élevé sa main droite au-dessus du parapet, protégeant sous ses doigts une petite lueur rouge, et il était resté ainsi longtemps, le bras en l'air, la figure contre la terre trempée, priant Dieu, s'il existait encore, de lui accorder la fine blessure. La pluie avait eu raison de la petite lueur rouge et il avait recommencé avec une autre cigarette et encore une autre, jusqu'à ce qu'un bougre d'en face, dans ses jumelles, comprenne enfin ce qu'il demandait. Il avait eu affaire à un bon tireur, ou alors les Allemands, tout aussi compréhensifs que les Français en ces cas-là, étaient allés en chercher un, car il avait suffi d'une balle. Elle lui avait arraché la moitié de la main, le chirurgien avait coupé le reste.

Pour couronner le malheur, quand le coup avait retenti, sans inquiéter ceux qui vaquaient à leurs corvées ni réveiller les autres, le sergent ne dormait pas. Le sergent ne dormait jamais. Dans un petit matin mouillé, tous les bonhommes, tous, même les caporaux, même les brancardiers accourus pour rien puisque le blessé marchait encore, avaient supplié le sergent de faire une croix sur cette histoire, mais il ne voulait rien entendre, il disait avec l'accent de l'Aveyron têtu et des larmes de rage dans les yeux : « Taisez-vous ! Merde, taisez-vous ! Qui je suis, moi, si je laisse aller des choses pareilles ? Et si tout le monde fait comme ce petit salaud, qui va défendre ? Qui va défendre ? »

Lui, Bleuet, à son deuxième conseil de guerre, celui du corps d'armée cette fois, on l'avait défendu du mieux qu'on pouvait. Il avait même de la chance, lui répétait-on, que les cours martiales aient été supprimées, on l'aurait fusillé séance tenante. Le commissaire-cafard avait désigné d'office pour les assister, lui et trois de son âge, un avoué de Levallois, capitaine dans l'artillerie, un brave homme qui avait déjà perdu un fils aux Éparges et pensait tout haut que c'était suffisant. On l'avait écouté pour trois, pas pour quatre. Pas pour un récidiviste de la lâcheté, un exemple si pernicieux qu'il pouvait contaminer toutes les jeunes recrues dans une division. Aucun des juges n'avait voulu signer le recours en grâce.

Les maux des hommes, par trop d'enflure, vont quelquefois au néant plus vite qu'eux. Après le coup de massue de la sentence, alors qu'il était couché dans le noir d'un wagon à bestiaux, emporté avec quatorze autres vers ils ne savaient où, quelque chose en Bleuet avait crevé doucement, comme un abcès monstrueux, et il n'avait plus depuis, sauf en de brefs sursauts d'égarement, conscience de ce qu'il achevait de vivre, la guerre, son bras sans main, le silence des hommes de boue alignés sur son passage et tous ces regards qui se détournaient du sien, parce que le sien était docile, confiant, insupportable, et son sourire figé celui d'un enfant fou.

Il allait souriant d'étrange manière, le dernier des cinq soldats qu'il fallait punir, il avait les yeux bleus et les cheveux noirs, les joues salies mais presque imberbes, et sa jeunesse enfin le servait, il peinait moins dans les boyaux inondés que ses compagnons. Au contraire, il éprouvait un bien-être animal à s'enfoncer dans la boue, le froid sur sa figure, à ses oreilles les cris et les rires des soirs d'autrefois : il sortait de l'école, il revenait à la maison par le chemin des dunes, entre le lac et l'océan, c'était ce drôle d'hiver où il avait neigé partout, il savait que Kiki le chien venait à sa rencontre dans les reflets du couchant, il avait faim, il avait envie d'une tartine de miel et d'un grand bol de chocolat.

Quelqu'un, quelque part, disait de faire attention au fil.

Mathilde ne sait si Manech l'entendait, dans le brouhaha de son enfance, dans le fracas des grandes vagues où elle plongeait à douze ans, à quinze ans, suspendue à lui. Elle en avait seize quand ils ont fait l'amour pour la première fois, un après-midi d'avril, et se sont juré de se marier à son retour de la guerre. Elle en avait dix-sept quand on lui a dit qu'il était perdu. Elle a pleuré beaucoup, parce que le désespoir est femme, mais pas plus qu'il n'en fallait, parce que l'obstination l'est aussi.

Il restait ce fil, rafistolé avec n'importe quoi aux endroits où il craquait, qui serpentait au long de tous les boyaux, de tous les hivers, en haut, en bas de la tranchée, à travers toutes les lignes, jusqu'à l'obscur abri d'un obscur capitaine pour y porter des ordres criminels. Mathilde l'a saisi. Elle le tient encore. Il la guide dans le labyrinthe d'où Manech n'est pas revenu. Quand il est rompu, elle le renoue. Jamais elle ne se décourage. Plus le temps passe, plus sa confiance s'affermit, et son attention.

Et puis, Mathilde est d'heureuse nature. Elle se dit que si ce fil ne la ramène pas à son amant, tant pis, c'est pas grave, elle pourra toujours se pendre avec.

Bingo Crépuscule

Août 1919.

Un jour, Mathilde reçoit une lettre d'une religieuse : un homme qui se meurt dans un hôpital, près de Dax, veut la voir. Son nom est Daniel Esperanza. Il était sergent dans la territoriale. Il a rencontré Manech en janvier 1917, sur le front de la Somme.

Mathilde, comme avant la guerre, vit la plus grande partie de l'année à Capbreton, dans la villa de vacances de ses parents. Un couple de quarante-cinq ans, Sylvain et Bénédicte, s'occupe d'elle. Ils l'ont connue enfant. Ils la vouvoient seulement quand elle leur en fait voir.

Après déjeuner, Sylvain conduit Mathilde à l'hôpital, dans l'auto. Elle est installée à l'avant et ce qu'elle appelle « sa trottinette » derrière. Sylvain n'aime pas les hôpitaux, et Mathilde encore moins, mais celui-là est presque rassurant, c'est une belle maison rose et blanche sous les pins.

Daniel Esperanza est assis sur un banc au fond du jardin. Il a quarante-trois ans et en paraît soixante. Il a ôté sa robe de chambre. Il transpire dans un pyjama rayé beige et gris. Il a encore toute sa tête mais ne fait plus attention à rien. Sa

25

braguette est ouverte sur des poils blancs. Plusieurs fois Mathilde esquisse un geste pour l'inciter à la refermer, autant de fois il lui dit, avec une détresse péremptoire : « Laissez, ça n'a pas d'importance. »

Il était exportateur de vins de Bordeaux, dans le civil. Les quais de la Garonne, les voiles gonflées, les énormes fûts de chêne, il a connu ces choses et elles lui manquent, et aussi deux ou trois filles du port de la Lune dont il ne savait pas, quand il était jeune, qu'elles seraient en fin de compte les seules amours de sa vie. La mobilisation, en août 14, ne l'a privé de personne, ni père ni mère, morts depuis longtemps, ni frère ni sœur qu'il n'a pas eus, et les femmes, dans la zone des armées, il était confiant d'en trouver partout.

Il dit cela d'une voix sans timbre, effilochée par ce qui le tue. Pas avec les mêmes mots, bien sûr, Mathilde est une demoiselle, mais ce n'est pas difficile à traduire : il a toujours été un pauvre homme.

Il lance à Mathilde un regard orgueilleux pour ajouter qu'il ne faut pas se méprendre, il était grand, fort et même envié, avant sa maladie. Il lui montrera une photo. Il avait belle allure.

Et puis deux larmes coulent sur ses joues.

Il dit, sans les effacer : « Je vous demande pardon. Jusqu'à ces derniers jours, j'ignorais votre état. Bleuet ne m'a pas raconté. Et pourtant, Dieu sait s'il m'a parlé de vous. »

Mathilde pense qu'il convient d'interrompre les compassions inutiles par un petit soupir. Elle pousse un petit soupir.

Il dit encore : « Vous devez comprendre la misère mieux que personne. »

Elle n'a pas les bras assez longs pour le secouer un peu, elle est à plus d'un mètre de lui, et elle se contient aussi de crier, de peur que la surprise ne le retarde encore d'arriver à l'essentiel. Elle se penche en avant et le presse d'une voix douce : « Je vous en prie, où l'avez-vous vu ? Racontez-moi. Que lui est-il arrivé ? »

Il se tait, pleurard, ridé, la peau usée jusqu'au squelette, dans un poudroiement de soleil entre les branches que Mathilde, croit-elle, n'oubliera jamais. Enfin, il passe sur son visage une main qui n'en peut plus de vieillir, il se décide.

Le samedi 6 janvier 1917, alors que son régiment se trouvait près de Belloy-en-Santerre, à caillouter des routes, il a été requis par la prévôté d'Amiens de conduire cinq fantassins, condamnés à mort en conseil de guerre, jusqu'à une tranchée de première ligne, dans le secteur de Bouchavesnes.

Il a reçu ses ordres de son commandant, un homme d'habitude sec et froid, qui lui a paru singulièrement troublé. Au point de lui confier, avant de le laisser aller : « Faites ce qu'on vous dit mais rien de plus, Esperanza. Si vous voulez mon avis, c'est la moitié du Haut-Commandement qu'il faudrait envoyer au cabanon. »

Mathilde s'interdit de parler, peut-être n'a-t-elle déjà plus de voix.

Daniel Esperanza, comme il lui était ordonné, a choisi dix hommes de sa compagnie, tous des anciens de la territoriale, qui lui semblaient, pour la tête autant que pour le reste, les plus robustes. Ils ont pris leurs fusils, des cartouches et de quoi manger. Ils ont enfilé sur une manche de leur capote, et lui avec eux, le brassard bleu ciel qui leur était fourni, frappé en noir de la lettre P. Esperanza leur a dit que cela signifiait Prévôté ou Police. Sur quoi, un caporal qui respectait son sergent mais buvait le coup avec lui s'est permis de répliquer : « Allons donc, ça veut dire patate, oui. » Ils savaient tous, à ce moment, qu'ils avaient été désignés pour accompagner des condamnés à mort.

« Et les fusiller ? » veut savoir Mathilde, et si son Manech était un des cinq, et elle crie, maintenant, et elle s'entend crier mais elle est sans voix.

Daniel Esperanza secoue la tête, secoue sa vieille tête aux cheveux couleur de brouillard et il supplie : « Taisez-vous, taisez-vous, on ne les a pas fusillés ! Je veux vous dire que j'ai vu votre fiancé vivant, et que la dernière lettre que vous avez reçue de lui, c'est moi qui l'ai prise en dictée, c'est moi qui vous l'ai envoyée ! »

Il est vrai que la dernière lettre de Manech, datée du samedi 6 janvier 17, n'était pas de sa main. Elle commence par ces mots : « Aujourd'hui, je ne peux pas écrire, un camarade landais le fait pour moi. »

Mathilde ne veut pas pleurer.

Elle demande : « Vous êtes des Landes ? »

Il dit : « De Soustons. »

Elle demande, et c'est à peine un souffle qui lui vient des entrailles : « Manech était un des cinq, c'est bien ça ? »

Il baisse la tête.

« Mais pourquoi ? Qu'avait-il fait ? »

Il dit : « Comme les autres. Ils étaient tous condamnés pour mutilation volontaire. »

Il élève une main tannée, brune, striée de veines dures.

Mathilde a un hoquet. Elle regarde cette main, elle la regarde sans pouvoir articuler un mot.

Elle ne veut pas pleurer.

Un camion est venu nous chercher, reprend Daniel Esperanza dans cette poudre de lumière entre les branches des pins. Il nous a laissés à une vingtaine de kilomètres au nord, dans les ruines d'un village qui s'appelait Dancourt ou Nancourt, je ne me souviens plus. Il y a trente mois de cela, mais tant de choses se sont passées, il me semble que c'est trente ans, je ne me souviens plus. C'est là que nous devions prendre en charge les cinq malheureux soldats.

Il était quatre heures de l'après-midi. Toute la campagne était sous la neige. Il faisait froid. Le ciel était blanc. On distinguait à peine l'horizon mais, jusqu'à l'horizon, pas un éclatement d'obus, pas un ballon en l'air, pas un signe de la guerre, sauf la désolation qui nous entourait, dans ce village où plus un mur n'était debout et dont j'ai oublié le nom.

Nous avons attendu. Un bataillon de Noirs qui descendaient au repos, emmitouflés dans leurs peaux de biques et leurs cache-nez, a défilé devant nous, par petits groupes transis, en un désordre épuisé. Ensuite une ambulance automobile est venue, avec un lieutenant-médecin et un infirmier. Ils ont attendu avec nous.

Le premier à voir du monde arriver sur la route par où étaient partis les Sénégalais, le caporal Boffi dont j'ai déjà parlé, qu'on appelait Bouffi mais pas sans risques, a manqué une autre occasion de se taire : « Bigre, ils sont pas pressés de mourir, ces gens-là ! » L'infirmier lui a fait remarquer que cela ne lui porterait pas chance de dire des choses pareilles, et il avait raison. Boffi, que j'aimais bien, avec qui je jouais aux cartes, est mort cinq mois plus tard, non pas dans l'Aisne, où l'on massacrait sans voir, mais dans un chantier de l'arrière, du bras vengeur d'une grue sous laquelle il feuilletait un vieil almanach Vermot. Comme quoi, il faut toujours faire attention à ce qu'on dit et plus encore au choix de ses lectures, telle fut l'oraison funèbre de notre capitaine en apprenant l'histoire.

Vous êtes sans doute offusquée, mademoiselle —

Mathilde, depuis longtemps, ne s'offusque plus de rien qui touche à la guerre,

que j'aie le cœur de plaisanter en vous racontant cet après-midi terrible —

elle sait que la guerre n'engendre qu'infamie sur infamie, vanité sur vanité, excréments sur excréments,

mais nous en avons tant vu, nous avons tant souffert que notre pitié s'est usée —

et que sur les champs de bataille dévastés ne poussent que le chiendent de l'hypocrisie ou la pauvre fleur de la dérision,

si nous n'avions pas eu le cœur de nous moquer de nos misères, nous n'aurions pu survivre —

car la dérision, en toutes choses, est l'ultime défi au malheur,

je vous demande pardon, il faut me comprendre,

elle comprend.

Mais de grâce, qu'il continue.

Les cinq condamnés venaient à pied, les bras liés dans le dos, poursuit l'ancien sergent après un accès de toux, et sa toux est une suite de sifflements acérés comme des coups de rasoir. Ils étaient encadrés par des dragons à cheval, en bleu horizon comme nous tous. Celui qui commandait ce peloton, un adjudant de petite taille, n'avait pas envie de s'attarder. Il avait croisé les Sénégalais, qui s'étaient rangés de mauvais poil sur les bas-côtés pour libérer la route. Il s'était senti mal à l'aise, et ses hommes aussi, de passer entre deux haies de regards peu amènes. Il m'a dit : « Ces bamboulas devaient nous prendre pour des gendarmes, encore heureux qu'on nous ait pas fait un mauvais parti. »

Nous avons comparé nos listes de prisonniers. Il tenait à ce que je vérifie l'identité de chacun et que tout soit en règle. Après quoi, il m'a demandé d'écrire la date, au quart d'heure près, et d'apposer ma signature au bas de sa propre liste, en manière de décharge. La guerre m'a appris à me méfier de tout, en particulier de signer des papiers dont on ne sait pas sur quel bureau ils vont atterrir, mais il était mon supérieur, le lieutenant-médecin m'a dit d'emblée être là pour soigner des blessures et rien d'autre, j'ai obéi. Satisfait, l'adjudant est remonté en selle, m'a souhaité bon courage, et tous les dragons s'en sont allés, dans un grand nuage d'haleine blême.

J'ai fait délier les prisonniers. Ils se sont assis, deçà delà, sur une vieille poutre ou un pan de mur effondré. On leur a donné à boire et des biscuits. Ils étaient seuls en eux-mêmes, pas lavés depuis plusieurs jours, ils avaient froid.

La liste dactylographiée que m'avait donnée mon commandant, je l'ai encore, elle est là, dans une poche de mon peignoir, avec d'autres choses que je vous remettrai tout à l'heure. Vous y trouverez leurs noms et leurs prénoms, mais j'ai pris le pli des tranchées, il m'est plus facile de les appeler comme on les appelait à la guerre.

Le plus âgé des cinq, trente-sept ans, était un menuisier parisien du quartier de la Bastille. On l'appelait Bastoche, mais plus souvent l'Eskimo, parce qu'il avait couru le Grand Nord dans sa jeunesse. Je ne lui ai pas beaucoup parlé à ce moment-là, dans ce village en ruine, mais il avait à ses pieds des bottes allemandes et je me suis étonné qu'on les lui ait laissées. Il m'a dit : « On m'a pris comme ça. J'ai réclamé des godillots mais on me les a refusés. » Je me suis étonné aussi qu'il n'ait pas été mobilisé dans la territoriale. Il m'a dit qu'il était rentré d'Amérique, pour son service, avec trois ans de retard. De toute manière, on bouchait maintenant les trous, dans les bataillons, avec plus vieux que lui. Je lui ai dit : « Eh bien, c'est malin ce que tu as fait. » Il m'a répliqué qu'il n'avait rien fait du tout, que c'était un accident, et une belle saloperie de l'avoir condamné. Il me regardait droit dans les yeux.

Un deuxième, trente et un ans, était un caporal dégradé qu'on appelait Six-Sous, j'ignore pourquoi. Lui, il affirmait hautement s'être tiré un coup de fusil exprès, que si c'était à refaire, il recommencerait. Il m'a traité, sauf mon respect, de traîne-savates des assassins. Il était soudeur en banlieue de Paris et syndicaliste écarlate. Il avait la fièvre. La douleur l'empêchait de dormir depuis plusieurs jours. Je suivais le lieutenant-médecin tandis qu'il allait de l'un à l'autre pour nettoyer les blessures et refaire les pansements. De tous, Six-Sous était le plus salement touché. Le lieutenant m'a dit, après l'avoir soigné : « C'est une chance pour lui, cette neige. On serait en été, la gangrène l'emporte plus vite que ce qui l'attend. »

Un autre était un Marseillais de vingt-six ans, récupéré dans les prisons, qu'on appelait Droit Commun. Il était pâle et exténué. Comme ce n'était pas indiqué sur ma liste, je lui ai demandé son métier dans le civil. Il m'a dit : « J'en ai pas. Je suis un pauvre fils d'étranger, c'est marqué noir sur blanc dans mon livret militaire. Alors, si je suis pas vraiment français, pourquoi on me tue ? » Il a pris la cigarette que je lui offrais en me disant : « Vous, on voit que vous êtes bien brave. Il faut que vous attendiez le plus longtemps possible avant de nous fusiller. Le président Poincaré va sûrement signer notre grâce. » J'ai vu dans ses yeux humides, très noirs, qu'il n'y croyait plus lui-même. Je lui ai dit que je n'étais pas là pour fusiller qui que ce soit et qu'il n'avait rien à craindre tant qu'il serait avec mes hommes. Il m'a semblé que ça le rassurait.

D'instinct, Droit Commun restait à côté d'un grand gaillard de la Dordogne, un paysan de trente ans, taciturne mais attentif à tout, qui, lui, n'avait pas de véritable surnom. L'Eskimo et Six-Sous, pour l'avoir croisé au hasard des cantonnements et des relèves, m'ont dit un peu plus tard qu'il avait la réputation d'un solitaire, qu'il partageait ses colis comme les autres mais gardait pour lui ses espoirs et ses tracas. En plusieurs occasions, il s'était montré habile à la bataille, mais rien de plus que pour survivre. Pour le désigner, on disait « Cet homme », on ne l'avait pas entendu appeler autrement.

J'ai essayé de parler à Cet Homme. Il m'a écouté sans me regarder. Je lui ai dit que la Dordogne n'est pas loin de chez moi, je lui ai offert une cigarette. Je ne l'intéressais pas, la cigarette non plus. Comme je m'éloignais, j'ai remarqué que Droit Commun n'attendait que cela pour pousser du pied, vers son compagnon, quelque chose par terre. Cet Homme l'a ramassé de la main gauche, sa main valide, l'a regardé, l'a laissé retomber. Avant de quitter le village, quelques minutes plus tard, je suis retourné à l'endroit où il était assis pour retrouver l'objet qui semblait si intéressant. C'était un bouton d'uniforme britannique, orné d'une tête de caribou, avec des lettres gravées sur le pourtour : *Newfoundland, Terre-Neuve*. J'étais content, même si cela vous semble bête, d'avoir deviné sans qu'il me le dise, rien qu'à la sûreté de sa main, que Cet Homme était gaucher, mais je m'interroge encore sur son regard pensif, un peu surpris, quand il a ramassé ce vieux bouton sale. Peut-être a-t-il deviné lui-même, sans que je le lui dise, quelque chose qu'il était trop fier ou trop méfiant pour demander.

Bleuet, votre fiancé, était à l'écart et préférait rester debout. Il allait et venait en se parlant à voix basse. A un moment, il a ramassé de la neige dans sa main valide et l'a pétrie en une boule qu'il a lancée maladroitement sur moi. L'ancien caporal Six-Sous m'a dit : « Ne fais pas attention, sergent. Il y a des heures qu'il n'a plus ses esprits. »

Nous avons fait asseoir Bleuet. Pendant qu'on le soignait,

il détournait la tête pour ne pas voir sa blessure mais il souriait. Il m'a dit : « Je suis bien content de rentrer chez moi. »

Et Mathilde demande ce que Manech ne voulait pas voir et elle se retient de pleurer, elle veut qu'on lui dise la blessure de Manech.

Alors Daniel Esperanza lui dit que Manech était amputé de sa main droite mais qu'il avait été opéré depuis plusieurs semaines et ne souffrait plus.

Et Mathilde ferme les yeux et presse très fort ses paupières, agrippée aux bras de son fauteuil, et elle secoue la tête pour chasser une image ou nier le destin. Après, elle reste longtemps dans le silence, le front penché, regardant le sol : du gravier, avec de ces toutes petites fleurs jaunes qui poussent même dans le ciment, il y en a entre les dalles de la terrasse, à la villa de Capbreton.

Dès qu'ils ont eu fini leur travail, reprend Esperanza quand Mathilde lui fait signe que ça va mieux, qu'elle l'écoute, le docteur et l'infirmier sont partis. Comme il remontait dans l'ambulance, j'ai demandé au docteur s'il pensait que Bleuet était un simulateur. Il m'a répondu : « Je n'en sais rien. » Et puis : « Pour gagner quoi ? Que pourrions-nous faire ? » J'ai vu qu'il avait les yeux cernés, qu'il était découragé de faire son métier à la guerre et plus encore de soigner des hommes pour qu'on les exécute. Il n'avait pas trente ans. C'était un Corse du nom de Santini. J'ai su qu'il est mort lui aussi, deux jours plus tard, dans un bombardement, à Combles.

J'ai fait de nouveau lier les prisonniers, bras dans le dos, comme il m'était ordonné. Je ne voyais pas l'utilité de le faire, ils étaient trop fatigués et nous étions trop nombreux pour que l'un d'eux tente de s'enfuir, mais finalement c'était mieux ainsi, cela nous évitait, en cas de bêtise, d'avoir à tirer.

Nous avons marché vers Bouchavesnes, les prisonniers en file, chacun encadré de deux soldats. La tranchée de première ligne où je devais les conduire portait un numéro mais, à la guerre, il en allait des tranchées comme des bonhommes, on retenait plus facilement les surnoms. Celle-là, on l'appelait, ne me demandez pas pourquoi, Bingo Crépuscule. A l'entrée des boyaux, après deux kilomètres d'une route crevée par les obus, dans un paysage où n'existait déjà plus ni maison, ni arbre, ni rien que la neige, un soldat nous attendait pour nous guider, en train de blagasser avec des artilleurs.

Les lacis, ensuite, nous ont semblé interminables, on pataugeait dans la boue et les prisonniers avaient toutes les peines à marcher. A chaque instant, il nous fallait les soutenir. Le caporal Six-Sous est tombé dans une flaque. On l'a remis debout, il ne s'est pas plaint. J'avais honte, comme le chef des dragons qui m'avait parlé au village, d'emmener ainsi, misérables, cinq des nôtres sous les regards des bonhommes qui attendaient de monter en ligne ou en descendaient, plaqués contre les parapets pour nous livrer passage. Le soleil était une grosse boule rouge dans le ciel d'hiver, il éclairait de ses reflets sans chaleur, par-delà nos lignes et la plaine enneigée, la saignée noire et sinueuse des positions allemandes. Tout était silencieux, plus étrangement que je ne l'ai jamais connu à la guerre. Seul un chuchotement s'élevait de loin en loin, comme partout sur le front, pour demander de faire attention au fil du téléphone, parce que ce fil, où nous allions, était tout ce qui reliait les hommes au monde des vivants.

A un demi-kilomètre encore de Bingo Crépuscule, nous sommes arrivés à un carrefour de boyaux et de tranchées de seconde ligne baptisé place de l'Opéra. Là nous attendait un capitaine, au milieu de soldats à leurs travaux, un passe-montagne sous son képi, enveloppé depuis le col jusqu'à la pointe des bottes d'une fourrure d'automobiliste. Seuls émergeaient de lui un nez pointu, une bouche amère, des yeux hostiles. Il avait reçu, comme moi, ses ordres de la prévôté, par l'intermédiaire d'un chef de bataillon peu pressé de venir se mouiller dans une sale affaire, il était à cran.

Dans l'abri où aboutissait le téléphone, il m'a pris à part, en demandant à un caporal qui se trouvait là d'aller respirer le bon air un moment. Il m'a lancé tout à trac : « Bordel de merde, Esperanza, vous ne pouviez pas vous arranger pour larguer ces pauvres types en route ? » Je n'ai pas voulu comprendre. Il m'a dit : « Tourner les yeux pour qu'ils s'enfuient, leur botter le cul pour qu'ils courent plus vite, n'importe quoi ! » J'ai répondu : « Je serais dans de beaux draps, maintenant. Vous ne voulez pas d'histoires mais mon commandant encore moins. Moi, mes ordres sont de vous amener cinq condamnés en conseil de guerre. Ce que vous en ferez, je n'ai pas à le savoir, sinon on me l'aurait dit. »

Il était encore plus furieux : « Ah, parce qu'on ne vous l'a pas dit ? Eh bien, moi, non seulement je ne suis pas cachottier, mais je tiens à ce que vous le sachiez ! A la nuit, les bras attachés, on va les balancer dans le bled, en avant des barbelés de Bingo, et on les y laissera crever ou se faire trouer la peau par ceux d'en face ! Voilà mes ordres à moi, sergent ! Ou dois-je dire prévôt ? Voilà mes saletés d'ordres ! Avez-vous déjà entendu pareilles conneries ? »

Il a frappé du poing sur l'établi où était tout l'appareillage du téléphone, et un quart de vin qu'y avait laissé le téléphoniste s'est renversé, le vin coulait sur le bois puis, goutte à goutte, jusqu'à terre. Oui, je regardais des gouttes de vin tomber sur le sol et ne savais quoi répondre. J'avais entendu parler de ce châtiment qu'on réservait à des soldats perdus, mais c'était longtemps avant, au début de 1915, en Artois, et on racontait tant de choses, à la guerre, que je n'y avais pas cru tout à fait.

Le capitaine, après ça, s'est calmé brusquement. Il s'est assis au bord d'une couchette. Il m'a expliqué que son régiment avait perdu beaucoup de monde dans la pénible avancée de l'été mais que, depuis plusieurs semaines, le secteur était comme assommé par les combats, il y avait un accord tacite avec les Boches pour rester tranquille de part et d'autre. Il m'a dit : « On ne fraternise pas, on s'ignore, on s'économise. Il y a des jours sans un coup de fusil. L'artillerie n'est pas bavarde, les tranchées sont trop rapprochées. En octobre, ils tuaient les leurs, on tuait les nôtres. » Il m'a regardé avec des yeux tristes. Il a soupiré : « Les hommes attendent la relève pour après-demain. On avait bien besoin que vous nous apportiez la merde. »

Quand on est sorti, il a interrogé brièvement les cinq prisonniers. En vérité, il ne voulait pas les connaître, il ne voulait pas que ses soldats les connaissent. Il m'a dit ensuite : « C'est encore pire que je craignais. L'un est un fils de pute de provocateur, un autre n'a même plus sa tête, un troisième ne sait que pleurer et supplier. Si on voulait faire un exemple, le cul bien calé dans un fauteuil d'état-major, c'est réussi. Mes hommes n'ont pas fini de vomir et les Boches de se fendre la gueule. »

Ce n'était pas, en fin de compte, un mauvais cheval, ce capitaine, de son vrai nom Favourier, mais on l'appelait Parle-Mal pour son langage fleuri. Il m'a conseillé d'emmener les prisonniers dans sa propre cagna, où l'on ne les verrait plus. Il a demandé qu'on les délie et qu'on accompagne ceux qui en avaient besoin à la feuillée.

Un peu plus tard, il a fait venir le lieutenant qui commandait à Bingo Crépuscule, il l'a entretenu, hors de portée de voix, des mesures à prendre. Le lieutenant, vingt-six ou vingt-sept ans, nommé Estrangin, n'avait pas l'air plus ravi que son capitaine. Le sort de Bleuet surtout lui semblait aberrant. Il a voulu à son tour lui parler. Après, il ne savait que répéter : « Ce n'est pas Dieu possible. » Non, je vous le dis, mademoiselle, je n'ai rencontré personne, ce jour-là, pour croire que le Bon Dieu, s'il existe, traînait encore ses godillots dans le secteur.

Nous avons attendu la nuit dans cet abri où un petit poêle était allumé, preuve qu'on ne craignait guère d'être repéré par l'ennemi. En face aussi, j'ai pu le voir, s'élevaient de paisibles fumées grises. Boffi et moi étions restés avec les condamnés, mes autres territoriaux, dehors, gardaient la porte. Six-Sous se tenait près du feu pour que sèchent ses vêtements. Droit Commun s'était endormi. Pendant une demi-heure au moins, Bleuet m'a parlé de vous. Son discours n'était qu'exaltation, redites, pensées désordonnées, mais le torrent des mots charriait pêle-mêle des choses vraies comme des galets blancs. J'imaginais bien votre fraîcheur, vos yeux clairs et comme vous deviez l'aimer. Il était heureux, il était certain de vous revoir et qu'on préparait votre mariage. Il vous l'a écrit, même si la lettre n'était pas de sa main. C'est là, dans la lumière des bougies et des lampes à carbure, qu'il vous l'a écrit.

L'idée de laisser les condamnés envoyer un dernier message à leurs proches n'est pas de moi, je dois vous l'avouer, mais du lieutenant Estrangin. A un moment, il est revenu dans la cagna, suivi d'un soldat qui apportait la soupe. Il a demandé à Bleuet, qui refusait sa gamelle, s'il n'avait pas faim. Bleuet a répondu tranquillement, avec le sourire : « J'ai envie d'une tartine de miel et d'un bol de chocolat. » Et comme le lieutenant restait coi, le soldat qui l'accompagnait, un Marie-Louise guère plus âgé que votre fiancé, lui a dit : « Vous bilez pas, mon lieutenant. Je m'en vais tuer père et mère pour vous trouver ça. Peut-être même que j'aurai pas besoin d'être orphelin. » Le jeune gars était déjà dehors quand le lieutenant a expliqué, comme une chose évidente : « C'est Célestin Poux, la terreur des armées. » Après quoi, il a demandé si les prisonniers ne souhaitaient pas écrire à leurs familles.

On a rassemblé des crayons et du papier. Célestin Poux est revenu presque aussitôt avec un quart de chocolat et du miel. Des cinq condamnés, trois étaient blessés à la main droite mais, je vous l'ai dit, Cet Homme était gaucher, il ne restait que Droit Commun et Bleuet à ne pouvoir écrire. Droit Commun s'est assis dans un coin avec la terreur des armées pour lui dicter sa lettre. Moi, j'ai écrit sur mes genoux celle de Bleuet. Les trois autres se sont installés comme ils pouvaient.

Avant de retourner dans sa tranchée, le lieutenant les a tous prévenus que leurs messages seraient détruits s'ils contenaient la moindre allusion à la terrible situation dans laquelle ils s'étaient mis. Plusieurs fois, sauf Cet Homme, ils m'ont interrogé pour savoir s'ils pouvaient dire une chose ou pas. C'était un moment étrange, à la fois très paisible et très triste. Je ne sais pas bien vous l'expliquer, mais je les voyais s'appliquer comme des écoliers en suçant leur crayon, on entendait à peine le murmure de Droit Commun, Bleuet vous disait son amour entre deux bouchées de sa tartine, j'avais l'impression d'être englué dans autre chose que ma vie et la guerre, un ailleurs où rien n'existait vraiment, d'où je ne sortirais plus.

Finalement, si l'on passe sur l'orthographe, je n'ai rien trouvé à reprendre de ce qu'ils avaient écrit. Aucun ne tenait à aggraver le chagrin des siens. J'ai plié les feuilles en quatre, je les ai rangées dans une poche de ma veste. J'ai promis de les mettre sous enveloppe et de les envoyer à leurs destinataires, dès que j'aurais rejoint mon régiment. Six-Sous m'a dit : « Je voudrais te croire, sergent Espérance, mais tu ne peux pas parler au nom de tes chefs. Ils t'obligeront à brûler nos lettres. S'ils nous ont baladés ainsi, depuis trois jours, c'est pour nous tuer dans le noir. »

Voilà. Ce qui me reste à vous raconter, mademoiselle, est le plus pénible. Depuis de longues minutes vous gardez les yeux baissés, vous m'écoutez sans m'interrompre. Peut-être voulez-vous maintenant que je vous épargne la suite, que je vous dise ce qui s'est passé, ou du moins ce que j'en ai vu, en une seule phrase, en quelques mots, pour vous faire mal très vite mais après plus jamais ?

Mathilde, obstinément, contemple de petites fleurs jaunes dans du gravier. Elle répond à Esperanza, sans élever la voix, de refermer sa pourriture de braguette. Après, elle lui dit qu'elle n'est pas sourde, qu'elle a déjà compris ce qui s'est passé : on a jeté, de nuit, cinq soldats aux bras attachés dans cette étendue entre les deux tranchées ennemies que les Anglais appellent « No man's land » et les Français « La terre de personne ». Ce qu'elle veut savoir, justement, c'est comment cela s'est passé. Le mal qu'on lui fait la regarde. Elle ne pleure pas. Alors, qu'il continue. Et comme il se tait toujours, elle l'encourage d'un mouvement sec de la main, sans lever les yeux.

La nuit était là depuis longtemps, poursuit Esperanza de sa voix usée. On entendait le roulement d'une canonnade, mais très loin au nord. J'ai parlé avec l'Eskimo. C'était un homme qui ne méritait pas sa malchance. Il m'a demandé ce qu'on allait leur faire. Il se doutait bien, maintenant, qu'on préparait autre chose qu'une exécution. Je ne pouvais pas lui répondre. Il n'a pas insisté. Il a réfléchi et m'a dit : « Si c'est ce que je crois, c'est dégueulasse. Surtout pour le gamin et le Marseillais. Il vaudrait mieux pour eux en finir tout de suite. »

A ce moment, le capitaine Parle-Mal est revenu. Il avait fixé à neuf heures la conduite des prisonniers à Bingo Crépuscule. En les attendant, les hommes de la tranchée devaient, à la cisaille, pratiquer une trouée dans leurs propres barbelés. On a fait sortir un à un les malheureux de la cagna, où l'on était trop à l'étroit pour les lier de nouveau. Cela s'est passé dehors, avec le minimum de paroles, dans la lumière rabattue au sol de quelques lampes.

Le ciel était bouché, la nuit noire mais guère plus froide que le jour. J'en étais, autant qu'on pouvait l'être, content pour eux. C'est alors seulement, dans ces faisceaux lumineux qui rendaient plus irréel encore ce que nous vivions, plus brutal aussi car les figures étaient la proie d'ombres turbulentes, que le capitaine leur a dit ce qu'on avait décidé en haut lieu pour remplacer la fusillade. Seuls deux ont réagi : Six-Sous pour cracher sur les généraux, Droit Commun pour crier à son secours, et si fort qu'on a dû le faire taire. Bleuet n'a pas compris ce qu'on lui signifiait, j'en suis sûr. La sérénité de somnambule qu'il affichait depuis le milieu de l'après-midi n'était en rien altérée. Tout au plus a-t-il été surpris par les cris de son compagnon et l'empoignade qui a suivi. Quant à l'Eskimo et Cet Homme, j'en suis sûr aussi, ils ont pris la chose comme je l'aurais prise à leur place : on leur accordait, si menacé fût-il, un sursis que le peloton ne leur aurait pas laissé.

Le capitaine a sermonné vertement le Marseillais, lui disant : « Faut-il qu'on te bâillonne ? Tu ne comprends donc pas, connard, que votre seule chance d'être encore en vie demain matin, c'est de la boucler ? » Et le tirant par le col de sa capote, jusqu'à lui parler sous le nez : « Essaye encore une fois tes simagrées, je te jure sur mes boules que je te fais sauter ce qui te sert de cervelle ! »

Là-dessus, il m'a entraîné dans la cagna pour me dire que ma mission était terminée, que je pouvais repartir avec mes pépères. J'étais embêté de devoir ergoter, mais je lui ai répondu que ma mission était de conduire les prisonniers jusqu'à Bingo Crépuscule, pas ailleurs.

Le capitaine m'a fait valoir que les Boches pouvaient s'alarmer et les choses tourner mal quand on balancerait du monde dans le bled. La place de mes hommes n'était pas là-bas, dans une tranchée déjà trop encombrée. S'il y avait du grabuge et qu'ils écopent d'un mauvais coup, je regretterais toute ma vie de les avoir inutilement exposés.

Qui lui aurait donné tort ?

Je lui ai dit : « Je vais les renvoyer vers l'arrière mais permettez au moins que j'accompagne jusqu'au bout ces pauvres gens. » Ainsi avons-nous fait. Boffi est parti avec mes hommes. Ils devaient m'attendre à l'entrée des boyaux. Évidemment, ils étaient suffisamment repus de la sale besogne pour s'en aller sans regret.

Deux caporaux et six soldats sont arrivés de Bingo Crépuscule pour emmener les condamnés. Les caporaux étaient de trente ans. L'un, qu'on appelait Gordes, avait des cercles de terre autour des yeux qui lui donnaient l'air d'un hibou. L'autre était un Tourangeau que j'avais l'impression d'avoir déjà rencontré à la guerre, Chardolot. Avec Célestin Poux et le capitaine et moi, nous étions à nouveau onze comme escorte.

Nous nous sommes mis en marche dans la nuit d'hiver, précédés d'une seule lanterne. Dans les boyaux, le capitaine m'a raconté qu'il avait coincé deux fois son commandant au téléphone, qu'il lui avait dit la barbarie de traiter cinq des nôtres de cette manière, dont un Bleuet qui n'avait même plus sa raison, mais sans rien obtenir. On glissait sur des caillebotis submergés par la gadoue. J'entendais à l'avant le bruit de succion que faisaient les bottes allemandes de l'Eskimo.

J'ai dit au capitaine : « Celui-là, dès que les Boches s'apercevront qu'il a les bottes d'un des leurs, son compte est bon. » Il m'a répondu : « Pourquoi croyez-vous que les charognes, après le procès, l'ont laissé ainsi ? » Et puis, il m'a dit : « On trouvera quelqu'un avec des souliers à sa taille pour faire l'échange. Au moins, j'aurai quelque chose à écrire sur mon rapport de cette nuit. Rien à signaler sauf qu'on nous a piqué une paire de godasses. »

Bingo Crépuscule, comme d'ailleurs la place de l'Opéra, était une tranchée renversée, ce qui veut dire que nous l'avions prise aux Allemands à l'automne et que nous avions relevé au plus vite les parapets face à eux. Tous les biffins vous accorderont que les Boches construisaient des tranchées bien meilleures que les nôtres. Celle-là était tout en chicanes au cordeau et pourvue d'abris solides, malheureusement ouverts du mauvais côté. J'ignore combien d'hommes vivaient là, peut-être une centaine, peut-être deux cents. J'ai deviné sous des bâches, dans deux abris, des mitrailleuses. Par-delà un vallonnement de neige, crevassé par les bombes, étaient les pâles lueurs de la ligne ennemie. Elle était si proche que venaient jusqu'à nous de tranquilles rumeurs, des bouffées d'harmonica. J'ai demandé la distance exacte. C'est le lieutenant Estrangin, je crois, qui m'a répondu : « Cent vingt mètres au plus près, cent cinquante au plus loin. »

Je n'ai jamais vu de jour Bingo Crépuscule, mais je peux me le figurer. J'ai connu des tranchées encore plus rapprochées, des enfers que ne séparaient pas quarante mètres. Cent vingt, c'est trop pour les grenades à main, trop peu pour l'artillerie. Les gaz n'épargnent personne, c'est selon le vent. Pas plus que nous, les Boches ne devaient tenir, sauf débordés par une attaque, à dévoiler l'emplacement de leurs mitrailleuses. J'ai cru comprendre pourquoi on avait amené les condamnés dans ce secteur : pour le secouer un peu, parce qu'on voyait d'un mauvais œil la trêve qui, vaille que vaille, s'y était installée. Je l'ai dit au capitaine. Il m'a répliqué : « Vous pensez trop pour un sergent. Si on nous a collé cette merde sur les bras, c'est que personne n'en voulait ailleurs. Ils l'ont trimbalée sur tous les fronts sans trouver un chef de bataillon aussi con que le mien. »

Dix heures venaient. Nous étions aux créneaux à essayer de voir, dans l'obscurité, la terre de personne. Le lieutenant Estrangin s'est approché de nous, il a dit au capitaine : « Quand vous voulez. » Dans la masse de sa fourrure, le capitaine a murmuré : « Putain de vie ! » Il s'est redressé, on est allé rejoindre les prisonniers plus loin dans la tranchée. Ils étaient assis en ligne sur une banquette de tir. Une brèche était faite au-dessus d'eux dans les barbelés, une échelle était prête. J'ai vu que l'Eskimo portait à présent des godillots et des bandes molletières.

Six-Sous y est passé le premier. Deux hommes ont sauté sur le talus relevé de sacs de terre. Deux autres ont poussé l'ancien caporal à monter l'échelle. Avant d'être traîné dans le noir, il s'est retourné vers le capitaine, il lui a dit merci pour la soupe. A moi, il a dit : « Tu ne devrais pas assister à ça, sergent Espérance. On te fera des ennuis. Tu pourrais le raconter. »

Le tour d'après était celui de l'Eskimo. Lui, avant de monter l'échelle, aidé par ceux d'en bas, pris aux épaules par ceux d'en haut, il a dit au capitaine : « Laissez-moi aller avec Bleuet, je le protégerai autant que possible. » Et les deux sont partis ensemble entre les barbelés, on ne les a plus vus. On entendait seulement les craquements de la neige, j'ai pensé à des mulots qui cherchent leur trou. Il y avait heureusement beaucoup de trous et d'entonnoirs, devant Bingo Crépuscule. J'espérais qu'on n'avait pas serré de trop leurs liens et qu'à deux, ils ne seraient pas longs à s'en défaire.

Des larmes coulent sur ma figure, mademoiselle, mais

c'est la fatigue, c'est la maladie. Ne les regardez pas, ce sont des larmes d'après la misère, elles n'ont plus de signification.

Vous souhaiteriez que je vous dise comment était votre fiancé quand on l'a hissé sur le talus, quand on l'a poussé entre deux amas inextricables de fils de fer et de chevaux de frise, mais je ne sais pas. Il me semble — j'insiste : il me semble — que juste avant d'être attrapé par les épaules, en haut de l'échelle, il a eu un sursaut, que ses yeux ont cherché autour de lui, qu'il essayait de comprendre où il était, ce qu'il faisait là. C'était l'étonnement d'une seconde, deux tout au plus. Après, je ne sais pas. Tout ce que je puis vous dire, c'est qu'il est parti dans le noir avec décision, courbé en avant comme on le lui avait conseillé, et qu'il suivait docilement l'Eskimo.

Droit Commun, de nouveau, s'est mal conduit. Les bon-hommes ont dû le maîtriser. Il se débattait, il voulait crier, le capitaine a sorti son revolver. Pour une rare fois, dans tout ce que je vous raconte, j'ai entendu la voix de Cet Homme. Il a dit brusquement : « Non, pas ça. Laissez-moi faire. » Et de son soulier, passant à travers les bras et les jambes de ceux qui essayaient de contenir le Marseillais, il lui a flanqué un coup dans la tête qui l'a assommé. On a traîné une masse inerte, geignant à peine, entre les bar-belés.

Le capitaine a dit à Cet Homme : « Comment quelqu'un comme toi est-il là ? » Il n'a pas répondu. Le capitaine lui a dit encore : « Tu es le plus fort et le plus calme de ces gens. Dis-moi pourquoi tu t'es tiré un coup de fusil. » Cet Homme le regardait dans la pénombre, il n'y avait en lui ni mépris ni arrogance. Il a répondu seulement : « Il le fallait bien. »

On l'a aidé lui aussi à grimper sur le talus. On l'a accompagné entre les barbelés, il s'est fondu dans la nuit. Aussitôt revenus les deux soldats d'en haut, on a jeté des réseaux Brun par-dessus le parapet pour colmater la brèche. Ce sont des rouleaux d'épines de fer qui se déplient tout seuls. On a soufflé un peu. On n'entendait plus un bruit dans la tranchée d'en face. Ils écoutaient. Ils se doutaient que quelque chose se passait qui n'était pas normal.

Ce silence n'a pas duré plus d'une minute. Soudain, des fusées éclairantes ont éclaté dans le ciel de Bingo et il s'est produit chez les Boches le remue-ménage qu'on avait craint. On percevait leurs piétinements et jusqu'aux claquements de culasse de leurs fusils. Les « vasistas » des dormeurs surpris retentissaient aussi clair que s'ils étaient chez nous. J'ai eu le temps de voir, dans la neige, que le Marseillais rampait désespérément derrière Six-Sous, qu'ils cherchaient tous deux un entonnoir. Bleuet, je ne l'ai pas vu, ni l'Eskimo, ni Cet Homme. Après, comme d'autres fusées partaient, un fusil-mitrailleur a balayé la terre de personne. Elle était illuminée comme un sol lunaire et sans espoir. Trois troncs d'arbres déchiquetés et les briques effondrées de je ne sais quoi étaient tout ce qui émergeait de ce désert blanc.

Le lieutenant Estrangin, près de moi, quand le fusil-mitrailleur s'est tu, que la nuit est retombée, a dit merde, que c'était pas Dieu possible. Le capitaine lui a dit de la fermer. On a attendu. Il n'y avait plus un mouvement chez les Boches, plus un mouvement sur le terrain.

Tout semblait encore plus noir qu'avant. Les hommes de la tranchée se taisaient. En face, ils se taisaient aussi. Ils écoutaient. Nous écoutions. Le lieutenant a répété merde. Le capitaine lui a répété de la fermer.

Après un bon quart d'heure où il ne se passait rien, j'ai pensé qu'il était temps de rejoindre mes territoriaux. J'ai demandé au lieutenant de signer ma liste des condamnés, comme l'adjudant des dragons l'avait fait avec moi. Le capitaine est intervenu pour dire que les officiers, en aucun cas, ne devaient signer de papier touchant à cette affaire. Tout au plus, si cela me faisait plaisir et s'ils l'acceptaient, je pouvais avoir l'autographe des caporaux qui avaient mené l'escorte. Pour quoi en faire, il se le demandait bien, mais c'était ma vie privée, lui il se torchait avec du papier de soie.

44

Voyant la tête que je faisais, il m'a frappé sur l'épaule, il a dit : « Allons, je plaisante. Vous êtes un brave homme, sergent. Je m'en vais vous raccompagner jusqu'à l'Opéra, parce que je n'ai pas dormi depuis longtemps et que je veux être gaillard tout à l'heure. J'espère que vous me ferez, avant de nous quitter, l'amitié de boire avec moi d'un excellent cognac. »

Gordes et Chardolot ont signé ma liste et nous sommes partis. Le capitaine m'a ramené dans sa cagna. Débarrassé de sa fourrure et de son passe-montagne, il m'est apparu plus jeune que je n'avais cru, peut-être trente-deux ans, mais les traits tirés, les yeux bordés de fatigue. Nous avons bu deux ou trois coups, assis de chaque côté de sa table. Il m'a raconté qu'il était prof d'histoire, dans le civil, et n'aimait pas plus ça que d'être officier, qu'il aurait voulu connaître le monde, les îles au soleil, qu'il ne s'était pas marié parce que c'était une connasse, mais ça n'empêche pas les sentiments, des choses de ce genre. A un moment, le téléphoniste est venu l'avertir que son commandant était au bout du fil pour savoir comment les choses s'étaient passées. Il a répondu : « Dis à ce monsieur que tu ne m'as pas trouvé, il se bilera toute la nuit. »

Après, il m'a parlé de son enfance, à Meudon, je crois, et de timbres-poste. J'étais fatigué, moi aussi, je ne l'écoutais plus très bien. J'avais à nouveau, dans cette cagna, l'impression terrible d'être hors du temps, hors de ma vie. J'ai fait un effort pour me ressaisir. Il me disait, de l'autre côté de la table, avec des yeux ronds et humides, qu'il avait honte de trahir le gamin qu'il était jadis. Ce qu'il regrettait le plus était les longues heures où il restait penché sur son album de timbres, fasciné par le visage de la jeune reine Victoria sur les vignettes de la Barbade, de la Nouvelle-Zélande ou de la Jamaïque. Il a fermé les paupières, il s'est tu un instant. Puis il a murmuré : « Victoria Anna Penoe. C'est ça. » Il a posé son front sur la table et il s'est endormi.

J'ai marché dans la boue et dans la nuit, me perdant parfois, demandant mon chemin aux bonhommes de corvée dans les boyaux. J'ai retrouvé Boffi et les autres à l'endroit convenu. On a réveillé ceux qui dormaient. Évidemment, ils voulaient savoir ce qui s'était passé après leur départ. J'ai dit qu'il valait mieux pour nous tous oublier ce jour, ne jamais plus en parler.

Nous avons marché encore et encore, par Cléry et Flaucourt, jusqu'à Belloy-en-Santerre. L'alcool que j'avais bu m'était sorti de la tête. J'avais froid. Je pensais aux cinq condamnés couchés dans la neige. Au dernier moment, on leur avait trouvé des morceaux d'étoffe ou de sac de jute pour se couvrir les oreilles, et à l'un d'eux, je ne savais déjà plus lequel, qui n'avait pas de gant à sa main valide, Célestin Poux, la terreur des armées, avait donné un des siens.

Nous sommes arrivés à notre cantonnement vers cinq heures du matin. J'ai dormi. A neuf heures, je me suis présenté à mon commandant pour lui faire mon rapport. Il était en train, avec ses ordonnances, d'emballer ses dossiers dans des caisses. Il m'a dit : « Vous avez fait ce qui vous était demandé ? Parfait. Je vous verrai plus tard. » Comme j'insistais pour lui remettre ma liste signée par Gordes et Chardolot, il m'a dit lui aussi ce que je pouvais en faire, et pourtant je ne l'avais jamais connu grossier. Il m'a expliqué qu'on déménageait dans les deux jours, que les Britanniques remplaçaient les nôtres sur une partie du front et qu'on se décalait vers le sud. Il a répété : « Je vous verrai plus tard. »

Dans ma compagnie, on préparait aussi les bardas. Personne ne savait où l'on allait, mais il courait le bruit, aux popotes, que quelque chose de jamais vu se préparait plus bas, dans l'Oise ou dans l'Aisne, et que même les grands-pères seraient bons pour le casse-pipe.

A sept heures du soir, alors que j'avais la bouche pleine, le commandant m'a fait demander. Il m'a dit, dans son bureau déjà pratiquement déserté, éclairé par une seule lampe : « Je ne pouvais pas vous parler devant des tiers, ce matin, c'est pour cela que j'ai coupé court. » Il m'a montré une chaise pour m'asseoir. Il m'a offert une cigarette que j'ai prise et m'a donné du feu. Ensuite, il m'a dit, comme moi la veille à mes hommes : « Oubliez cette affaire, Esperanza. Oubliez jusqu'au nom de Bingo Crépuscule. » Il a pris un des papiers qui étaient encore sur sa table et m'a informé que j'étais muté dans un autre régiment, alors dans les Vosges, avec le grade de sergent-chef et la promesse que si ma conduite restait ce qu'elle était, je pouvais compter être adjudant avant les fleurs.

Il s'est levé, il est allé à une fenêtre. C'était un homme corpulent aux cheveux gris, aux épaules affaissées. Il m'a dit que lui aussi était muté, mais sans avancement, et de même notre capitaine et les dix hommes qui m'avaient accompagné. J'ai appris ainsi que Boffi irait dans ce chantier de l'arrière où un bras de grue l'a écrabouillé, et qu'on nous dispersait savamment, sauf que j'ai retrouvé mon capitaine dans les Vosges pendant quelques mois.

Avant de prendre congé, je ne savais comment demander ce qui me tenait au cœur, mais le commandant l'a compris. Il m'a dit : « Depuis des heures on se tabasse. On m'a parlé d'un lieutenant tué, d'au moins dix morts. On m'a parlé de folies. D'un bonhomme de neige construit sur le terrain, d'un prédicateur de la paix qui chante *Le Temps des cerises*, d'un avion descendu à la grenade, est-ce que je sais ! Des folies. »

Je suis sorti du presbytère, où le commandant était installé, avec un goût mauvais dans la bouche. J'ai craché par terre avant de m'apercevoir que j'étais devant le cimetière. Beaucoup de nos soldats avaient été enterrés là en automne, sous les croix de bois brut que fabriquait une compagnie voisine. J'ai pensé : « Ce n'est rien, ils ne t'en veulent pas, tu as craché sur la guerre. »

La religieuse qui a écrit à Mathilde vient jusqu'à eux dans le jardin. Elle est habillée de gris. Elle dit à Daniel Esperanza, d'un ton courroucé : « Voulez-vous remettre tout de suite votre robe de chambre ! Il y a des moments où je me demande si vous ne le faites pas exprès, d'être malade ! »

Elle l'aide à enfiler son peignoir bleu illusion, presque du même gris que sa robe de nonne d'avoir été tant de fois lessivé. Il trouve alors, dans sa poche droite, un petit paquet qu'il donne à Mathilde. Il lui dit : « Vous regarderez ces choses chez vous, je ne pourrais pas supporter que vous le fassiez devant moi. »

Des larmes coulent à nouveau sur sa figure. La religieuse, sœur Marie de la Passion, s'exclame : « Allons bon ! Pourquoi pleurez-vous encore ? » Il répond, sans la regarder ni Mathilde : « C'est un grand péché que j'ai commis ce jour-là. Je ne crois en Dieu que quand ça m'arrange, mais je sais que c'était un péché. Je n'aurais jamais dû obéir aux ordres. » Sœur Marie hausse les épaules : « Pauvre homme, comment auriez-vous pu faire autrement ? Quand vous m'avez dit votre histoire, le seul péché que j'y ai vu, c'est l'hypocrisie des puissants. »

Il est avec Mathilde depuis plus d'une heure. La religieuse trouve que c'est assez. Il dit : « Je n'ai pas fini, laissez-nous tranquilles. » Elle se plaint que ce soir il sera fatigué, il va déranger son monde toute la nuit. Finalement, elle soupire : « C'est bien, mais pas plus de dix minutes. Dans dix minutes exactement, je reviens avec le monsieur qui accompagne mademoiselle. Lui aussi se fait du souci. »

Elle s'en va, soulevant sa robe aux chevilles comme une coquette, pour éviter que les bords ne traînent sur le gravier.

Je n'ai plus grand-chose à vous raconter mais c'est important, reprend ce vieillard de quarante-trois ans, dans le souffle, crissant comme la craie sur le tableau noir, qui vient de ses poumons détruits.

D'abord, le lendemain, j'ai su que les sections de Bingo Crépuscule avaient pris la tranchée d'en face et même la seconde position des Allemands. Cela m'avait un petit air de victoire. Je me rassurais de trouver moins vaine l'ignominie. C'est pas très beau, mais c'est comme ça.

Après les avoir recopiées, j'ai mis dans des enveloppes les lettres des condamnés, je les ai données au premier vaguemestre que j'ai aperçu. Puisque vous avez reçu celle de Bleuet, je pense que les quatre autres sont parvenues à leurs destinataires. Les copies que j'en ai faites sont sur vos genoux.

Moi aussi, des semaines plus tard, j'ai reçu une lettre. Elle avait été écrite par le capitaine Favourier, quelques heures à peine après que je l'ai quitté endormi. Elle avait cheminé longtemps. Elle me retrouvait dans les pâturages de l'été, à poser des rails de chemin de fer, loin des horreurs du front. Vous l'aimerez, j'en suis sûr, comme moi. Je vous la donne parce que je la sais par cœur.

Il y a également une photographie dans le paquet que je vous ai préparé. Elle a été prise par un de mes territoriaux, quand j'avais le dos tourné. Il trimbalait partout, accroché à sa ceinture, l'un de ces petits appareils dont je ne sais pas encore s'ils étaient la magie ou la honte de nos pauvres années de tranchée. Tant d'images pour se glorifier de la prise d'un canon ou d'un soldat ennemi exténué, tant d'images complaisantes à l'enterrement d'un camarade. Mon territorial, dont le nom était Prussien, ce qui ne lui plaisait pas plus qu'on pense, a été tué en avril 17, dans le carnage du Chemin des Dames. La photographie, sa veuve, que j'ai vue à Paris un an plus tard, souffreteuse et comme obstinée à le rejoindre, me l'a donnée.

Je ne suis pas meilleur que personne : dès que je me suis trouvé dans les Vosges, mêlé à une nouvelle compagnie, à un nouveau régiment, j'ai oublié l'affaire de Bingo Crépuscule. Son souvenir ne me revenait qu'en coups de griffes, certains soirs où j'avais trop forcé sur le vin. Alors, j'étais comme tous les ivrognes, éperdu d'échapper à mes remords, voulant tout casser. Bingo Crépuscule. Pourquoi ce nom ? Je me le suis demandé longtemps, je n'ai jamais trouvé.

L'an dernier, quand nous avons commencé, pour la seconde fois, à refouler les Allemands sur la Marne, j'ai été blessé aux jambes dans la forêt de Villers-Cotterêts. On m'a retiré le fer du corps, morceau par morceau, autant qu'il était faisable. Dans la gare où j'ai été évacué, mon carton à la boutonnière, j'ai revu Chardolot, l'un des deux caporaux qui étaient venus prendre en charge les condamnés, place de l'Opéra. Il gisait sur un des brancards par dizaines alignés le long du quai. J'avais la chance d'être déjà sur des béquilles. Sa blessure — le ventre — était autrement plus grave que les miennes.

Je peux le dire, il était exsangue, si maigre que je doutais de le reconnaître, mais en me voyant penché sur lui, il a eu un sourire, il a murmuré : « Tiens donc, le sergent Esperance. » Je lui ai dit : « Mon ami, si j'avais su, j'aurais laissé tout le monde filer dans la campagne. » Il voulait rire, quand j'ai dit ça, et du ton que j'avais pris, mais rire lui faisait mal, comme à moi aujourd'hui.

Je lui ai demandé, bien sûr, ce qui était advenu après mon départ de la tranchée. Il a bougé un peu la tête, il m'a dit comme mon commandant, cela faisait déjà dix-huit mois : « des folies. » Ensuite, il a fait un effort, il s'est presque redressé sur les coudes et m'a soufflé : « Ils sont tous morts, les cinq dans le bled, le lieutenant, mes camarades. Le capitaine aussi, quand on a pris les tranchées d'en face. » Il voulait que je me penche davantage, j'ai plié les genoux pour l'entendre. J'ai entendu : « On est rentré dans du mou. On a sauté sur la première et la seconde position sans perdre un bonhomme, et quand on est arrivé sur la troisième, ils nous ont assassinés. »

Il est resté un long moment les yeux clos, happant l'air par grandes goulées. Il n'avalait que la fumée du train dont les blessés qui le pouvaient encore, anglais, français ou américains, se disputaient les portières. J'ai insisté : « Tu es certain que tous les cinq sont morts ? » Il m'a regardé avec amusement et mépris : « Tu tiens encore pour eux, prévôt ? Lequel voudrais-tu tant qu'il s'en soit sorti ? » J'ai répondu : « N'importe. Ne m'appelle pas prévôt. »

Il a fermé à nouveau les yeux. J'ai senti qu'il avait trop à raconter, qu'il ne le pouvait pas. Je ne vous dirai que la vérité, mademoiselle, même si vous la trouvez décevante. Mentir pour encourager vos espoirs serait une ignominie. Les dernières paroles que j'ai entendues de Chardolot, la tête tournée vers moi, aux lèvres un sourire loin de tout, alors qu'on appelait mon nom pour que je monte dans le train et que des brancardiers me tarabustaient pour que je laisse leur blessé en paix, sont celles-ci : « Je miserais bien deux louis avec toi sur le Bleuet, si je les avais. Il a bâti, d'une seule main, un bonhomme de neige au milieu du bled. Mais les filles m'ont tout piqué. »

Plus tard, pendant qu'on roulait loin des combats, j'ai cherché Chardolot sur mes béquilles à travers les wagons, en bousculant le monde, en tombant dix fois. Je ne l'ai jamais revu. Peut-être n'était-il pas dans le même convoi. Peut-être a-t-il expiré avant qu'on l'embarque. La mort est si grimacière. Moi qui vous parle, j'ai été démobilisé en octobre, un mois avant l'armistice. J'avais échappé à tout. Je pourrais jouir de ma chance et d'une honnête pension, mais non, ce n'est pas de la guerre que je meurs : à Angers, dans l'hôpital où je terminais ma convalescence, j'ai chopé la maladie des civils, cette saloperie de grippe espagnole. On m'a dit que j'étais guéri, que les séquelles ne seraient pas graves. Et je ne sais pas si je me réveillerai demain matin.

La veuve blanche

Dans l'auto, de retour vers Capbreton, Mathilde voit bien que Sylvain s'inquiète pour elle, qu'il voudrait qu'elle épanche sa peine. Elle n'a pas envie de parler, pas envie de larmoyer, elle a envie de se retrouver seule dans sa chambre. Heureusement, le bruit du moteur ne facilite pas la conversation.

Quand elle est seule dans sa chambre, devant sa table, entourée par les photographies de son fiancé, elle ouvre le petit paquet de Daniel Esperanza.

La première chose qu'elle regarde, c'est aussi une photo, format carte postale, couleur sépia comme on en fait, qui a été prise dans une tranchée semblable à des dizaines qu'elle a vues dans *Le Miroir* ou *L'Illustration*. Il y a sept hommes en tout sur l'image : cinq assis, la tête nue et les bras dans le dos, un debout sous son casque, l'air plutôt fier de lui, et un dernier en profil perdu, à l'avant-plan, qui fume sa pipe.

Elle voit Manech tout de suite. Il est un peu à l'écart, sur la gauche, il regarde dans le vague. Il sourit, mais d'un sourire qu'elle ne lui connaît pas. Les traits, l'allure du corps, même s'il est amaigri, elle les reconnaît. Il est sale. Ils sont tous sales, les vêtements informes et couverts de terre, mais ce qui est le plus étrange, ce sont leurs yeux brillants.

Au-dessus de chaque tête, d'une encre devenue grise, est inscrit un chiffre qui correspond, au dos de la carte, à un nom, sauf que l'homme à la pipe n'a droit qu'à un point d'interrogation entre deux parenthèses d'une courbe appliquée. Celui qui pose à côté des condamnés, un brassard à la manche, est le caporal Boffi.

En second lieu, Mathilde déplie un papier bordé d'usure. C'est la fameuse liste dactylographiée que Daniel Esperanza dit avoir reçue de son commandant :

KLÉBER BOUQUET, menuisier, Paris, classe 1900.
FRANCIS GAIGNARD, soudeur, Seine, 1905.
BENOÎT NOTRE-DAME, cultivateur, Dordogne, 1906.
ANGE BASSIGNANO, Bouches-du-Rhône, 1910.
JEAN ETCHEVERY, marin-pêcheur, Landes, 1917.

Au bas de cette feuille sans en-tête ni tampon d'aucune sorte, on peut lire, en lettres bien rondes :
Samedi 6 janvier 17, 22 heures 30, Urbain Chardolot, caporal.

Et plus à droite, d'une écriture primaire, une autre signature :
Benjamin Gordes, caporal.

Mathilde reprend la photo et n'a aucune peine à identifier l'Eskimo, Six-Sous, Cet Homme et Droit Commun. Ils sont comme elle les imaginait quand Esperanza lui parlait d'eux, à cela près qu'ils sont tous quatre moustachus et, la fatigue étant, paraissent plus vieux que leur âge. Manech, à côté d'eux, est un adolescent égaré.

Ensuite, Mathilde lit les lettres recopiées par Daniel Esperanza sur du papier mauve, de cette encre fanée au point d'être grise. Elle les lit dans l'ordre où elle les trouve. Elle ne cherche pas d'abord celle de Manech. A quoi bon ? Elle a reçu, pendant les sept mois où il était à la guerre, soixante-trois lettres ou cartes postales de lui. Elle les a tant de fois relues qu'elle pourrait les réciter toutes sans se tromper d'un mot.

La grande fenêtre de sa chambre est éclaboussée par le soleil pourpre qui se couche sur l'océan, à travers les pins.

Kléber Bouquet à Louis Teyssier,
Bar Chez Petit Louis, 27, rue Amelot, Paris.
Du front, 6 janvier 17.

Mon bon Nez-Cassé,
Si tu vois Véro, dis-lui la bonne année et que je pense à elle et que je regrette bien qu'elle veut plus me parler. Dis-lui que si je reviens pas, ma dernière pensée sera pour elle et tous les moments de bonheur qu'on a eus, vraiment merveilleux. L'argent que je t'ai confié, donne-lui. C'est pas grand-chose, j'aurais tant voulu qu'elle ait la vie belle.

A toi aussi, mon camarade, je pense souvent, et aux pâtées que tu m'as mises aux dés sur ton comptoir et à nos rigolades quand on sortait les siphons, ça au moins c'était de la bonne bataille.

Je suis muté ailleurs, alors si tu reçois pas de nouvelles de quelque temps, pas de souci, j'ai la santé.

Allez va, le bonjour à tous les amis et à toi longue vie.
Kléber.

P.-S. Je peux te le dire, ça te fera plaisir, j'ai retrouvé Biscotte et on s'est réconcilié. On était tous les deux bien bêtes.

54

La veuve blanche

Francis Gaignard à Thérèse Gaignard,
108, route de Châtillon, Bagneux, Seine.
Samedi 6 janvier.

Ma chère femme,
Je sais que tu seras soulagée de recevoir cette lettre, mais que veux-tu, je n'ai pas pu t'écrire depuis un mois parce que j'ai été changé de régiment et c'était très difficile avec tous les tracas des voyages. Enfin, maintenant je peux te souhaiter une bonne année qui, j'en suis sûr, verra la fin des malheurs de tous. J'espère que tu as pu faire de beaux cadeaux à nos petites, à ma Geneviève chérie, à ma Sophie bien-aimée. J'espère aussi qu'à l'armement ils t'ont donné tes deux jours de congé, qu'au moins tu as pu te reposer, ma chère femme, même si ces fêtes ne devaient pas être bien gaies pour toi.

Ne te fais pas de mauvais sang de ce que je vais te dire, je me porte comme un charme feuillu, mais je serai plus tranquille de l'avoir dit. Au cas où il m'arriverait quelque chose, on sait jamais (regarde mon malheureux frère Eugène), fais ce que tu m'as promis, ne pense qu'à nos petites, moi j'aurai plus besoin de rien et je voudrais de tout mon cœur que tu te trouves un brave garçon pour vivre heureuses toutes les trois. A la fin du mois, j'aurai trente et un ans et toi vingt-neuf, ça fait huit ans bientôt qu'on est mariés. Il me semble qu'on m'a volé la moitié de ma vie.

Pour une fois, puisque c'est la nouvelle année, embrasse sincèrement pour moi tes parents. Je ne leur en veux pas, tu le sais bien, mais ils devraient au moins éviter de parler de certaines choses. C'est à cause de l'aveuglement de gens comme eux que je suis là, et les compagnons aussi.

Je dois m'arrêter, la corvée m'attend. Je t'embrasse avec tout mon amour, veille bien sur nos petites chéries.

Merci d'être ma femme.

Ton Six-Sous.

Benoît Notre-Dame à Mariette Notre-Dame,
Les Ruisseaux, Cabignac, Dordogne.
6 janvier 17.

Chère épouse,
Je t'écris cette lettre pour t'avertir que je serai sans
t'écrire un moment. Dis au père Bernay que je veux tout
réglé pour le début mars, sinon tant pis pour lui, il nous
vend son engrais trop cher. Je pense malgré tout qu'il fera
l'affaire.
Dis à mon Titou que je l'embrasse fort et que rien de mal
ne peut lui arriver pourvu qu'il écoute sa maman chérie.
Moi, je connais encore personne d'aussi bon. Je t'aime,
Benoît.

Ange Bassignano à Tina Lombardi,
Aux soins de Madame Conte,
5, traverse des Victimes, Marseille.
Samedi 6 janvier.

Ma chouquette,
Je sais plus où tu es. Moi, je peux pas le dire à cause du
secret militaire. J'ai bien cru ma fin prochaine mais maintenant ça va mieux, j'ai l'espoir de m'en sortir et que la Bonne
Mère me protégera encore une fois, même favouille comme
tu me connais. J'ai pas eu de chance, voilà tout.
Tu te rappelles quand on était minots et qu'on se voyait
dans la glace de la kermesse, à Saint-Mauront, gros comme
des tonneaux ? J'ai l'impression que ma vie s'est déformée
pareil. En plus, sans toi je suis perdu, je fais que des
conneries. A commencer par cette bagarre idiote avec le fils
Josso. Plutôt que ça, j'aurais dû partir avec toi en Amérique,
comme Florimond Rossi, le girond du *Bar des Inquiets*, il
s'est embarqué pour pas faire un malheur. On aurait gagné

des sous, là-bas, c'est plein de millionnaires. Mais on revient pas en arrière, ma chouquette, tu me le disais toujours.

Je sais pas dans quelle zone des armées tu vadrouilles, sûrement à me chercher partout, ça me ronge. J'ai jamais eu autant besoin de toi que ce soir. Quoi qu'il arrive, me laisse pas tomber. Même au temps de la prison, quand tu venais me voir, tu étais mon soleil.

J'espère de tout mon cœur que je vais m'en sortir et après je me ferai pardonner toutes les misères que je t'ai faites, je serai tellement gentil avec toi que tu te pinceras pour y croire et j'embrasserai tes bleus.

Ciao, mon clair de lune, mon beau pétard, mon cœur d'amadou. J'ai dicté cette lettre à un brave zigue, parce que je sais pas bien écrire et que je me suis fait mal à la main, mais l'amour y est.

Je t'embrasse comme la première fois, quand on était minots, sous les platanes de la rue Loubon. C'est pas d'hier, pas vrai, ma chouquette ?

Ton Ange de l'enfer.

Vient ensuite la lettre de Manech. Elle est identique à celle qu'a reçue Mathilde au début de 1917, puisque les deux sont de la main de Daniel Esperanza, mais la couleur du papier la trouble un peu et aussi que l'ordonnance des lignes n'est pas la même. Pendant quelques secondes, elle ne peut se défendre de l'idée que Manech s'est éloigné d'elle encore plus.

Jean Etchevery à Mathilde Donnay,
Villa **Poéma**, *Capbreton, Landes.*
6.1.17.

Mon amour,
Aujourd'hui, je ne peux pas écrire, un camarade landais le fait pour moi. Ton visage est tout éclairé, je te vois. Je suis heureux, je reviens. J'ai envie de crier ma joie sur la route, je reviens. J'ai envie de t'embrasser comme tu aimes, je reviens. Il faut que je marche vite. Demain, c'est déjà dimanche et on nous marie lundi. J'ai envie de crier ma joie sur la route des dunes, j'entends Kiki mon chien qui vient à travers la forêt, tu es avec lui, tu es belle et tout en blanc, j'ai bien du bonheur de notre mariage. Ah oui, ma Matti, je viens vers toi dans cette lumière, j'ai envie de rire et de crier, mon cœur est plein de ciel. Il faut préparer la barque avec des guirlandes, je t'emmènerai de l'autre côté du lac, tu sais où. J'entends toutes ces vagues immenses et j'entends ta voix dans le vent qui me crie ton amour : « Manech ! Manech ! » Et je vois les bougies allumées dans la baraque en bois et nous deux couchés sur les sennes, je vais courir de toutes mes forces, attends-moi. Mon amour, ma Matti, nous serons lundi mariés. Notre promesse est gravée avec mon canif dans l'écorce du peuplier au bord du lac, c'est tellement nous, c'est tellement clair.
Je t'embrasse tout doux, tout doux comme tu aimes, et tes beaux yeux je les vois, et ta bouche dans la lumière, et tu me souris.
Manech.

En basque, Jean se dit Manech mais s'écrit Manex. C'est volontairement que Manech lui-même faisait la faute, et Mathilde aussi. Esperanza n'y a pas coupé, peut-être par ignorance, mais Mathilde en doute, puisqu'il est de Soustons. Elle le lui demandera. Elle a bien l'intention de retourner le voir.

Il y a une dernière découverte à faire dans le petit paquet : la lettre du capitaine Favourier. L'enveloppe et le papier sont bleu ciel, la doublure de l'enveloppe bleu foncé. L'écriture n'est pas celle d'un professeur, serait-il professeur des mensonges de l'Histoire. Elle est haute, brutale, tout en cassures, presque illisible.

Et pourtant.

Dimanche, le 7.

Ami,

L'aube n'est point levée. Je me rends compte que le sommeil m'a kaputté avant que je termine une anecdote, c'est pour moi très humiliant.

Je vous disais donc, entraîné là par le cognac et ma nostalgie des timbres-poste : « Victoria Anna Penoe ». Prétendre qu'à quinze ans j'étais amoureux fou de l'effigie de la plus grande des reines serait un euphémisme. J'enrageais de n'être pas anglais ou australien ou même de Gibraltar. J'étais bien pauvre, à cette époque, plus encore qu'à présent, je ne pouvais m'offrir, en timbres, que les moindres valeurs de la reine Victoria. J'ai eu néanmoins la chance d'avoir un beau bleu d'Afrique Orientale et la naïveté d'imaginer qu'Anna, la monnaie des Indes en vigueur là-bas, était le second prénom de ma bien-aimée. Pour Penoe, c'est encore mieux. Il s'agit d'un timbre que je n'ai pu admirer qu'à la va-vite, chez un marchand, parmi les clients qui se le disputaient. Il valait déjà beaucoup d'argent. Savez-vous pourquoi ? C'était un deux pence dont je vous laisse l'excitation de chercher l'origine, et une erreur ou un écrasement à l'imprimerie avait fait que le C de pence s'était refermé en O. N'est-ce pas joli ? Me comprenez-vous ? Qu'ai-je donc à faire où vous m'avez vu ?

Je suis retourné tout à l'heure, après avoir dormi, à la tranchée. Si cela peut vous rassurer, ils s'étaient détachés assez vite, ils creusaient comme des taupes. Par deux fois, sur ordre d'en haut sûrement, les Boches ont jeté au hasard, dans le noir, des grenades. Les nôtres ne pouvaient faire moins que de répliquer au mortier. Toute tracasserie a cessé depuis lors. Dans le bled, un seul ne répond pas quand on l'appelle, mais c'est le paysan, cela ne veut rien dire sinon qu'il est mal élevé. Je crois qu'ils sont encore tous vivants.

Je vous écris cette lettre afin que vous sachiez que je ferai tout pour qu'ils le restent, y compris ce à quoi je répugne, engager mes soldats dans un coup de main. J'espère comme vous que la journée passera vite et qu'à la nuit, l'ordre me sera donné d'aller les reprendre.

Adieu, sergent. J'aurais aimé vous rencontrer loin d'ici, en d'autres temps.

Étienne Favourier.

Mathilde reste un long moment immobile, les coudes sur sa table, le menton dans ses mains. La pénombre envahit la chambre. Elle pense aux lettres qu'elle vient de lire, des images l'ont frappée qui se bousculent. Elle se promet de les relire le lendemain.

En attendant, elle allume sa lampe, sort des feuilles à dessin de son tiroir. Elle écrit à l'encre noire ce que lui a raconté Daniel Esperanza. Elle a une bonne mémoire. Elle s'efforce de retrouver les phrases qu'il a prononcées. Elle est attentive à la voix du pauvre homme, restée dans ses oreilles, mais plus encore à ce qu'elle voyait au fur et à mesure de son récit, aussi net que si elle avait vécu ces choses elle-même, et maintenant tout est inscrit dans son souvenir comme sur une pellicule de cinéma. Pour combien de temps, elle n'en sait rien. C'est pourquoi elle en prend note.

Plus tard, Bénédicte frappe à la porte. Mathilde lui dit qu'elle n'a pas faim, qu'on la laisse tranquille.

Plus tard encore, quand elle a fini, Mathilde boit deux ou

trois gorgées d'eau minérale, au goulot de la bouteille, se débarrasse de sa robe et se couche par ses propres moyens. Un papillon de nuit est entré dans la chambre. Il se cogne obstinément à la lampe de chevet.

Mathilde éteint. Allongée dans le noir, elle pense à la reine Victoria, elle voudrait retrouver l'origine de ce timbre-poste sur lequel pence est devenu penoe. Elle n'aimait pas Victoria, jusqu'à ce soir, à cause de la guerre contre les Boers. Elle n'aimait pas beaucoup non plus les capitaines.

Après, elle pleure.

Mathilde a dix-neuf ans, sept mois et huit jours. Elle est née aux premières lueurs de l'aube de ce siècle, le 1ᵉʳ janvier 1900, à cinq heures du matin, c'est très commode pour calculer son âge.

A trois ans, cinq mois et dix jours, échappant à la surveillance de sa mère, qui s'en est toujours voulu d'avoir engagé une dispute mesquine avec une voisine de palier, à propos d'un chat qui faisait pipi sur son paillasson, Mathilde est montée tout en haut d'un escabeau de cinq marches, elle est tombée. Par la suite, elle a expliqué — on le lui a dit, elle ne se souvient pas de son exploit — qu'elle avait voulu voler comme dans ses rêves.

A l'hôpital, on lui a fait tous les examens. Sauf une clavicule fêlée qui s'est ressoudée en quelques jours, elle n'avait rien, pas une lésion, pas une écorchure. Il paraît qu'elle riait dans son lit, enchantée de l'empressement de tout le monde autour d'elle.

Retenez vos larmes : Mathilde n'a jamais plus marché.

Les premiers temps, on a pensé à un choc psychologique, la peur qu'elle avait eue ou — pourquoi pas ? — la déception de se découvrir, dans les airs, inférieure à un moineau. De nouveaux examens n'ayant rien décelé qui justifie son infirmité incompréhensible, on était à la limite de croire qu'elle se complaisait, par orgueil, dans une attitude adoptée dès l'abord pour éviter d'être grondée. Ces idioties jusqu'à ce qu'un maigre barbu émette l'idée affolante que Mathilde, vagabondant à une heure tardive dans les couloirs de l'appartement familial, avait pu surprendre papa et maman en train de se faire du bien.

Le papa en question est haut de cent quatre-vingt-six centimètres et pèse cent kilos. A l'époque de l'accident, il a trente-cinq ans, il fait peur. Sans doute, le pauvre barbu, qui a reçu sa main dans la figure, erre encore entre le cimetière Montparnasse et la rue de la Gaîté, quand on le voit zigzaguer sur le trottoir on lui jette des sous.

Le père de Mathilde ne s'est pas contenté de gifler un prétendu psychologue, ni d'insulter des médecins qui, « sortis de l'aspirine, ne savent rien ». Il a laissé tomber, ou plus que négligé son travail — une entreprise de construction — pendant de longs mois. Il a transporté Mathilde à Zurich, à Londres, à Vienne, à Stockholm. Elle a beaucoup voyagé, entre quatre et huit ans, mais sans voir du pays autrement que par des fenêtres d'hôpitaux. Et puis, il a fallu se résigner. On a expliqué à Mathilde, la mieux placée pourtant pour le savoir, que les ordres de son cerveau n'allaient plus jusqu'à ses jambes. Quelque part dans sa moelle épinière, le courant était coupé.

Après, il y a eu l'époque où l'on croyait à n'importe quoi : le spiritisme, la magie, les épingles dans des poupées achetées au Bon Marché, le bouillon de trèfle à 'quatre feuilles, les bains de boue. Et même, une fois, un hypnotiseur : Mathilde, qui avait dix ans, tout à coup s'est levée. Sa mère prétend qu'elle a fait un pas, son père assure un demi, son frère Paul ne dit rien mais n'en pense pas plus. Mathilde est retombée dans les bras de papa et il a fallu appeler les pompiers pour la réveiller.

Déjà, elle était très orgueilleuse, elle s'était arrangée du mieux qu'elle pouvait avec elle-même. Elle n'acceptait d'être aidée de personne, sauf pour son bain, dans les endroits où l'on va seule. Sans doute s'est-elle trouvée en difficulté plusieurs fois, sans doute s'est-elle fait mal, mais l'expérience prise, elle a toujours été capable de se débrouiller partout avec ses bras et ses mains, pourvu qu'on ait prévu où il faut de quoi s'accrocher.

Et puis, peu importe. Cela n'est pas intéressant. Mathilde a d'autres vies, multiples et très belles. Par exemple, elle peint de grandes toiles qu'elle exposera un jour et tout le monde verra qui elle est. Elle peint des fleurs, uniquement des fleurs. Elle aime le blanc, le noir, le rouge fureur, le bleu du ciel, le beige doux. Elle a des problèmes avec les jaunes, mais après tout Vincent en avait aussi, qui admirait tant Millet. Pour elle, les fleurs de Millet resteront tendres et cruelles et vivaces dans la nuit des temps.

Dans son lit, où tout est possible, Mathilde imagine souvent qu'elle est l'arrière-petite-fille de Millet. Le coquin a fait une bâtarde à sa coquine d'arrière-grand-mère. Après avoir été femme de plaisir à Whitechapel et tuberculeuse repentie, cette bâtarde, une grande bringue à chignon torsadé, s'est entichée à seize ans du grand-père de Mathilde et a su s'y prendre. Ceux qui doutent de cette histoire, tant pis pour eux.

Une autre vie, c'est les chats. Mathilde en a six, et Bénédicte un, et Sylvain un, ce qui fait huit bonheurs dans la maison et pas mal de petits chats et de petites chattes qu'on donne aux amis méritants. Les chats de Mathilde s'appellent Uno, Due, Tertia, Bellissima, Voleur et Maître Jacques. Aucun ne ressemble à l'autre, sauf que tous supportent Mathilde, jamais ils ne la regardent de travers. Le chat de Bénédicte, Camembert, est le plus intelligent mais aussi le plus gourmand, il lui faudrait un régime pour maigrir. La chatte de Sylvain, Durandal, est une pécore, elle n'adresse même pas la parole à Bellissima, sa fille, qui en souffre et ne la quitte pas d'un poil de queue. Mathilde, qui appréhende toujours l'avenir, voudrait que les chats vivent plus longtemps.

Il y a un chien aussi, à la villa *Poéma* — contraction de Paul et Mathilde —, mais lui, Pois-Chiche, c'est un brave berger des Pyrénées, complètement sourd, qui passe des matinées entières à courir après les écureuils, uniquement pour les embêter, qui aboie quand les gens s'en vont, qui dort le reste du temps en faisant des pets. Chaque fois qu'elle l'entend, Bénédicte dit : « Chien qui pète, joie sur ma tête. »

Une autre vie aussi, pendant la guerre, c'était les enfants de Soorts, le bourg voisin, privés d'instituteur. Il en venait douze et puis quinze chez Mathilde, de six à dix ans, et elle avait transformé une pièce de la villa en salle de classe. Elle leur apprenait l'écriture, le calcul, l'histoire, la géographie et le dessin. En juillet 18, veuve déjà depuis plus d'un an de son fiancé, elle leur a fait jouer un bout de Molière devant les mamans, le maire et le curé. La petite Sandrine, emmasquée en bonne femme maltraitée par son mari, quand le voisin, monsieur Robert, s'interpose, était incapable de dire : « *Il me plaît, à moi, d'être battue.* » Elle disait : « Et si je veux qu'il me tape, ça te regarde ? » Et vlan, elle donnait une gifle à Hector, un des fils Massette, qui jouait monsieur Robert. Aussitôt, elle se reprenait, main sur la bouche : « Non, c'est pas ça. Je veux pas que tu te mêles de mes histoires ! » Et vlan, une autre gifle. « Non, c'est pas ça. Mais si ça me chante que mon époux me batte ? » Et encore une autre gifle. Le petit Massette pleurait, il a fini par rendre la claque, les mères s'en sont mêlées, la pièce s'est terminée en pugilat, comme Hernani.

Mathilde, depuis sa « maladie », c'est-à-dire depuis plus de quinze ans, n'a guère passé de jours sans gymnastique. Son père ou sa mère ou Sylvain manipule ses jambes. Longtemps, le rebouteux de Seignosse, monsieur Planchot, est venu sur sa bécane trois fois par semaine, à neuf heures tapantes, pour lui imposer des mouvements, allongée sur le dos ou sur le ventre, lui masser les épaules, la nuque et la colonne vertébrale. Il a pris sa retraite. Depuis l'armistice, un guide-baigneur de Capbreton le remplace, avec moins d'exactitude mais des muscles plus avantageux : Georges Cornu, un fier moustachu qui a concouru à la nage aux championnats d'Aquitaine et fait la guerre comme instructeur dans la marine. Il ne parle pas beaucoup. Au début,

Mathilde était bien honteuse qu'il la tripote sur tout le corps, même les fesses, et puis, elle s'y est habituée, comme au reste. C'est quand même plus agréable que ce qu'on doit subir dans les hôpitaux. Elle ferme les yeux. Elle se laisse pétrir. Elle imagine que Georges Cornu admire ses formes et n'en peut plus de désir. Une fois, il lui a dit : « Vous êtes drôlement bien bousculée, mademoiselle. Et je peux vous assurer que j'en vois. » Ensuite Mathilde ne savait plus si elle devait l'appeler Mon cher Georges, Mon très cher Georges ou Jojo.

C'est vrai que Mathilde n'est pas laide. Enfin, elle trouve. Elle a de grands yeux verts ou gris, selon le temps, comme sa mère. Elle a un petit nez droit, de longs cheveux châtain clair. Pour la taille, elle tient de son père. Quand on la déplie, elle mesure cent soixante-dix-huit centimètres. Il paraît que c'est d'avoir passé beaucoup de temps couchée qui l'a faite ainsi. Elle a de très beaux seins. Elle est fière de ses seins, qui sont ronds, lourds, plus doux que la soie. Quand elle en caresse les bouts, elle a bientôt envie d'être aimée. Elle s'aime toute seule.

Mathilde, comme son arrière-grand-mère inventée, est une belle coquine. Avant de s'endormir, elle s'imagine dans des situations troublantes, toutes plus invraisemblables les unes que les autres, encore qu'elles tournent toujours autour du même thème simplet : elle est la victime d'un inconnu — elle ne voit jamais vraiment son visage — qui la surprend quelque part en chemise, ne peut résister à la formidable envie qu'il a d'elle, la cajole, la menace, la dénude, jusqu'à ce qu'elle se résigne à l'inévitable ou l'appelle de tous ses vœux. La chair est si forte. Mathilde a rarement besoin d'aller aux ultimes péripéties de ses divagations pour que le plaisir l'emporte, si impératif, si aigu parfois qu'il lui semble s'irradier jusque dans ses jambes. Elle s'enorgueillit de ce plaisir et d'en être capable, qui la rend, pendant quelques poussières d'éternité, pareille aux autres.

Jamais, depuis l'annonce de sa disparition, Mathilde n'a pu supporter la pensée de son fiancé quand elle se contente.

Et il est de longues périodes où elle a honte d'elle-même et se déteste et se jure bien de fermer sa porte aux inconnus. Autrefois, même avant qu'ils aient fait l'amour et durant les mois où il était au front, elle ne se voyait pourtant qu'avec Manech en se donnant du plaisir. C'est comme ça.

Il y a aussi les rêves, les bons et les horribles, qui gouvernent Mathilde endormie. Il arrive qu'elle s'en souvienne au réveil. Elle sait qu'elle courait à perdre haleine dans les rues de Paris, dans la campagne, dans la forêt d'Hossegor. Ou bien elle descend d'un train, dans une gare étrangère, peut-être pour retrouver Manech, et le train repart en emportant tous ses bagages, personne ne peut dire où il va, c'est toute une histoire. Ou bien alors elle vole dans le grand salon de la rue La Fontaine, à Auteuil, où ses parents habitent maintenant. Elle plane au ras du plafond, entre les lustres de cristal, descend, remonte et en fait tant qu'en s'éveillant, elle est trempée de sueur.

Allons, il suffit. Mathilde s'est présentée. Elle pourrait continuer ainsi pendant des heures, ce serait certainement toujours aussi passionnant, mais elle n'est pas là pour raconter ses vies.

Aristide Pommier a vingt-sept ans, les cheveux frisés, la myopie sévère. Il vit à Saint-Vincent-de-Tyrosse. Il était aux cuisines dans le même régiment que Manech en 1916. Après les combats de l'automne, profitant d'une permission, il est venu voir Mathilde, porteur de bonnes nouvelles de son fiancé, d'une photo souriante et de pendants d'oreilles troqués avec les tommies, il n'a pas dit contre quoi. A l'entendre, tout allait pour le mieux dans la meilleure des guerres. Et puis, pressé de questions inattendues, les joues rouges et les carreaux embués, il a changé de chanson. Il a raconté ce jour d'été où Manech, inondé du sang d'un autre et arrachant ses vêtements, a été ramené nu vers l'arrière, et aussi ce conseil de guerre pour un ictère provoqué, la relative indulgence des juges, les tremblements sans raison.

Quelques mois plus tard, en avril 17, alors que les

Etchevery avaient reçu confirmation de la mort de leur fils, Aristide Pommier est revenu en permission pour épouser la fille d'un exploitant forestier de Seignosse, son patron. Mathilde n'a pu lui parler que deux minutes à la sortie de l'église. Il était désolé pour Manech, un brave garçon. Mais lui-même n'allait pas au feu, sinon celui de ses fourneaux, il n'avait rien vu, rien entendu, il ne savait rien de ce qui s'était passé.

Ensuite, il est resté muet sous la pluie qui fait les mariages durables, boudiné dans un uniforme qui n'avait plus d'horizon mais qu'il ne quitterait probablement même pas pour sa nuit de noces, et Mathilde, évidemment, l'a traité de mange-merde, et il était là, immobile, la tête basse, les cheveux dégoulinants, le regard fixé à cinq centimètres du bout de ses godasses, supportant tous les gros mots d'une trouble-fête qui adore en dire, jusqu'à ce que Sylvain emmène la harpie loin de tout, chez elle, loin de tout.

Démobilisé cette année, Aristide Pommier a repris son travail de résineux, mais depuis qu'il en est le gendre, il ne s'entend plus avec son patron. Ils se sont battus. Le beau-père s'est ouvert le front en cassant les lunettes d'Aristide d'un coup de tête. Bénédicte, qui est pour Mathilde la gazette des Landes, prétend que l'Aristide veut s'expatrier avec sa femme grosse et les deux marmottes qu'ils ont déjà. Elle ajoute, comme elle l'a entendu raconter des valeureux poilus sous les bombes : « Tout ça finira mal. »

Il est arrivé à Mathilde de croiser en chemin Aristide Pommier, quand elle se fait conduire sur le port ou au bord du lac, mais il se contente de la saluer, il détourne la tête et appuie sur les pédales de sa bicyclette. Après les révélations d'Esperanza, elle ne le déteste plus. Elle comprend bien que le jour de son mariage et pendant tous ces mois, il s'est tu pour épargner dans le pays le souvenir de Manech. Elle veut le voir. Elle lui dira qu'elle sait. Elle lui demandera pardon comme la fille bien élevée qu'elle est quand elle ne traite pas les gens de mange-merde. Il n'aura plus de scrupule à défendre, il lui parlera.

67

Tout en la pétrissant de ses grandes mains de nageur, Georges Cornu lui dit : « Aristide ? Vous ne le trouverez pas aujourd'hui, il est en forêt. Mais aux joutes de demain, vous pouvez venir le repêcher dans le canal, on fait partie de la même équipe. »

Le lendemain, dimanche, Sylvain conduit Mathilde aux rives du Boudigau, déplie la trottinette et l'y installe sous une ombrelle. Il y a beaucoup de banderoles, de couleurs agressives et de bruit. Une foule venue des lointains s'est répandue partout, jusque sur la passerelle en bois, au-dessus du canal, que les gendarmes s'évertuent à dégager. Les adultes braillent, les enfants se poursuivent, les bébés moisissent dans leurs landaus sous un soleil d'Afrique.

Ce sont des joutes de barque à barque. Quand Aristide Pommier, en pantalon et tricot blancs, est tombé suffisamment de fois dans l'eau pour être éliminé, Sylvain l'amène tout trempé, sauf ses lunettes, jusqu'à Mathilde. Il n'est pas peu fier de s'être fait déquiller par tous ses concurrents. Il dit : « Par cette canicule, c'est un plaisir d'être vaincu. » Mathilde lui demande de la pousser en un endroit plus tranquille, ils vont sous les pins. Il s'assoit sur les talons quand il commence à lui parler.

J'ai vu Manech pour la dernière fois vers le milieu de novembre 16, dit ce jouteur qui sèche à l'ombre. C'était à Cléry, dans la Somme. Je n'étais plus dans son secteur, mais les tristes nouvelles, dans les roulantes, vont plus vite que les bonnes, je n'ai pas été surpris de le voir amené, le bras en écharpe, je savais qu'il s'était fait tirer un coup de fusil par un guetteur d'en face.

On l'a enfermé dans une grange qui restait debout. En attendant que les gendarmes viennent le prendre, trois bonhommes l'ont gardé. Vers deux heures de l'après-midi, j'ai dit à mon sergent : « C'est un de mon pays, je l'ai connu avec un sac d'écolier sur le dos quand je travaillais déjà.

Laissez-moi y aller. » Alors, le sergent a dit d'accord et j'ai remplacé un des trois gardiens.

C'était une grange comme on les voit dans le Nord, toute en bonnes briques pleines, avec de grosses poutres dans tous les sens. Elle était grande. Manech avait l'air tout petit là-dedans. Il était assis contre un mur, dans une tache de jour qui tombait du toit crevé, il tenait sa main blessée contre son ventre. Un pansement de fortune la recouvrait, plein de sang, déjà sale. J'ai demandé aux deux autres : « Mais pourquoi on le garde ici, dans cet état ? » Ils n'en savaient rien.

Bien sûr, j'ai réconforté Manech de mon mieux. Je lui ai dit que ça serait pas grave, qu'on allait le transporter à l'ambulance, qu'il serait bien soigné, ces choses-là. En plus, cela faisait des mois que les cours martiales n'existaient plus, il risquait pas terrible, il aurait un avocat, on tiendrait compte de son âge. A la fin, il souriait, il m'a dit : « Vrai, Pommier, j'imaginais pas que tu parlais si bien, c'est toi qui me ferais un bon avocat ! »

Le nom de l'avocat qu'il a eu en fin de compte ? Je sais pas. Quelqu'un, des jours après, qui revenait de Suzanne, m'a dit que pour les bleuets qui passaient au conseil dans la même fournée, c'était un capitaine d'artillerie, fort dans le juridi-que, mais il m'a pas dit son nom.

J'ai parlé de beaucoup de choses avec Manech, du pays, de vous, de la tranchée, de ce qu'il avait fait à cause d'un sergent pourri qui était toujours après lui, est-ce que je sais ? De tout ce qui nous venait.

Le sergent pourri ? Lui, je le connaissais. Il s'appelait Garenne, comme les lapins, il venait de l'Aveyron. Un pète-plus-haut-que-son-derrière qui n'avait en tête que les galons. Un vrai mauvais, sauf qu'il allait de bon cœur à la tuerie. S'il est pas crevé, il a dû finir avec au moins deux étoiles.

C'est des chasseurs à pied, finalement, qui sont venus prendre Manech pour l'emmener à l'ambulance où il a été opéré. J'ai su plus tard qu'il y avait perdu la main. C'est triste, mais encore plus triste qu'on l'ait condamné. On a lu la sentence dans toutes les sections. Pour vous dire la vérité, mademoiselle Mathilde, j'y croyais pas, personne y croyait, on était sûr que le père Poincaré donnerait la grâce.

Je ne comprends pas ce qui s'est passé. Au procès, ils étaient vingt-huit à avoir cherché ou s'être fait la fine blessure. On en a condamné quinze à mort, probablement parce qu'on a eu peur que beaucoup d'autres en fassent autant si on y allait pas d'un exemple. Le pauvre Manech a mal choisi son moment.

Mais même ça, qui peut le dire ? Les trois quarts de mon bataillon sont tombés quatre mois plus tard, à Craonne. Heureusement, j'en étais plus, même aux cuisines. On m'avait transféré, à cause de mes yeux, j'ai passé le reste de la guerre à fabriquer des cercueils.

Il faut plus m'en vouloir, mademoiselle Mathilde. Si je vous ai rien dit, si j'ai rien dit à personne, même à ma femme, c'est que je pouvais pas. Quand Manech est parti avec les chasseurs à pied, je l'ai embrassé, j'en avais gros sur le cœur, je vous le jure. Il a murmuré à mon oreille : « Surtout, dis rien, au pays. » Mais il l'aurait pas demandé, c'était pareil. Pourquoi je serais allé faire encore plus de chagrin à sa pauvre mère, à son père, à vous ? Et puis, les gens sont tellement bêtes, même par chez nous. Ils savent pas ce que c'était. Ils auraient parlé mal de Manech. Il le méritait pas. S'il est mort, lui aussi, c'est bien la faute à la guerre, comme tous les autres. Pas vrai ?

Quand Mathilde retourne à l'hôpital de Dax, Daniel Esperanza est au lit, dans une chambre tapissée de rose, en chemise de nuit grisâtre comme son teint. C'est un mardi, quatre jours après leur conversation dans le parc. Sœur Marie de la Passion n'est pas contente que Mathilde soit revenue si vite. Il a été fatigué. Il tousse beaucoup. Mathilde promet de ne pas rester longtemps.

La dernière fois, en le quittant, elle lui a demandé ce qui

lui ferait plaisir. Il a répondu tristement : « Rien merci, je ne fume plus. » Elle lui offre des chocolats. Il lui dit : « Vous êtes gentille, mais je ne pourrai pas les manger, ils emporteraient mes dents. » Il trouve quand même la boîte très jolie. Il veut bien donner ses chocolats aux autres malades mais qu'on lui rende la boîte. Avant de quitter la chambre, sœur Marie verse les chocolats dans la poche-kangourou de son tablier d'infirmière, en goûte un et déclare : « Ils sont bons. Ils sont très bons. J'en garderai pour moi. »

Mathilde a préparé par écrit une liste de questions. Daniel Esperanza la regarde déplier sa feuille de papier à dessin avec des yeux craintifs. Il a deux oreillers dans le dos. La boîte de chocolats, illustrée d'un sous-bois en automne, est exposée sur sa table de chevet, appuyée à un réveille-matin dont elle masque l'heure, on entend seulement le tic-tac.

D'abord, pourquoi a-t-il tardé si longtemps avant de révéler à Mathilde ce qu'il savait ?

Au printemps de cette année, marchant encore avec peine mais se croyant blanchi de la grippe assassine, il est venu en carriole jusqu'à Capbreton pour s'entretenir avec les parents de Manech. Au dernier moment, après bien des tours et des détours sans trouver leur maison, il a renoncé à aller chez eux. Il ne voyait plus pourquoi il était là ni quel réconfort il pouvait leur donner. Il a poussé alors son cheval jusqu'à la villa *Poéma*, s'est arrêté devant le portail blanc. Mathilde était au fond du jardin, assise dans un fauteuil au milieu de ses chats, en train de peindre. Elle lui est apparue si jeune. Il est reparti.

Ensuite, il est retombé malade. Il a parlé de sa guerre à sœur Marie, qui est de Labenne, tout près de Capbreton. Mathilde ne s'en souvient pas mais elle a croisé sœur Marie bien des fois quand elle était gamine et prenait des bains d'eau chaude avec les enfants du sanatorium. La religieuse s'était laissé dire que Mathilde, après l'armistice, avait entrepris des démarches, comme beaucoup d'autres veuves blanches, pour épouser son fiancé disparu. Elle a persuadé Esperanza d'intervenir. Nul mieux que lui ne pouvait

certifier vraie la dernière lettre de Manech et sans équi-
voque sa volonté de mariage.

Mathilde remercie. Elle n'éprouve pas le besoin d'ajouter qu'elle a reçu, écrites par Manech lui-même, des
dizaines de lettres aussi convaincantes. Il est des obsta-
cles plus pénibles à son projet. L'âge, surtout. Apparemment, Manech était assez grand pour se faire tuer, pas
pour décider seul de se marier. Or, depuis que Mathilde
s'est ouverte aux Etchevery, qui l'aimaient autrefois, ils
redoutent de la voir. Le père, qui a vendu son bateau de
pêche mais possède un parc à huîtres sur le lac d'Hossegor, la tient carrément pour une intrigante. La mère, aux
nerfs bien éprouvés par la perte de son fils unique, s'est
roulée sur le sol en criant qu'on ne le lui prendrait pas
deux fois.

Les parents de Mathilde n'ont pas plus de bon sens.
Son père a dit « jamais moi vivant », sa mère a cassé un
vase. Au vu du certificat d'un médecin de la rue de la
Pompe, chez qui Mathilde s'était fait conduire pour qu'il
atteste l'irréparable, ils ont sombré trois bonnes heures
dans les bras l'un de l'autre, sous les décombres des
illusions perdues. Son père maudissait par intervalles le
salaud capable de profiter de l'infirmité d'une enfant
pour assouvir sa bestialité. Sa mère disait : « Je n'y crois
pas ! Je ne veux pas y croire ! Matti ne sait même pas de
quoi elle parle ! » Quant à son frère Paul, dix ans de plus
qu'elle, marié, auteur de deux moutards bêtes à noyer,
vils à tracasser les chats, ces choses étranges, comme
toujours le dépassent.

Mathilde ne parle plus, désormais, de sa détermination
à personne. Ce n'est pas avec Esperanza qu'elle va recom-
mencer. Le 1er janvier 1921, dans un an et quatre mois,
elle sera majeure. On verra bien qui, d'elle ou du monde,
cédera d'abord.

Elle a remarqué l'autre soir, en prenant des notes sur
l'entrevue qu'elle venait d'avoir avec lui, que l'ancien
sergent ne lui a livré aucun nom d'officier qui ne soit

mort depuis l'affaire de Bingo Crépuscule. Comment, par exemple, appelait-on le commandant qui lui a donné ses ordres, à Belloy-en-Santerre ?

Esperanza baisse la tête. Il ne dira rien de plus que ce qu'il a dit. Il a eu pitié de Manech, il trouve émouvant — « et même très beau » — qu'une fille, à son âge, montre sa fidélité jusqu'à l'épouser à titre posthume, mais les noms de ceux qu'on pourrait inquiéter aujourd'hui, pour une infamie qu'ils ne voulaient pas, jamais ne sortiront de sa bouche. Il a été un soldat lui aussi, respectueux de ses chefs, et un bon camarade.

Célestin Poux, à sa connaissance, est-il encore vivant ?

Il n'en sait rien.

Et ses territoriaux ? Et le caporal Benjamin Gordes ? Et l'infirmier du village en ruine ?

Il lève un œil sournois vers Mathilde. Il répond très exactement : « Le témoignage des doubles-pompes, des caporaux, on s'en fiche. Vous ne pourriez rien prouver. De toute façon, si vous deviez vous servir de moi pour accuser l'armée, je ne serais pas avec vous. »

Mathilde comprend qu'il a réfléchi, lui aussi, depuis leur rencontre, et que les autres questions qu'elle a préparées sont inutiles. Elle continue quand même.

Qui a défendu Manech à son procès ?

Il ne le sait pas.

Le nom du village où s'est tenu le conseil de guerre ?

On ne le lui a pas dit.

Que sont devenus les dix autres condamnés à mort de ce conseil ?

Il hausse les épaules.

Qui était le supérieur du capitaine Favourier ?

Il ne bouge même pas un cil.

Pense-t-il, lui, que Manech ait pu simuler son état ?

Non. Cela, non.

Est-ce Manech qui lui a demandé d'écrire son prénom phonétiquement ?

Oui. Sinon, il aurait écrit Manex.

Quand il a lu et plus tard recopié la lettre de Cet Homme, n'a-t-il pas éprouvé, comme elle, un sentiment d'incongru ?

Il ne comprend pas le terme.

Voilà un condamné à mort qui parle pour la dernière fois à sa femme. A la différence des autres, son message est très court, à peine quelques lignes, mais il en consacre la moitié au prix des engrais et à une tractation dont il sait pertinemment qu'il ne verra pas l'issue.

Esperanza répond : « On voit que vous n'avez pas connu Cet Homme. » C'était une brute, maligne sûrement, mais une brute de presque six pieds de haut, taciturne et bornée aux horizons de son champ comme beaucoup de ses semblables. En outre, lui, Esperanza, n'a cherché dans sa lettre que ce qui pouvait être contraire aux intérêts de notre armée. Si ça se trouve, il a hésité plus longtemps sur les allusions de Six-Sous à un pacifisme qui n'était plus de mise. C'est en pensant à la femme et aux enfants qu'il a finalement donné la lettre du soudeur à un vaguemestre.

Connaît-il quelqu'un qu'on appelait Biscotte ?

Non.

Mathilde, quand Esperanza répond non, devine qu'il ment. Elle voit son regard surpris et fuyant, elle perçoit l'indécision de ce non aussitôt couvert par la toux. Comme elle se tait, l'observant fixement, il ajoute : « J'ai lu Biscotte dans le post-scriptum de l'Eskimo, c'est tout. »

Mathilde n'insiste pas.

Arrivé avec ses territoriaux à ce carrefour de tranchées qu'on appelait place de l'Opéra, combien de temps est-il resté avec le capitaine Favourier dans l'abri où était le téléphone ?

La question le surprend de nouveau, il hésite. Puis : « Une dizaine de minutes. Pourquoi ? »

La photo des condamnés a-t-elle été prise à ce moment-là ?

Il pense en effet que c'est le seul moment où son territorial, le nommé Prussien, a pu la prendre sans qu'il s'en aperçoive.

En recopiant les lettres des condamnés, quel était son but ?

Les lettres pouvaient être arrêtées par la censure ou ne point parvenir à leurs destinataires pour d'autres raisons. Il pensait, la guerre finie, s'assurer qu'on les avait bien reçues.

A-t-il rencontré, avant Mathilde, un proche des autres condamnés ?

Non. Ses blessures ni sa maladie ne lui en ont laissé le loisir. S'il est allé à Capbreton, c'est qu'il n'avait pas grand chemin à faire. Et puis, il était content de conduire à nouveau une carriole. A présent, il n'a plus envie de ranimer de mauvais feux.

A-t-il été nommé adjudant, comme son commandant le lui avait laissé entendre ?

Il dit oui d'un signe de tête contraint, en détournant des yeux humides. Mathilde ne voudrait pas qu'il recommence à pleurnicher. Elle se tait un moment.

C'est lui qui revient sur la question. Il dit qu'il a terminé la guerre adjudant-chef. Sur son lit d'hôpital, à Paris, il a été décoré de la croix de guerre. Deux larmes débordent de ses yeux sans couleur. Il les essuie avec les doigts, d'un geste presque enfantin. Il murmure : « C'est vrai, cela compte beaucoup pour moi. » Il regarde Mathilde à travers d'autres larmes irrépressibles, les lèvres entrouvertes et tremblantes. Elle sent qu'il est tout près de lui avouer quelque chose, mais il secoue la tête et balbutie seulement : « Je ne peux pas. »

Plus tard, quand il a retrouvé un peu d'aplomb, un peu de voix, il dit à Mathilde qu'elle ne doit pas le mépriser de garder certaines choses pour lui. Que lui arriverait-il maintenant, seul, usé, inutile, si on lui retirait sa pension ? Et que gagnerait-elle à les connaître ? Cela ne concerne pas Manech.

« Je gagnerais du temps », répond Mathilde.

Daniel Esperanza soupire ma petite fille, qu'elle a mieux à faire de ses belles années, surtout en l'état où le sort l'a voulue, que de poursuivre le vent. Épouser un fiancé mort à

75

la guerre est un noble désir, mais qu'elle oublie la rancune. Bingo Crépuscule était une tranchée parmi des milliers d'autres, et le 6 janvier 1917 un jour dans l'horreur de mille et cinq cents jours, et Manech un malheureux parmi des millions de malheureux soldats.

« Sauf que le lendemain, il était encore vivant », dit Mathilde en affermissant la voix, pour l'impressionner ou parce que l'agacement la gagne, « et qu'il était vivant devant cette tranchée-là, et que je n'ai pas à retrouver des millions de soldats mais un seul qui puisse me dire ce qu'il est devenu ! »

Ils se taisent. Elle prend conscience à nouveau du tic-tac dans la chambre. Adossé à ses oreillers, Esperanza rumine tristement. Elle rapproche la trottinette du lit, elle touche sa vieille main grise sur le drap. Elle lui dit, avec un gentil sourire : « Je reviendrai vous voir. » Mathilde regarde souvent son propre sourire, dans la glace. Elle le fait gentil, méchant, sardonique, merlan-frit, bécasse, polisson, subjugant, extasié. Il n'y a qu'heureux qu'elle ne sait pas. Enfin, pas bien. C'est comme à l'école, on ne peut pas être bonne en tout.

S'en va Mathilde dans un long corridor blanc. Sylvain, qui la pousse, dit : « Sage, Matti, sage. Pendant que tu parlais à ton monsieur, j'ai lu dans le journal qu'un aviateur est passé sous l'Arc de Triomphe avec son biplan. Tu sais pourquoi ? Il était vexé que les avions n'aient pas participé au défilé de la Victoire. Alors, tu vois ? »

Traduction : Mathilde a tort de se faire du mauvais sang. Il suffit de regarder les hommes pour savoir que les chats, les chiens et même Pois-Chiche ont plus de cervelle et plus de cœur.

En la prenant dans ses bras pour l'asseoir dans l'auto, Sylvain dit : « Vexé, tu te rends compte ? Avec un biplan ! Sous une voûte que celui qui y passe à pied, il est déjà bon pour la pleurésie ! »

Mathilde rit. Elle se dit que c'est vrai : si elle avait le talent de Millet ou de Van Gogh, ou de dix autres qui ne les

76

valaient pas, elle n'aurait qu'à choisir pour modèle un adjudant-chef décoré de la croix de guerre, installé dans un poudroiement de soleil entre les pins ou dans une chambre d'hôpital tapissée de rose et de grippé-espagnol, pour peindre la vanité des choses en une seule image.

Ce soir, elle hait Esperanza.

Le beau temps d'avant

Octobre 1919.

Thérèse Gaignard, la femme de celui qu'on appelait Six-Sous, a trente et un ans, une silhouette fine, des cheveux blonds de Polonaise, des yeux bleus malicieux. Elle est maintenant blanchisseuse à Cachan, près de Paris. Elle tient boutique sur une petite place où tournoient dans le vent les feuilles mortes des platanes.

Elle sait que son mari s'est tiré un coup de fusil dans la main gauche et a été traduit devant un conseil de guerre. Un compagnon de tranchée le lui a dit, qui est venu la voir après l'armistice. Elle a renoncé à en connaître davantage. Le faire-part officiel qu'elle a reçu en avril 1917 portait la mention : *Tué à l'ennemi.* Elle touche une pension, elle a deux petites filles à élever, dont elle fait les robes et les nœuds de cheveux dans le même tissu, ainsi que pour des jumelles. Elle connaît depuis quelques mois un autre homme qui veut l'épouser. Il est gentil avec les enfants.

Elle soupire : « On ne choisit pas sa vie. Six-Sous avait un cœur d'or. Je suis sûre qu'il m'approuverait. »

Elle reprend son repassage.

Elle parle de Six-Sous. Il a été parmi les blessés de Draveil, en juillet 1908, quand la cavalerie a chargé les grévistes des sablières et fait tant de morts. Il détestait Clemenceau comme la rage. Il ne serait pas fier, oh non, qu'on appelle aujourd'hui le Père La Victoire cet assassin des ouvriers.

Mais il ne faudrait pas croire que Six-Sous n'avait en tête que le syndicalisme. Il aimait les bals au bord de la Marne et la bicyclette tout autant que la C.G.T. Il a suivi Garrigou comme mécano sur le Tour de France de 1911, pendant ce mois de juillet terrible, le plus chaud qu'on ait jamais vu. Le soir où Garrigou a gagné, Thérèse a ramené Six-Sous ivre mort sur une brouette, de la porte d'Orléans à Bagneux, où ils habitaient. Elle était enceinte de presque six mois de sa première. Le lendemain, il avait tellement honte qu'il n'osait pas la regarder ni ne voulait qu'elle le regarde, il a passé une grande partie de la journée avec une serviette sur la figure, comme les pénitents du Moyen Age.

Elle ne l'a connu ivre que cette seule fois. Il ne buvait pas, sinon un verre de vin à table, et encore parce que c'est elle qui lui avait dit, du temps de leurs premières rencontres, un proverbe de sa grand-mère du Vaucluse : « Après la soupe, un verre de vin, autant de moins dans la poche du médecin. » Ce n'est pas lui qui aurait gaspillé sa paye à jouer ou à boire dans les cafés. Pour le taquiner, on le disait pingre, mais pas du tout. Quand il rapportait à Thérèse sa semaine écornée, on pouvait être sûr qu'il avait aidé un camarade. Sa vraie distraction, c'était le Vélodrome d'Hiver, où il connaissait tous les coureurs, il y entrait gratis. Il en revenait avec des yeux brillants, des images plein la tête. Thérèse dit : « Si nous avions eu un fils, il aurait voulu en faire un champion cycliste. »

Quand Sylvain, qui l'a accompagnée à Paris, vient chercher Mathilde, les deux fillettes sont rentrées de l'école. Geneviève, huit ans, sait déjà repasser les mouchoirs, avec un petit fer, sans se brûler. Elle a un air sérieux et concentré, on sent qu'elle est fière, devant Mathilde, d'aider sa mère.

Sophie, six ans, a rapporté du dehors des feuilles de platane et les décortique jusqu'au squelette. Elle offre une de ses œuvres à Mathilde.

Dans l'auto de son père, une grande Peugeot rouge et noir, conduite par le chauffeur des Constructions Donnay, qui est nouveau, qu'elle ne connaît pas, Mathilde est assise à l'arrière avec Sylvain. Elle tient entre le pouce et l'index la tige de la feuille dénudée. Elle se demande si, ayant deux enfants de lui, elle pourrait vouloir oublier Manech. Elle ne sait pas. Elle se dit que non, mais aussi, bien sûr, que Thérèse Gaignard n'a pas, elle, un père qui gagnait déjà beaucoup d'argent avant la guerre et en gagne encore plus maintenant, dans les villes anéanties.

On entre dans Paris. La nuit est tombée. Il pleut sur Montparnasse. A travers sa vitre, Mathilde voit défiler des ruissellements de lumières floues.

Elle pense : « Pauvre, pauvre Six-Sous. Moi aussi, comme un capitaine le déclarait à celui que tu appelais Espérance, j'aurais aimé te connaître en d'autres temps, en d'autres lieux. Toi, je le sais, tu secouerais cette espérance jusqu'à ce qu'elle crache la vérité à tout le monde. »

Mathilde a écrit à la femme de Cet Homme, en Dordogne. La lettre lui est revenue avant qu'elle quitte Capbreton : *N'habite plus à cette adresse.* Mathilde, née en janvier, a dû hériter — que les astrologues s'en expliquent — de l'entêtement du Taureau ou de l'obstination du Cancer. Elle a écrit au maire de ce village, Cabignac. C'est le curé qui lui a répondu :

Le beau temps d'avant

25 septembre 1919.

Ma chère enfant,

Le maire de Cabignac, monsieur Auguste Boulu, est décédé cette année. Celui qui le remplace, Albert Ducot, s'est installé ici après la guerre, qu'il a faite honorablement dans les services de santé. Quoique radical, il ne me montre que des sentiments fraternels. C'est un médecin sage et désargenté, qui n'accepte rien des pauvres, et ils sont nombreux parmi mes paroissiens. J'ai une grande estime pour lui. Il m'a remis votre lettre parce qu'il n'a pas connu Benoît ni Mariette Notre-Dame. Moi, je les ai mariés à l'été 1912, j'ai connu Mariette enfant et Benoît, qui ne venait pas au catéchisme, je lui ai appris, chaque fois que je pouvais l'attraper dans les champs où il poussait la charrue, la gloire de Jésus et de Marie. Tous les deux sont des enfants assistés. On a trouvé Benoît à quelques kilomètres de Cabignac, sur les marches d'une chapelle qu'on appelle Notre-Dame-des-Vertus. D'où son nom. C'était un 11 juillet, fête de Saint-Benoît. D'où son prénom. Un curé comme moi, qui l'avait trouvé, l'a porté dans ses bras jusqu'à des Visitandines qui ne voulaient plus le rendre. Il a fallu des gendarmes à cheval. Cette histoire, si vous venez un jour jusqu'à chez nous, les vieux vous la diront dans tous ses détails.

Un monument aux morts provisoire a été dressé, cet été, sur la place, devant mon église. Le nom de Benoît Notre-Dame y est inscrit parmi ceux des seize enfants de Cabignac morts pour la patrie. On comptait ici moins de trente hommes mobilisables, en 1914. C'est vous dire comme la guerre nous a éprouvés.

J'ai senti, mon enfant, trop d'emportement, trop de rancœur dans votre lettre à monsieur le maire. Personne ne sait comment est tombé au combat Benoît Notre-Dame mais tout le monde ici est sûr que c'était un rude combat : il était si grand, si fort qu'il fallait l'enfer pour l'abattre. Ou alors, je me tais, la volonté de Dieu.

81

Mariette a reçu, en janvier 17, la terrible nouvelle. Aussitôt, elle a vu le notaire de Montignac, elle a mis la ferme en vente, qu'elle ne pouvait plus tenir. Elle a vendu jusqu'à ses meubles. Elle est partie avec son petit Baptistin dans les bras, assise dans la carriole du père Triet. Elle emportait deux malles et des sacs. Je lui ai dit : « Que fais-tu ? Que vas-tu devenir ? » Je m'accrochais au cheval. Elle m'a répondu : « Ne vous souciez pas de moi, monsieur le curé. Il me reste mon petit. J'ai des amis, près de Paris. Je trouverai du travail. » Alors, comme je ne voulais pas lâcher les brides, le père Triet a crié : « Lève-toi de devant, curé ! Ou bien tu vas voir, je te frappe avec mon fouet ! » Ce grigou, qui avait perdu ses deux fils et son gendre à la guerre, insultait les hommes qui en étaient revenus et maudissait Dieu. C'est lui qui avait racheté la ferme des Notre-Dame. Malgré sa réputation d'avarice, le notaire m'a affirmé qu'il avait donné à Mariette un bon prix, sans doute parce qu'il respectait moins l'argent que le malheur, depuis qu'il l'avait éprouvé lui-même. Ainsi est-il toujours un coin de ciel dans l'âme la plus obscure et je vois là, ma chère enfant, que le Seigneur a voulu prendre date et la marquer de son sceau.

En avril 17 est venue la confirmation de la mort de Benoît. Je l'ai acheminée à l'adresse provisoire que Mariette m'avait donnée, un garni au 14 de la rue Gay-Lussac, à Paris. Depuis lors, personne ici n'a eu de ses nouvelles. Peut-être pourrez-vous la retrouver en interrogeant les propriétaires de cette maison et je vous saurais gré infiniment de m'en avertir. J'aimerais tant savoir ce qu'elle et l'enfant sont devenus.

Votre dévoué en Notre-Seigneur,
Anselme Boileroux,
Curé de Cabignac.

Mathilde a écrit aussi à la compagne de Droit Commun, Tina Lombardi. Comme lui, elle a confié sa lettre aux bons soins de madame Conte, 5, traverse des Victimes, à Marseille. C'est cette dame qui lui répond, à l'encre violette, sur des feuilles détachées d'un cahier d'écolier. Traduit de la phonétique, un semblant de ponctuation établi, chaque mot décrypté à la loupe, avec l'aide constante d'un lexique d'italien, voici ce que Mathilde a pu comprendre :

Jeudi 2 octobre 1919.

Très chère Mademoiselle,
Je n'ai pas revu Valentina Emilia Maria, ma filleule par affection, depuis le jeudi 5 décembre de l'année dernière, dans l'après-midi, quand elle m'a rendu visite pour la dernière fois comme elle le faisait avant la guerre, m'apportant un pot de chrysanthèmes pour la tombe de mon père, ma sœur et mon époux décédés, un gâteau à la chantilly, des pommes d'amour et des poivrons, et aussi 50 francs qu'elle a déposés dans la boîte à sucre, sans rien me dire pour ne pas blesser ma vergogne.
Elle avait l'air de d'habitude, ni contente ni mécontente, et d'aller bien. Elle avait sur elle une robe bleue à pois blancs, très jolie mais courte à voir ses mollets, vous imaginez le genre. Elle m'a dit que c'est la mode mais je suis certaine que vous ne portez pas de robe pareille, vous êtes sûrement bien honnête et instruite, sauf peut-être pour vous déguiser le Mardi-Gras en fille des rues, mais je n'y crois pas. J'ai montré votre lettre à ma voisine, madame Sciolla, et aussi à madame Isola, qui tient avec son mari le *Bar César* dans la rue Loubon, une femme de bon conseil et très estimée, je vous l'assure, et elles m'ont dit toutes les deux : « On voit que cette demoiselle est quelqu'un de comme il faut », et que je devais vous répondre à la place de Valentina parce que je ne sais pas où elle est, ni maintenant ni depuis des mois. Ce que je fais.
Surtout, très chère mademoiselle, n'ayez pas honte pour moi de mon écriture, je n'ai pas été à l'école, étant trop

pauvre, et je suis arrivée ici, à Marseille, avec mon père veuf et ma sœur Cécilia Rosa en janvier 1882, à l'âge de 14 ans, venant d'Italie, et ma pauvre sœur est décédée en 84 et mon pauvre père en 89, qui était maçon et très estimé de tous, et j'ai dû travailler sans repos. Je me suis mariée avec Paolo Conte le samedi 3 mars 1900, à l'âge de 32 ans, et lui en avait 53 et il avait travaillé lui aussi sans repos pendant vingt ans aux mines d'Alès. Il est décédé des bronches le mercredi 10 février 1904, à deux heures du matin, donc nous n'avons même pas été mariés quatre années complètes, c'est atroce, je vous l'assure, parce que c'était un brave homme, venu de Caserte où moi-même je suis née, ainsi que ma sœur Cécilia Rosa, et sans avoir la joie d'avoir un seul enfant, oui, c'est atroce. Après, c'est mon cœur qui n'allait plus et me voilà maintenant, à 51 ans, même pas 52, une vieille femme qui ne peut plus guère sortir de chez elle, je m'essouffle rien que d'aller de mon lit à la cuisinière, vous imaginez ma vie. Heureusement, j'ai de bonnes voisines, madame Sciolla et madame Isola, je suis à la charge de la mairie grâce à madame Isola qui a fait les démarches, je ne manque de rien. Aussi ne croyez pas que je veux me plaindre à vous, ma pauvre demoiselle qui avez perdu votre fiancé bien-aimé à la guerre, j'ai ma vergogne et je vous fais toutes mes sincères condoléances, ainsi que madame Sciolla et madame Isola.

J'ai toujours affectionné Valentina Emilia Maria depuis qu'elle est née, le 2 avril 1891. Sa mère est morte en la mettant au monde et moi je n'avais déjà plus de père ni de sœur et pas encore de mari. Je vous dirais sûrement mieux ces choses si je n'avais pas à les écrire, mais vous imaginez mon plaisir quand j'avais vingt-trois ans et que je la berçais dans mes bras, surtout que son père, Lorenzo Lombardi, ne pensait qu'à boire et à trouver querelle, détesté par tous les voisins. Elle venait souvent se réfugier chez moi pour dormir son content, alors vous pensez, quoi d'étonnant qu'elle ait mal tourné ? A treize ans, quatorze ans, elle a connu ce Ange Bassignano, qui n'avait pas eu meilleure vie qu'elle, l'amour emporte tout.

Je reprends cette lettre le lendemain 3 octobre, car hier je ne pouvais plus, le sang me battait trop. Il ne faut pas que vous pensiez que Valentina Emilia Maria, ma filleule par affection, est une mauvaise. Elle est très bonne de cœur au contraire, elle n'a jamais manqué une semaine, avant la guerre, de venir me voir, et toujours des cadeaux et aussi 50 francs ou même plus dans le sucrier, quand j'avais le dos tourné, pour ne pas blesser ma vergogne. Mais elle est mal tombée en cédant à ce Napolitain de malheur, elle l'a suivi dans sa déchéance et mené la grande vie jusqu'à ce qu'il se prenne de colère assassine avec un autre voyou du quartier, dans un bar d'Arenc, et lui plante un couteau dans l'épaule, j'en étais toute retournée quand je l'ai su.

Après, elle allait tous les samedis le voir à la prison Saint-Pierre et il ne manquait de rien avec elle, je vous l'assure, pas plus que d'habitude, parce que c'est elle qui le faisait manger depuis qu'il a eu ses quinze ans et se prenait déjà pour un prince. Et après encore, en 1916, quand ils l'ont envoyé à la guerre, elle l'a suivi aussi, partout dans les secteurs où il était, parce qu'ils avaient un code secret dans ses lettres à lui pour qu'elle sache toujours où le retrouver, vous imaginez cet amour et ce qu'elle a pu devenir, une fille à soldats. Elle m'a même raconté qu'il avait trouvé dans son régiment au moins cinquante benêts à qui la vendre comme marraine de guerre, et quand ils allaient en permission, elle leur prenait tous leurs sous. Et des choses pires encore qu'il lui faisait faire, toujours pour l'argent. Mais à quoi lui sert l'argent, aujourd'hui, lui qui est mort comme un chien, probablement de la main de soldats français ? Quel déshonneur pour sa mère et son père, s'ils avaient vécu, de voir cette vie gâchée, mais heureusement ils ne l'ont connu que sous les traits d'un petit garçon adorable, une vraie beauté. Ils sont morts quand il avait quatre ans et il a été élevé par des Piémontais, des pas-grand-chose qui le laissaient dans la rue, et moi qui ne suis point méchante, je vous l'assure, quand les gendarmes sont venus me confirmer qu'il était mort au front et qu'ils m'ont donné l'avis, j'ai pleuré, mais j'ai dit bon débarras. Je n'ai pas pleuré pour lui, je vous l'assure. C'était un pauvre enfant perdu mais il était devenu un démon pour ma filleule.

Maintenant que je vous dise ce que vous demandez à Tina, comme vous l'appelez, car je me suis donné le droit d'ouvrir votre lettre, comme je fais toujours, parce qu'elle m'a demandé de tout ouvrir quand je ne sais pas où elle est, des fois que ce serait l'administration ou la police, je pourrais leur répondre. La première fois qu'on a su que ce Ange Bassignano avait disparu à la guerre, c'est moi qui l'ai su, déjà par les gendarmes, le samedi 27 janvier 1917, vers onze heures du matin. Entre-temps, le mardi 16 janvier, j'ai reçu la dernière lettre que l'Ange de l'Enfer, comme il disait lui-même, avait fait écrire pour Valentina. J'étais bien étonnée de la recevoir, parce que depuis qu'il avait quitté la prison, je n'étais plus sa poste, et bien étonnée aussi de ses douces paroles, mais il mentait comme un arracheur de dents et je pense que les douces paroles n'étaient là que pour ce code secret, avec ma filleule, que je vous ai dit.

A cette époque, j'avais l'adresse postale de Valentina Emilia Maria : Z.A.1828.76.50, rien de plus parce qu'elle courait la zone des armées, mais ça datait d'au moins cinq semaines et elle ne restait jamais bien longtemps dans le même secteur. J'ai expédié la lettre quand même et elle l'a reçue, elle me l'a dit après, et c'est comme ça qu'elle a retrouvé la trace de son démon et su ce qui lui était arrivé.

Elle m'a dit que c'était dans la Somme et qu'il fallait le considérer comme mort. Elle m'a dit ça quand elle est revenue à Marseille, c'était dans ma cuisine, le mardi 13 mars 1917. Elle était maigre et pâle et fatiguée de tout. Je lui ai dit pleure, mais pleure, ma pauvre petite, que ça la soulagerait, mais elle m'a répondu qu'elle n'avait pas envie de pleurer, elle avait envie de faire sauter le caisson à tous ceux qui avaient fait du mal à son Nino, c'est comme ça qu'elle l'appelait. Après, je l'ai plus vue de quelque temps mais elle m'a écrit une carte de Toulon pour me dire qu'elle allait bien et que je me fasse pas du mauvais sang. Enfin, l'avis du décès officiel, apporté par les gendarmes, c'était le vendredi 27 avril, en fin de journée. C'est là que j'ai dit bon débarras. Sur l'avis, il y avait : *Tué à l'ennemi, le 7 janvier 1917*, mais pas où on avait enterré Ange Bassignano. Vous imaginez bien que je l'ai demandé aux gendarmes. Ils ne savaient pas. Ils m'ont dit sûrement avec beaucoup d'autres.

J'ai écrit à Toulon et, en juin, quand elle a pu, ma filleule est revenue me voir. Elle avait repris du poids et des couleurs, j'étais bien contente, surtout qu'elle ne voulait plus parler de son Nino. Après encore, et presque tous les mois jusqu'à ce jeudi 5 décembre 1918 que je vous ai dit, elle est venue ici, avec des cadeaux et des gâteries, on dînait ensemble dans la cuisine, et un jour aussi je suis descendue dans la rue avec elle, je m'accrochais à son bras, et on est allé manger au *Bar César*, parce que madame Isola nous avait fait les pieds-paquets, un délice, il n'y a pas meilleure cuisinière dans toute la Belle de Mai, ni Saint-Mauront, ni jusqu'en haut du boulevard National.

Maintenant, je ne sais pas ce que ma filleule est devenue. J'ai reçu pour mon anniversaire, en février de cette année, une carte de La Ciotat. Après on m'a dit qu'on l'avait vue à Marseille, avec les filles du Panier, et puis qu'elle était en maison sur la route de Gardanne, mais tant qu'elle ne me l'a pas dit elle-même, je ne crois personne, c'est facile d'être mauvaise langue.

Je reprends encore cette lettre le 4, l'ayant abandonnée hier soir pour les mêmes raisons de fatigue. Je n'ai pas les yeux pour me relire mais j'espère que vous pourrez comprendre mon charabia. Je me fais du souci que la poste ne prenne pas une lettre aussi grosse, la plus longue que j'aie écrite de ma vie. En un sens, ça m'a fait du bien, je ne sais pas comment vous le dire, et quand je reverrai ma filleule, parce que je la reverrai, je prendrai le droit de vous écrire son adresse, et je forme d'ici là mes plus belles pensées pour vous, en vous redisant sincèrement mes condoléances, ainsi que madame Sciolla et madame Isola.

Au revoir et salutations distinguées,

Madame Veuve Paolo Conte, née Di Bocca.

Le bar de Petit Louis, rue Amelot, est une salle aux boiseries sombres, tout en longueur. Il sent l'anis et la sciure. Deux lampes éclairent un plafond et des murs qui n'ont pas été repeints depuis longtemps. Derrière le comptoir en zinc, au-dessus d'une rangée de bouteilles, sont accrochées des photographies de boxeurs d'avant la guerre, en position de combat, le regard plus fasciné par l'objectif que méchant. Toutes sont encadrées de bois verni. Petit Louis dit : « C'est l'Eskimo qui m'a fait les cadres. Et aussi la maquette du voilier qui est au fond. Elle est un peu fatiguée, mais vous l'auriez vue quand il me l'a donnée, en 1911, un vrai bijou, l'exacte reproduction du *Samara* qui les avait conduits, lui et son frère Charles, du temps de leur jeunesse, de San Francisco à Vancouver. Vrai, il n'était pas embarrassé de ses doigts, l'Eskimo. »

Petit Louis a tiré le rideau de fer sur la rue. Il est neuf heures et demie du soir, son heure habituelle de fermeture. A Mathilde, au téléphone, il a dit : « Nous serons plus tranquilles pour discuter. » Quand elle est arrivée, poussée par Sylvain, il restait deux clients au comptoir, qu'il a pressés de finir leurs verres. Maintenant, il pose sur une table, à même le marbre, la marmite réchauffée de son repas du soir, une bouteille de vin entamée, une assiette. Il a bien proposé à Mathilde de partager son ragoût de mouton mais, même par politesse, elle ne pourrait rien avaler. Sylvain, lui, est parti dîner dans une brasserie qu'il a vue éclairée sur la place de la Bastille.

Petit Louis mérite bien son surnom, mais il a pris du ventre. Il dit : « A cette heure, si j'étais encore sur les rings, je devrais tirer les poids moyens. Je me ferais torcher par le plus minable des toquards. Vrai, ça n'arrange personne de tenir un bistrot. » Sa démarche pourtant, quand il va et vient de son comptoir à la table, pour apporter deux verres, la moitié d'un gros pain, un camembert dans sa boîte, est d'une souplesse étonnante. On le dirait monté sur ressorts. Mais on devine que, même svelte, il a dû « se faire torcher » bien des fois. Il a le nez écrasé, des oreilles et des lèvres qui ont souffert, son sourire est une grimace constellée d'or jaune.

Quand il est assis, le bout d'une serviette à carreaux glissé dans sa chemise, il remplit d'abord un verre de vin, qu'il propose à Mathilde. Pour couper court aux mondanités, elle accepte. Il remplit l'autre verre, boit une gorgée pour se rincer la bouche et fait claquer sa langue. Il dit : « Vous verrez, c'est du bon. Je le fais venir de mon pays, l'Anjou. J'y retournerai dès que j'aurai un bon matelas pour me la couler douce. Je vendrai cette saleté d'endroit et je vivrai dans une cave à vins, avec un ou deux copains pour me tenir compagnie. Vrai, j'ai connu bien des choses, dans ma vie, mais je peux vous l'assurer, rien ne compte plus que le vin et l'amitié. » Il grimace d'un air faussement contrit et ajoute : « Excusez-moi, je vous dis des bêtises. C'est vous qui m'intimidez. »

Ensuite, il remplit son assiette, il mange son ragoût de mouton en déchirant des morceaux de pain pour tremper dans la sauce, il dit, entre deux bouchées, ce que Mathilde veut savoir. Elle a rapproché sa trottinette de la table. On n'entend aucun bruit dehors, même pas une auto, même pas de ces tapageurs qui aiment trop le vin et l'amitié.

C'est une veuve de la Commission du Devoir, une « dame en noir », qui est entrée dans le café, à la fin de janvier 1917, pour annoncer à Petit Louis que son ami était mort. Elle revenait de l'immeuble de la rue Daval, à deux pas, où l'Eskimo, avant la guerre, avait son atelier de menuiserie dans la cour et sa chambre sous les toits.

Petit Louis s'est laissé tomber sur une chaise, assommé devant des clients à qui il était justement en train de raconter l'un de ses plus glorieux combats. Le soir, tout seul, il s'est saoulé, il a pleuré en relisant la dernière lettre de l'Eskimo, reçue une semaine avant, il a cassé, toujours tout seul, une table de son bar en maudissant le sort.

En avril, c'est un monsieur de la mairie qui est venu lui apporter le papier officiel : *Tué à l'ennemi, le 7 janvier 1917.* Le monsieur désirait savoir si l'Eskimo avait quelque parent, même éloigné, qu'on pourrait prévenir. Petit Louis a répondu qu'il n'en connaissait pas. L'Eskimo avait laissé son frère aîné, Charles, en Amérique, mais il n'en avait plus de nouvelles depuis longtemps.

Ce soir-là, pour se changer les idées, Petit Louis est sorti avec une de ses maîtresses. Ils ont soupé dans un restaurant de Clichy, après une soirée de cinéma abandonnée avant la fin, parce qu'il n'avait pas le cœur à ça. Il n'avait pas le cœur non plus à autre chose, il a raccompagné la dame jusqu'à sa porte mais sans entrer. Il est revenu à pied, les joues mouillées de larmes et de pluie, s'enfermer dans son café, pour se saouler tout seul, pour se souvenir tout seul. S'il n'a pas cassé de table, cette fois encore, c'est que les tables coûtent cher et que, de toute façon, ça n'avance à rien.

Non, il n'a eu aucune précision, par la suite, sur les circonstances de la mort de Kléber Bouquet, ni sur le lieu où il est enterré. Il n'a reçu la visite d'aucun compagnon de tranchée. Il en venait, au début de la guerre, qui lui apportaient, au hasard d'une permission, des nouvelles, une lettre, une photographie, mais les visites se sont espacées, les régiments étaient constamment refondus, peut-être étaient-ils tous morts, peut-être prisonniers, peut-être las de ressasser la misère.

Véronique Passavant — la Véro dont parle l'Eskimo dans sa dernière lettre —, Petit Louis l'a vue souvent, il la voit encore quelquefois. Elle vient, à l'heure de la fermeture, boire une tasse de café près du poêle, parler du beau temps d'avant, pleurer un peu. Elle était déjà en ménage avec Kléber en 1911, l'année où Petit Louis a raccroché les gants, à trente-neuf berges, et s'est acheté le bar, après une fameuse

Le beau temps d'avant

raclée contre Louis Ponthieu. Il n'avait jamais mis un genou à terre de sa vie, même devant les pires cogneurs, mais cette fois, il a usé sa culotte sur le tapis. Ensuite, pendant trois années, c'était ce que lui et Véro appellent le beau temps d'avant. Plusieurs fois par jour, en semaine, Kléber venait se rincer la gorge avec un petit blanc bien frais, sa figure et sa chemise sans col couvertes de sciure. Le soir, très souvent, il emmenait Véro dans les music-halls, pomponnée comme une marquise. Il était très fier de sa gigolette, qu'il appelait sa femme devant les autres. En fait, même sans papier tamponné, ils s'étaient unis pour s'aimer et pour se chérir toute la vie, jusqu'à ce que la guerre les sépare.

Et encore. En 1916, Kléber payait toujours le loyer de l'atelier et de la chambre, pour retrouver sa vie intacte pendant ses permissions. Il a eu plus de permissions que beaucoup d'autres, peut-être parce qu'il savait tout obtenir par la sympathie qu'il inspirait, peut-être aussi parce qu'il avait été cité à l'ordre du régiment en ramenant des prisonniers. Ces jours dits de détente, il les passait pour une bonne moitié au lit avec Véro, pour l'autre dans tous les établissements où l'on s'amuse, y compris certains où il n'aurait jamais osé entrer avant la guerre. A son arrivée, probablement dès l'escalier, il se débarrassait de ses habits de soldat et ne les remettait qu'au moment de repartir. Il fallait le voir se pavaner au bras de sa créature, en veston de tweed de Londres, son canotier en arrière pour faire peinard, un long foulard blanc autour du cou : on le prenait pour un de ces as de l'aviation.

Il faut dire aussi que Véronique Passavant est ce qu'on appelle une belle plante. Longue, bien dotée de partout, des cheveux noirs qui descendent jusqu'aux reins, des yeux de chatte grands comme des calots, un teint à enrager les bourgeoises — vrai, une belle plante. Elle a vingt-sept ans. La dernière fois où elle est venue bavarder avec Petit Louis, en juillet de cette année, elle était vendeuse dans une boutique pour dames à Ménilmontant, il ne sait pas exactement dans quelle rue, ni où elle habite. Mais il est certain

91

qu'elle reviendra le voir avant longtemps, il la mettra en rapport avec Mathilde.

La brouille et la rupture des deux amants, en 1916, pendant une permission de Kléber, sont restées pour Petit Louis un mystère, ils ne lui en ont parlé ni l'un ni l'autre. Il a pris l'affaire pour une querelle d'amoureux, bien regrettable mais qui ne durerait pas. Quand Véro est accourue, ce sale matin de janvier 17, venant d'apprendre par quelqu'un du quartier que son amant était mort, Petit Louis lui a fait lire la dernière lettre de l'Eskimo et demandé de s'expliquer. Elle était en larmes, à genoux sur le sol, effondrée. Elle a levé vers lui un visage qui n'avait plus d'âge et crié : « Qu'est-ce que ça peut faire, maintenant ? Veux-tu que j'étouffe de mes remords ? Tu crois qu'à sa prochaine permission je ne m'étais pas promis de lui sauter au cou ? Tout effacé, oui, tout effacé ! » Cela devant cinq ou six clients qui n'avaient pas la décence de s'esquiver, curieux qu'ils étaient du malheur des autres, et que Petit Louis a jetés dehors.

Longtemps après, calmée, le visage sec, assise à une table près du poêle, Véro a déclaré : « De toute manière, Kléber m'a fait jurer de rien dire à personne. » Petit Louis n'a plus insisté. Si Mathilde veut son sentiment, Kléber était vulnérable aux femmes, comme beaucoup, et trop franc pour être prudent. Au cours de sa permission de l'été 16, il aura fait un écart, qu'il a dû avouer à Véro, qu'elle ne lui a pas pardonné. Elle a pris ses affaires et elle est partie. C'est ainsi que lui, Petit Louis, voit les choses, du moins quand il évite de se casser la tête avec des détails. Il en est deux surtout qui le chiffonnent. D'abord, Véro aimait trop Kléber pour lui tenir rancune aussi longtemps s'il s'était agi d'une faute sans lendemain. Ensuite, si Kléber a refusé de se confier à lui, Petit Louis, à qui il confiait tout, jusqu'à ses économies, ou bien il avait honte, ou bien et plus probablement il protégeait quelqu'un. Mais, que Mathilde l'excuse pour le mot, dans les histoires de fesses, va donc savoir.

Pendant que Petit Louis finissait son repas, Mathilde a eu froid, elle s'est déplacée pour être près du poêle. A un moment, il a dit quelque chose — elle ne sait plus exactement quoi — et elle a eu froid. Ou bien est-ce une image qui l'a traversée, alors qu'il s'était levé pour ouvrir un tiroir et lui avait apporté des souvenirs de l'Eskimo rassemblés pour elle : des photos de l'Amérique et du beau temps d'avant, des photos de la guerre, la dernière lettre. Mathilde n'a pas décidé encore si elle doit dire à Petit Louis qu'elle détient une copie de cette lettre et quel horrible soir elle a été écrite, mais elle n'a rien eu à simuler, il lui a semblé la lire pour la première fois.

Au travers de cette écriture maladroite, penchée à gauche, au travers de ces misères d'orthographe d'un gamin de ruisseau, lui est brusquement apparu un soldat ligoté, transi, pitoyable, qui se retournait, en haut d'une échelle de tranchée, pour demander à protéger plus pitoyable que lui.

Maintenant, Petit Louis a posé son verre et celui de Mathilde sur la table la plus proche d'elle, il fume une cigarette, assis, le regard loin dans son passé, sous des arcades sourcilières gonflées par les coups. Mathilde lui demande qui était ce Biscotte dont il est question dans le post-scriptum de la lettre. Petit Louis, en grimasouriant, lui dit : « Vrai, vous devez lire dans ma tête, je suis en train de penser à lui ! »

Biscotte, encore toute une histoire.

C'était, car le pauvre non plus n'est pas revenu de la guerre, le plus attachant des hommes, un grand échalas très maigre, aux yeux bleus tranquilles, aux cheveux châtains qui se faisaient rares, qu'on appelait Biscotte à cause de ses biceps — ses biscottos —, parce que lui, Petit Louis, qui n'est pourtant pas un gorille, aurait pu en faire le tour d'une seule main.

Biscotte était le copain de Kléber depuis les inondations de 1910, où ils avaient, tous les deux, sauvé une vieille femme de la noyade. Ils faisaient « la trôle » ensemble, c'est-à-dire qu'ils se retrouvaient tous les samedis, au carrefour du Faubourg-Saint-Antoine et de Ledru-Rollin, pour vendre les commodes, les consoles, les petits meubles qu'ils fabriquaient. L'Eskimo, le bois ne le détestait pas, il n'y a qu'à voir la maquette du *Samara* au fond de la salle, mais Biscotte, Mathilde ne peut même pas imaginer : des mains comme on n'en verra plus, des mains d'orfèvre de l'acajou, de pianiste du merisier, de suborneur des essences coloniales, des mains d'enchanteur. Les autres trôleurs ne le jalousaient même plus.

Le samedi soir — pas toutes les semaines parce qu'il avait une femme et cinq enfants et qu'il devait se faire chanter Manon quand il rentrait à la soupe froide —, Biscotte venait avec Kléber au comptoir, pour boire à chacun sa tournée, rigoler un peu et se partager les sous de la vente. C'est Petit Louis, dans ces moments-là, il l'avoue volontiers, qui jalousait Biscotte. Pas méchamment, bien sûr, parce que Biscotte était un bon gars, jamais sournois, jamais un mot plus haut que l'autre, et qu'il avait une bonne influence sur Kléber. Oui, une bonne influence. C'est grâce à Biscotte que Kléber a commencé de faire des économies, cent francs par ci, deux cents francs par là, et de les confier à Petit Louis pour ne pas les dépenser bêtement. Petit Louis les enfournait, au fur et à mesure, dans une boîte à biscuits en fer, décorée de fleurs des champs, qui se trouvait dans son coffre, à la banque. Quand il a remis l'argent à Véronique Passavant, comme l'Eskimo le lui demandait dans sa lettre, elle ne voulait pas le prendre, elle pleurait, elle disait qu'elle ne le méritait pas. Dans ce bar où Mathilde se trouve, Petit Louis s'est dressé debout, haut de cent soixante-huit centimètres mais fort de sa parole donnée, son briquet d'amadou au poing, et il a juré, si elle ne mettait pas les billets illico dans son sac, de les brûler tous et même d'avaler les cendres pour qu'il n'en reste rien. Finalement, elle les a pris. C'était près de huit mille francs, pas assez pour le chagrin mais de quoi se payer de beaux jours.

Et puis voilà, le Bon Dieu fait bien les choses : à la guerre,

Kléber et Biscotte, nés tous les deux dans le quartier, se sont retrouvés dans le même régiment, bientôt dans la même compagnie. La Marne, la Woëvre, la Somme, Verdun, ils ont tout souffert ensemble, et quand l'un revenait en permission, il donnait des nouvelles de l'autre, il essayait de raconter aux clients la tranchée, mais il buvait son verre en regardant Petit Louis avec des yeux tristes, visiblement pour quémander qu'on parle d'autre chose, parce que la tranchée, voyez-vous, ne se raconte pas, c'est pas tranquille, ça pue, mais c'est la vie malgré tout, plus fort qu'en n'importe quel putain d'endroit, et personne ne peut le comprendre qui n'y a pas plongé, avec les camarades, ses pompes dans la boue.

Sur ces paroles amères, Petit Louis se tait une bonne minute. Et puis voilà, le Bon Dieu fait mal les choses : en été 1916, sur un front qu'il a oublié, la belle amitié s'est rompue, Kléber et Biscotte ne pouvaient plus se supporter, ils se disputaient à tout moment pour des broutilles, un paquet de Gauloises bleues, une boîte de singe, ou de savoir qui sauvegarde le mieux ses bonhommes, de Fayolle ou de Pétain. Ils s'évitaient, ils ne se parlaient plus. Quand on le lui a proposé, nommé caporal, Biscotte a changé de compagnie, bientôt de régiment. Il n'est jamais revenu au bar. Il est mort, paraît-il, dans un bombardement, alors qu'il était blessé, qu'on l'évacuait d'un front ou d'un autre.

Son véritable nom, Petit Louis a dû l'entendre, quand l'Eskimo, un samedi de 1911, le lui a présenté, mais il ne s'en souvient pas, ni probablement les clients qui l'ont connu. On lui disait seulement Biscotte. Il devait avoir son atelier dans une rue du faubourg, de l'autre côté de la Bastille. En tout cas, Petit Louis a été content de savoir que Dieu existe quand même, qu'avant de crever, chacun de son côté, les deux amis s'étaient réconciliés.

Lorsque Sylvain, dehors, frappe du poing sur le rideau de fer, il est plus d'onze heures. Mathilde reste à regarder une fois encore les photos de l'Eskimo, pendant que Petit Louis va chercher sa manivelle pour ouvrir. A l'air qui entre, elle sait qu'il pleut. Elle se demande si elle doit dire à Petit Louis ce que lui a raconté Daniel Esperanza. Elle décide que non. A elle, cela ne lui apporterait rien qu'elle ne sache déjà, et à Petit Louis que de vilaines nuits à chercher le sommeil.

L'Eskimo, sur les photographies, pose avec son frère Charles sous un arbre gigantesque de la Californie, un séquoia. Ou bien ils sont tous les deux sur un chariot bâché, c'est Charles qui tient les rênes des chevaux. Ou bien encore, dans une longue étendue de neige, une ville ou un village en bois dans les lointains, l'Eskimo, né Kléber Bouquet dans le onzième arrondissement de Paris, brandit à deux mains, l'air sévère, des peaux de renards blancs. Si Mathilde compte bien, il a dix-huit ans, car au dos de l'image, il a écrit, toutes les lettres penchées à l'envers : « Dawson, Kondlike, 16 janvier 98. » Dix-neuf années plus tard, à quelques jours près, son destin l'aura rejoint dans la neige de la Somme.

Sur la photographie que Mathilde préfère, ou qui l'émeut le plus, l'Eskimo, les manches de sa chemise sans col retroussées aux coudes, un bonnet de soldat sur la tête, la moustache tranquille, fait sa lessive dans un cantonnement. Il a tourné le visage vers l'objectif. Il a les yeux bons, le cou fort, de larges épaules qui inspirent confiance. Il semble dire à Mathilde, et elle veut s'en persuader, qu'il a protégé Manech au-delà de ce qu'on croit savoir, qu'il était trop robuste, trop expérimenté et qu'il avait trop vécu pour le laisser mourir.

Les petits sous
de la reine Victoria

Novembre.

Le père de Mathilde, Mathieu Donnay, a pour conseiller juridique un avocat de cinquante ans, attentif et affable, très séduisant malgré les cheveux perdus, qu'on dit aussi infatigable à défendre le veuf et l'orphelin qu'à conquérir la veuve et l'orpheline : Pierre-Marie Rouvière. Il a connu Mathilde enfant, qu'il a grisée avec des calissons d'Aix, la conquête est depuis longtemps chose faite. C'est simplement pour ses qualités d'avocat qu'arrivant à Paris, au début d'octobre, elle s'est confiée à lui, dans son cabinet aux murs de velours.

Il a levé les bras au ciel, dès l'abord de Bingo Crépuscule, ou déjà même place de l'Opéra, il a crié au grotesque. Cinq soldats ligotés, traînés jusqu'à une tranchée de première ligne, jetés à l'ennemi par-dessus les barbelés — et dans la neige, encore ! — c'était grotesque, il ne voyait là qu'une de ces affabulations morbides, malheureusement pas toujours désintéressées, qui ont fleuri comme pissenlit tout au long de la guerre.

Esperanza ? Un pauvre mythomane, à bout de tout, qui voulait se rendre intéressant, qui déjà reculait parce qu'il

97

savait être allé trop loin. La photographie des condamnés ? Elle ne prouvait rien, elle pouvait avoir été prise n'importe où. La lettre de Manech, identique à sa copie ? Elle pouvait avoir été dictée dans de tout autres circonstances. La lettre de Favourier ? Un faux, comme le bordereau de Dreyfus. Tant qu'on y était, le capitaine Favourier n'avait peut-être jamais existé.

Néanmoins, accordant le bénéfice du doute à la réalité du procès en conseil de guerre, puisque celui-ci avait été confirmé par un camarade de régiment de Manech, Pierre-Marie Rouvière a noté dans un cahier à couverture de cuir noir frappée de ses initiales — « tout ceci restant entre elle et lui, et strictement amical » — les noms des lieux et des soldats que Mathilde lui disait, il a promis d'enquêter de son mieux pour éclaircir cette histoire extravagante.

Depuis lors, il a téléphoné deux fois à Mathilde, rue La Fontaine, l'une pour se faire préciser le nom du lieutenant-médecin qui a soigné les cinq condamnés dans un village en ruine — Santini —, l'autre pour prendre rendez-vous aujourd'hui, chez elle, à seize heures.

Il pleut sur les vitres. Pierre-Marie fume des turques dans un long fume-cigarette en ivoire, il porte cravate noire, comme à l'ordinaire depuis l'armistice, en souvenir d'une actrice qui est morte ce jour-là et qu'il a beaucoup aimée. Il est vêtu de sombre. Il a la mine sombre. Le petit salon si pimpant d'habitude, si naïvement égayé par Maman, en est tout assombri.

D'abord, Mathilde doit promettre que les informations qu'elle va entendre ne seront jamais divulguées à qui que ce soit. Pour les obtenir, Pierre-Marie a dû faire appel à l'amitié d'un officier d'état-major qui s'est beaucoup exposé, à qui il a lui-même donné sa parole de garder le secret absolu. Menteuse comme elle se connaît, Mathilde promet sans hésitation.

Il s'assoit. Il sort des feuillets pliés de la poche intérieure de son veston. Il a rencontré plusieurs fois, au cours des cinq semaines qui viennent de s'écouler, cet officier dont il veut préserver l'anonymat, qu'il appelle mon ami Officier, pareillement que si c'était son nom véritable. Ils ont déjeuné ensemble aujourd'hui, ils ont fait le point. Encore que certains des dires d'Esperanza soient confirmés par les documents ou les témoignages qu'ils ont recueillis, ils restent tous les deux convaincus que son histoire est mensongère, que les choses, à Bingo Crépuscule, n'ont pu être telles que ce vieux gaga les a décrites à Mathilde. On avait sûrement mieux à faire dans cette tranchée, les 6 et 7 janvier 1917, que de balancer des condamnés à mort par-dessus le parapet pour économiser des cartouches.

Le petit salon s'éclaire. Mathilde voit le jour à travers les vitres mouillées. Elle voit les flammes dans la cheminée de marbre rose, et même le brusque reflet du feu sur la chevalière en or de l'avocat, quand il déplie ses feuillets. Bingo Crépuscule a donc réellement existé ?

Il la regarde, il baisse la tête, il dit oui, que de cela, comme d'autres détails qu'Esperanza lui a donnés, il n'y a aucun doute. Il enfourche sur son nez des besicles, il lit les notes qu'il a prises.

« Bingo Crépuscule » est l'appellation d'une tranchée allemande occupée par les nôtres en octobre 1916, numérotée 108 dans un secteur du front de la Somme, aux environs de Bouchavesnes. Elle se trouve, en janvier 1917, à la jonction des troupes françaises et britanniques. Elle est le théâtre de furieux combats dans la journée et la nuit du dimanche 7. Le 8 et les jours suivants, selon des accords pris à l'automne précédent par les commandements des deux armées, ce qui exclut tout rapport avec le déroulement de l'affaire, les Britanniques relèvent nos troupes dans ce secteur.

Il est exact que le capitaine Étienne Favourier, trente-cinq ans, professeur d'histoire, commandait le demi-bataillon engagé dans les tranchées 108 et 208, première et deuxième position, le dimanche 7 janvier 1917.

Il est exact que le lieutenant Jean-Jacques Estrangin, vingt-cinq ans, était à la tête de la compagnie de Bingo

Crépuscule et que celle-ci comprenait les caporaux Urbain Chardolot et Benjamin Gordes, ainsi que le soldat Célestin Poux.

L'ami Officier a eu en main l'état des pertes du 7 janvier. Parmi 56 tués figurent les noms de Favourier et d'Estrangin, parmi 74 blessés celui de Benjamin Gordes.

Ici, l'avocat s'arrête, regarde Mathilde en ôtant ses besicles, longuement, pensivement, puis il dit : « Il y a autre chose, ma pauvre Matti. »

Sur cet état des pertes, dressé le lundi 8 par un sergent de la compagnie décimée, de ceux qui restaient le plus haut en grade, figurent aussi, parmi les tués, sous la mention « Détachés au bataillon le 6 janvier », les noms de Kléber Bouquet, Francis Gaignard, Benoît Notre-Dame, Ange Bassignano et — « Que veux-tu, les choses sont ainsi » — Jean Etchevery.

Mathilde fait rouler son fauteuil vers le feu. Un démon passe. Sans se retourner, elle se force à dire : « Continuez. J'écoute. »

Il est exact que le lieutenant-médecin Jean-Baptiste Santini, vingt-sept ans, a trouvé la mort dans un bombardement, à Combles, le 8 janvier 1917. Son supérieur direct, à l'ambulance, ne se rappelle pas qu'il lui ait commandé, deux jours avant, d'aller soigner des condamnés à mort. A l'ami Officier qui l'a interrogé, ce médecin de quelque renom a dit nettement : « Allons donc, si cela s'était passé, je ne l'aurais pas oublié. » Il a été encore plus catégorique en ce qui concerne l'infirmier inconnu, censé accompagner le lieutenant Santini : « Ah, parce qu'il y avait aussi un infirmier ? Deux hommes, dont un médecin, pour cinq pansements, vous voulez rire ? Jamais je n'aurais donné un tel ordre, allons donc ! »

Il est exact aussi qu'un régiment de dragons se trouvait cantonné en janvier 1917 dans le même secteur que le hameau rasé, Tancourt, où les condamnés auraient été conduits et remis à la garde d'Esperanza. Mais l'ami Officier a eu accès aux dossiers de ce régiment. Il peut affirmer qu'aucune mission d'accompagnement de ce genre n'a été rapportée à la date du samedi 6 janvier. Sauf à croire qu'Esperanza ait confondu une autre arme avec des dragons, ce qui est plus qu'improbable pour un briscard de trois ans de guerre, il faut bien tenir ses allégations, là encore, pour pure fantaisie.

Pierre-Marie a parlé au téléphone avec le médecin-chef de l'hôpital de Dax, mais n'a pu obtenir qu'Esperanza vienne à l'appareil. Le vieux ne quitte plus son lit, ne parle presque plus, ne se souvient de rien, sinon d'une maîtresse d'école qu'il a eue quand il était gamin et qu'il réclame en pleurant toutes les nuits.

Le commandant du bataillon d'Esperanza, en janvier 17, est mort la même année, non pas à la guerre, mais en permission, d'une attaque cardiaque à la fin d'un repas en famille. Sa veuve ne l'a jamais entendu parler de Bingo Crépuscule, ni des cinq condamnés à mort, ni vraisemblablement de rien : elle détestait l'entendre raconter sa guerre.

Voilà. Ce serait tout s'il ne restait le plus important, que Pierre-Marie a appris au déjeuner, ce midi même, qui lui semble lever tous les doutes et clore l'affaire.

Le procès a bien eu lieu. Exactement à l'école communale de Dandrechain, près de Suzanne, dans la Somme. Vingt-six soldats et deux caporaux d'un corps d'armée, qui s'étaient mutilés de la même façon dans une période si restreinte que c'en était alarmant pour la discipline, ont été jugés par le conseil de guerre, les 28 et 29 décembre 1916. Quatorze soldats et un caporal, en l'occurrence Francis Gaignard, ont été condamnés à la peine de mort, les autres ont écopé de vingt à trente ans de travaux forcés.

Pierre-Marie, repliant ses feuillets, se dresse brusquement et vient devant le feu, face à Mathilde. Elle dit : « Je ne vois pas en quoi cela clôt l'affaire. C'est plutôt là qu'elle commence. »

« Attendez, Matti. Je n'ai pas fini. Comment croyez-vous que nous ayons obtenu ces précisions ? »

Elle présume qu'il doit rester, dans les archives de

l'armée, les comptes rendus des conseils de guerre, quelque trace écrite.

Non, son ami Officier n'a pu trouver — ou pas encore — les minutes du procès de Dandrechain ni aucune trace. Mais il a trouvé mieux : « le capitaine d'artillerie, fort dans le juridique » dont a parlé Aristide Pommier après des joutes humides — le propre défenseur de Manech.

Sur le coup, Mathilde ne peut dire un mot, son cœur est dans sa gorge, elle regarde Pierre-Marie avec des yeux agrandis, les lèvres ouvertes, elle doit avoir l'air d'un poisson. Il hoche la tête plusieurs fois, content de son effet, disant : « Eh oui, eh oui, Matti. Mon ami Officier l'a retrouvé. »

Celui qui a plaidé pour Manech est un avoué de Levallois, qui n'exerce plus, qui vit de quelques rentes et de sa pension d'invalide dans un pavillon en meulière, entre ses livres et ses chats. Il a perdu un fils aux Éparges, une jambe en Champagne, sa femme dans la grande épidémie. L'ami Officier l'a rencontré hier après-midi, dans son pavillon. Il s'est fait raconter le procès. Il est reparti avec une révélation de taille, dont il a réservé à Pierre-Marie la surprise pour le déjeuner : les 15 condamnés à mort, tous, ont été graciés par le président Poincaré le 2 janvier 1917, soit quatre jours avant l'affaire de Bingo Crépuscule, et leurs peines commuées en travaux forcés. Le défenseur de Manech a reçu notification de la grâce le 4, dans son cantonnement, mais les autorités concernées ont sans doute été prévenues avant lui, par télégramme. Que valent les divagations d'Esperanza, maintenant ?

Quand Mathilde a mis un peu d'ordre dans son esprit, elle dit : « Je ne voudrais pas vous paraître insultante envers votre ami Officier, mais a-t-il une preuve que cette notification a bien existé ? »

Penché vers elle, la voix soudain si forte, si vibrante, qu'elle recule la tête, Pierre-Marie répond : « Je l'ai vue ! »

L'ancien avoué a confié le document à Officier. Pierre-Marie l'a lu et relu pas plus tard que ce midi. Il a lu le nom de Jean Etchevery et des quatorze autres condamnés. Il a lu les attendus. Il a lu la commutation de peine et la date et la signature de Raymond Poincaré. Peut-elle imaginer qu'il se soit trouvé un seul chef de nos armées pour passer outre à cette signature ?

Elle ne l'imagine pas, non. Mais si la grâce était arrivée trop tard ? Si les condamnés étaient déjà en route ? Ils ont parlé à Esperanza d'un voyage épuisant et sans but, pendant deux jours et deux nuits, avant de parvenir à ce village en ruine — Tancourt, c'est bien ça ? — où il les a pris en charge.

Pierre-Marie balance la tête, il soupire devant tant d'acharnement à vouloir se persuader de l'incroyable. La grâce trop tard ! Comment explique-t-elle qu'on n'ait pas procédé à l'exécution aussitôt après la sentence, comme cela se passait du temps des cours martiales ? Parce que depuis la suppression des cours martiales, justement, la loi interdit toute exécution, même l'appel rejeté, avant que le président de la République ait pu exercer son droit de grâce. Donc, on attendait sa décision. Elle pouvait arriver un peu plus tôt, un peu plus tard, mais trop tard jamais. Il répète : « Jamais, cela va de soi. »

Il doit lire sur le visage de Mathilde la confiance qu'elle accorde aux choses qui vont d'elles-mêmes, il soupire à nouveau. Puis il dit bon, qu'il veut bien se faire l'avocat du diable.

« Admettons qu'Esperanza n'ait raconté que la vérité. Admettons qu'on lui ait donné pour mission de conduire cinq condamnés à mort, blessés, épuisés, à cette tranchée de première ligne. Je vais te dire, si j'avais à plaider, comment je verrais les choses. Les chefs des unités dans lesquelles, en seize jours, s'est produit vingt-huit fois le même délit, veulent coûte que coûte un exemple. Ils pressentent la vague d'indiscipline, de dégoût, de refus collectif dont certains de nos députés nous disent qu'elle a déferlé au printemps suivant sur toute notre armée. Plutôt que d'attendre la décision du président, on disperse les condamnés en trois groupes de cinq, sur trois fronts différents, on les balade, on les perd. Peu importe qu'ils soient graciés. Ils seront morts avant. On montrera ce qu'il en coûte de faire ce qu'ils ont fait. On n'a pas le droit de les exécuter ? D'accord. On les ligote, on les balance dans le bled, on laisse à ceux d'en face le soin de les massacrer. Quand ils sont massacrés, on les inscrit sur un état des pertes du régiment. Leurs proches même ne sauront rien : *Tués à l'ennemi.* Tous ceux qui ont participé à leur acheminement, officiers, sous-officiers, soldats, qu'ils soient territoriaux, dragons, chefs de train, toubibs, conducteurs de camions, on les disperse aussi, on les noie dans la guerre. Beaucoup mourront : les morts ne parlent plus. D'autres se tairont, pour « ne pas avoir d'histoires », pour préserver leur pension : la lâcheté aussi est muette. Les derniers, après la délivrance de l'armistice, plus tard à leur retour au foyer, auront autre chose à raconter à leurs enfants, à leur femme, à leurs amis que l'ignominie d'un dimanche de neige, en Picardie. A quoi bon ? Ce ne serait que ternir la seule image à laquelle ils tiennent : ils se sont bien battus, leurs gamins les admirent, leurs femmes rabâchent à l'épicerie que bonhomme a fait cinquante prisonniers à lui seul dans les banlieues les plus agitées de Verdun. Il ne reste alors que l'intègre Daniel Esperanza, parmi les milliers d'hommes présents dans le secteur de Bouchavesnes, les 6, 7 et 8 janvier 1917, pour avoir le courage de dire : « Ce que j'ai vu, c'est un assassinat, c'est la négation de nos lois, c'est le mépris des militaires pour l'autorité civile. »

Pressée d'interrompre l'avocat, ce que dans les tribunaux, dit-on, ses adversaires ne réussissent pas sans mal, Mathilde applaudit mollement. Elle dit : « Bravo, mais vous n'avez pas à me convaincre, je pense comme vous. A quelques lacunes près, c'est bien ainsi que les choses ont dû se passer. »

« Des lacunes ? »

Encore une fois, Mathilde ne voudrait pas sembler mettre en doute la sincérité de son ami Officier, elle dirait plutôt que celui-ci n'a découvert que des vérités qui l'arrangent.

S'il a eu accès aux dossiers du régiment, il ne lui était pas difficile de retrouver quelques survivants de Bingo Crépuscule et de les interroger.

« De quel droit ? » s'insurge Pierre-Marie. « Et sous quel prétexte mensonger ? Qu'un seul se plaigne d'être importuné ou même simplement blaguasse à tort et à travers, où irions-nous ? »

Il apporte une chaise devant elle et s'assoit. Il dit d'une voix attristée : « Tu es bien ingrate, Matti. Cet homme a pris de gros risques pour me rendre service, et dans le seul souci de l'amitié. Il ne peut aller au-delà. Il a bien interrogé un capitaine d'artillerie, et la femme d'un commandant de territoriaux, et un médecin des services de santé. S'il l'a fait, c'est qu'il pouvait compter sur leur discrétion et eux sur la sienne. Pour le reste, s'il te paraît n'avoir découvert que des *vérités qui l'arrangent* — je me demande d'ailleurs en quoi —, il ne nous a pas caché celles qui le dérangent, serait-ce seulement dans sa fierté de soldat. Je le connais parfaitement et de longtemps. Il a dû ne se sentir soulagé de ses propres doutes que ce matin, alors qu'il avait la grâce présidentielle en main et pouvait vérifier l'effet qu'elle a eu. »

Il se penche en avant, une main sur l'épaule de Mathilde, et lui dit : « J'aurais préféré taire cela, pour ne pas ajouter de vains regrets à ton chagrin, Matti, mais les deux autres groupes de condamnés à mort, débarqués sur des fronts différents, ont été récupérés, reconduits à Dandrechain, où leur a été signifiée la commutation de leur peine. Aujourd'hui encore, ils sont tous les dix vivants, ils cassent des pierres au bagne de la Guyane. »

Mathilde baisse la tête et reste ainsi, muette, jusqu'à ce qu'il presse des doigts son épaule et dise : « Matti, ma petite Matti, sois raisonnable. Manech est mort. Qu'est-ce que son souvenir y gagnerait, si même, contre toute vraisemblance, tu avais raison ? »

Un bisou sur la joue, qui sent la lavande et le tabac, il se redresse. Quand elle le regarde, il est en train de ramasser son manteau de pluie jeté sur un fauteuil. Elle dit :

« Donnez-moi le nom de cet avoué, à Levallois. »

Il fait signe que non, ce n'est pas possible. Il enfile son manteau, remet son écharpe d'angora gris, son chapeau de feutre gris, reprend sa canne.

Il dit : « Vois-tu, Matti, il n'y a pas eu que des tonnes de fer et de feu dépensées dans cette guerre, mais presque aussi lourd de paperasses. Il faudra des mois, probablement des années, pour les acheminer, les rassembler, les dépouiller toutes. A défaut d'être convaincue, sois patiente. Et prudente. Il en coûte cher de toucher à certains tabous, en ce moment. »

Dès qu'il est parti, Mathilde se fait apporter dans le petit salon du papier à dessin, son stylo-plume. Elle note par écrit la conversation qu'elle vient d'avoir, sans rien oublier, pour ne rien oublier. S'étant relue, elle se dit c'est vrai, qu'elle a appris beaucoup, mais strictement pour deux périodes sur trois : avant le dimanche 7 janvier 1917 et après. De ce dimanche même, Pierre-Marie ne lui a confirmé que ce qu'elle savait, qu'on s'était battu, qu'on avait perdu beaucoup de gens. En fin de compte, elle est même mieux renseignée que lui. Elle pense à Manech, en train de bâtir sur la terre de personne un bonhomme de neige, à un aéroplane abattu à la grenade, à Six-Sous chantant pour qui veut l'entendre la chanson de la Commune. A « des folies ». Elle se dit qu'il faudra bien qu'elle continue toute seule d'être folle.

Le même soir, au dîner, elle mange une cuisse de poulet avec les doigts, sans rien dire, l'imagination ailleurs. Elle est assise à un bout de la grande table, en face de son père, qu'elle aime de tout son cœur. A sa gauche, Maman, qu'elle aime beaucoup. A sa droite, son frère Paul dont elle ne pense pas grand-chose, sinon qu'il est supportable, et sa ni belle ni sœur, Clémence, qu'elle ne supporte pas. Les deux affreux, Ludovic et Bastien, huit et six ans de turpitudes, sont depuis longtemps en train de faire pipi au lit.

Son père dit : « Ça ne va pas, Matti ? »

106

Elle dit : « Ça va. »

Il dit : « Quand cette fichue grève des journaux sera finie, je paierai ton annonce, ce sera ton cadeau de Noël. »

Elle dit : « D'accord. »

Elle veut publier une annonce dans les quotidiens et les hebdomadaires importants, et aussi dans ces revues des combattants où tout le monde recherche tout le monde. Elle l'a rédigée ainsi :

BINGO CRÉPUSCULE
(Tranchée de la Somme, secteur Bouchavesnes.)
Récompense pour informations sur journées
6, 7 et 8 janvier 1917
ainsi que sur caporaux Urbain Chardolot, Benjamin Gordes, soldat Célestin Poux et tout combattant en cet endroit, à cette date. *Écrire :* Mlle Mathilde Donnay, villa *Poéma*, Capbreton, Landes.

Elle ne doute pas de recevoir des centaines de lettres. La nuit, dans son lit, elle s'imagine à Cap-Breton, en train de les dépouiller. Il y en a tant que Bénédicte et Sylvain doivent oublier la cuisine et le jardin pour venir à son aide. On mange des sandwiches, on laisse les orties pousser, on travaille jusqu'à tard dans la nuit, sous les lampes. Et un beau matin, un beau matin :

« A quoi penses-tu ? » demande Maman.

« Cent sous si tu devines. »

« Oh, je sais bien à qui tu penses. »

« Tu as gagné cent sous. »

Mathilde demande du vin. Il n'est que son père pour en boire aux repas. Il garde la bouteille près de lui. Il se lève et vient servir Mathilde. Pendant qu'il verse, la ni belle ni sœur se croit obligée de remarquer : « Tu bois du vin, maintenant ? »

« Après la soupe, un verre de vin, autant de moins dans la poche du médecin », répond Mathilde.

« Où as-tu pris ça ? » dit son père, qui va se rasseoir, sans même relever l'impudence de sa ni belle ni fille, qu'il appelle ma bru, parce que lui aussi la trouve moche à ne pas oser la regarder.

Mathilde goûte son vin et répond : « C'est la grand-mère de la femme du mécano du vainqueur Garrigou sur le Tour de France 1911 qui le prétendait dans le Vaucluse. »

« Tiens donc », dit Mathieu Donnay, dans un silence égaré, « pourrais-tu me répéter ça ? »

« A l'endroit ou à l'envers ? »

« M'est égal. »

Mathilde boit un peu de son vin et recommence : « Garrigou, vainqueur du Tour de France 1911, avait un mécano, le mécano avait une femme, la femme avait une grand-mère dans le Vaucluse qui prétendait ce que tu m'as demandé de dire où je l'ai pris. »

Maman dit, consternée : « Elle est déjà saoule. »

Paul dit : « Matti avait onze ans en 1911. Comment peut-elle savoir qui a gagné le Tour de France ? »

Mathilde réplique : « Oh, j'en sais bien d'autres. » Elle boit une petite gorgée de vin. Elle s'adresse à son frère : « Tiens, la même année, 1911, qui est le vainqueur du match de boxe poids plume Louis Teyssier contre Louis Ponthieu ? Allez, vas-y. Un autre louis si tu devines. »

Paul hausse l'épaule pour montrer qu'il ne s'intéresse pas à la boxe, qu'il n'en sait rien.

« Et toi, papa ? »

« Je ne parie jamais d'argent. »

Mathilde finit son verre, fait claquer sa langue, et déclare : « C'est Louis Ponthieu, dont le vrai nom est Louis de Reygnier-Ponthieu. Le brave Louis Teyssier, plus connu sous le diminutif de Petit Louis de la Bastille, s'est fait torcher. »

Elle regarde pensivement son verre vide. Elle dit : « Cela me fait penser qu'il faudra se procurer du vin d'Anjou. C'est celui que je préfère. »

Ensuite, elle soupire, elle veut aller se coucher. Sa chambre, à Paris, est à l'étage, c'est tout un cirque pour arriver là-haut. Mathieu Donnay a fait installer avant la guerre un petit ascenseur sans parois qui défigure l'entrée, qui marche une fois sur deux parce que les petites pestes le détraquent, qui met des éternités poussives à grimper trois mètres, avec des bruits de chaînes à donner la chair de poule. En plus, Mathilde ne peut pas s'en servir seule. Il faut qu'en bas on bloque les roues de son fauteuil et qu'on monte l'attendre là-haut pour les débloquer, si l'on ne s'est pas endormi avant.

Souvent, comme ce soir, Mathieu Donnay a plus vite fait d'emporter sa fille dans ses bras jusqu'au lit. Il lui retire ses chaussures et ses bas. Le reste, une fois allongée, elle s'en débrouille. Mathilde est une contorsionniste-née. Si comme les petits bateaux elle avait des jambes, elle pourrait gagner sa vie dans les fêtes foraines.

Tout en lui massant les pieds et les chevilles, son père lui dit : « J'ai croisé Rouvière, tout à l'heure. Il venait de te voir. Il m'a complimenté pour ta bonne mine. »

« Qu'est-ce qu'il t'a raconté ? »

« Rien. Que les temps sont durs. Que nous aurons un parlement de fer au deuxième tour des législatives. Mais toi ? De quoi voulais-tu lui parler ? »

« De timbres-poste », dit Mathilde.

Son père sait depuis toujours comme elle est cachottière, il ne s'en émeut plus.

« Tiens donc. Tu t'intéresses à une foule de choses, depuis quelque temps. La bicyclette, la boxe, le vin d'Anjou, maintenant les timbres. »

« Je m'instruis, dit Mathilde. Tu devrais essayer, toi aussi. Je suis sûre que tu serais incapable de me citer le nom d'un seul bateau faisant la traversée San Francisco-Vancouver en 1898. Ni de m'expliquer ce que c'est qu'une favouille, ni même comment on choisit le nom et le prénom des enfants trouvés. »

Il rit. « Tu me fais marcher. Mais quel rapport avec les timbres-poste ? »

« Alors là, c'est encore plus difficile, même pour moi. Tu ne vas pas me croire. »

« Mais oui, je vais te croire. »

Et frotte, et frotte les petits petons.

« Eh bien, la semaine dernière, j'ai lu mot par mot, ligne par ligne, page par page, plus de la moitié d'un catalogue en anglais, gros comme ça, pour trouver sur quel timbre de la reine Victoria figure l'un de ses deux prénoms secrets, Penoe. »

« Quel est l'autre ? »

« Anna. »

Il sourit, les yeux vagues et grands de nostalgie, comme celui qui a fait de belles misères à une Anna mémorable, du temps de sa jeunesse pauvre, au quartier Latin.

« Papa, tu es ridicule quand tu ne m'écoutes pas. »

« Alors, je ne suis jamais ridicule. »

« Quatre jours entiers, ça m'a pris ! »

C'est vrai. La semaine dernière, Mathilde a passé quatre jours à l'hôpital pour des examens dits de routine. Elle se plongeait dans les ivresses philatéliques entre deux tracasseries.

« Et tu as trouvé ? »

« Pas encore. Je n'en suis qu'à la lettre L, dans le catalogue. A Leeward, exactement. Les îles Leeward, ou îles Sous-le-Vent, sont une colonie britannique dans la mer des Caraïbes, au nord de la Martinique, à l'est de Puerto Rico. Tu vois que c'est instructif, les timbres-poste. »

« Quel besoin as-tu de savoir une chose pareille ? »

Il s'est arrêté de lui malaxer les orteils. Il regrette déjà sa question. Il connaît sa Matti, du moins le croit-il, mieux que personne. Il sait que partie si loin — ce soir, aux îles Sous-le-Vent —, elle ne s'arrêtera plus, qu'il est temps de mettre à la cape. Au bout de la dérision qu'elle affiche pour tout, qui s'enfle et s'enfle si on la laisse aller, il n'y aura jamais que les larmes qu'elle retient.

« Une chose pareille ne s'invente pas », répond Mathilde. « Et les choses qui ne s'inventent pas sont très pratiques pour reconnaître le vrai du faux. En octobre, quand je suis allée voir Pierre-Marie, si j'avais su celle-là, je lui aurais tout de suite cloué le bec. »

Elle fait signe à son père de se rapprocher. Il s'assoit près d'elle, au bord du lit. Elle veut qu'il se rapproche encore, qu'il la prenne dans ses bras. Il la prend dans ses bras. Lui aussi sent l'eau de lavande et le tabac blond, mais elle aime bien, c'est rassurant.

Elle dit, les yeux au plafond : « Un professeur d'histoire envoie une lettre à un négociant en vins de Bordeaux. Dans cette lettre figure l'énigme : quelle est l'origine d'un timbre-poste où le second prénom secret de la reine Victoria est dévoilé ? Or Pierre-Marie, d'emblée, affirme que la lettre est un faux, que le pinardier se l'est envoyée à lui-même. »

« Il faut comparer les deux écritures », dit Papa.

« Je l'ai fait. Elles ne se ressemblent pas. Mais je ne connais l'écriture du professeur d'histoire que par cette lettre. Si le pinardier avait simplement déguisé la sienne ? »

Mathieu Donnay réfléchit, la joue de sa fille contre son épaule, et puis il dit : « Tu as raison, Matti. Si ton pinardier n'est pas un fondu des timbres-poste, la lettre est bien du professeur d'histoire et Pierre-Marie est un âne. »

Maman frappe à la porte de la chambre et entre sur ces belles paroles. Elle dit à son mari : « Tu n'as même pas fini ton dîner. Nous sommes comme des santons de Provence à t'attendre pour le dessert. » Et à Mathilde : « Qu'est-ce que vous êtes en train de mijoter derrière mon dos, tous les deux ? » Elle a répété cela toute sa vie pour exorciser les incertitudes, les culpabilités idiotes qui la tourmentent, simplement parce que sa fille, à trois ans, est tombée d'un escabeau.

Plus tard, seule dans son lit, tout près du sommeil, Mathilde entend des éclats de voix, en bas. Il lui semble reconnaître son père et Sylvain, mais ce n'est pas possible, jamais ils ne se sont disputés. Elle doit déjà rêver. Les voix s'estompent. Elle perçoit l'agonie du feu, dans la cheminée. Elle rêve d'un champ de blé immense et jaune jusqu'à l'horizon. Un homme la regarde, vers qui elle va. Elle entend le craquement de ses propres pas qui écrasent les blés, mais ce ne sont maintenant, autour d'elle, que des fleurs, de grandes marguerites jaunes qui se multiplient et qu'elle écrase en marchant. L'homme a disparu. Les tiges des fleurs sont devenues si épaisses qu'elle ne peut plus rien voir. Elle comprend l'erreur qu'elle a faite, elle n'aurait jamais dû s'avancer ainsi, c'était des tournesols, elle le sait bien maintenant, des tournesols plus hauts qu'elle, l'entourant de tous côtés, dont elle casse rageusement les grosses tiges qui saignent blanc à coups de pied, mais elle ne pourra jamais, elle est sans force, elle ne pourra jamais, sa robe blanche est toute sale, elle ne pourra jamais.

Au matin, juste en ouvrant les yeux, ayant rêvé qu'elle ne pourrait pas quelque chose, ce qui ne change guère ses habitudes, et aussi beaucoup d'autres bêtises dont elle ne se souvient plus, elle voit un objet nouveau dans la pénombre de la chambre, posé sur la table où elle dessine, écrit et pleure quelquefois : la maquette bien malade d'un voilier qui allait de San Francisco à Vancouver, quand elle n'était même pas née, le *Samara*.

Sa tête retombe souriante sur l'oreiller. Elle se dit Seigneur, que pour son père et Petit Louis la nuit n'a pas dû être triste.

Dans l'après-midi, elle charge Sylvain de rapporter le voilier au bar de la rue Amelot, avec un mot pour remercier l'ancien boxeur de le lui avoir prêté pendant quelques heures, et surtout d'avoir permis à son père de la surprendre une fois encore.

Sur le chemin du retour, Sylvain fait un crochet par la rue Gay-Lussac et s'arrête devant la maison meublée où Mariette Notre-Dame est descendue avec son petit Baptistin en février 1917.

Les propriétaires se souviennent parfaitement d'elle, même si elle n'est restée chez eux que trois ou quatre semaines. Elle avait sa chambre au premier étage. On lui permettait d'utiliser la cuisine pour préparer les repas du bambin. Plusieurs fois, ils l'ont invitée à leur table mais elle n'a jamais accepté.

Mariette Notre-Dame, telle qu'ils la décrivent, était une très jeune femme — guère plus de vingt ans — aux cheveux clairs en chignon, aux grands yeux tristes, assez jolie mais ne faisant rien pour le montrer. Elle venait de perdre son mari à la guerre et, sauf de le dire à son arrivée, elle n'en parlait pas. Elle n'était pas bavarde. Ses mains disaient seules qu'elle venait de la campagne et avait travaillé dur depuis le plus jeune âge. Elle ne sortait que pour acheter son nécessaire ou promener l'enfant au jardin du Luxembourg. Baptistin, qu'elle appelait Titou, avait onze mois et marchottait déjà. A deux occasions, emportant son fils, Mariette est partie pour la journée « chez des amis ». Ce sont les seules fois où les propriétaires l'ont vue dans une autre robe que celle, grise et noire, qu'elle portait d'habitude.

Elle a donné son congé dans les deux premiers jours de mars, disant que ses amis lui avaient procuré du travail et l'hébergeraient le temps de se trouver un logis. Le matin où elle a quitté la maison, insistant pour payer « le dérangement de la cuisine », elle a demandé un taxi pour la gare de l'Est mais elle n'a pas dit où elle allait, ni laissé d'adresse où faire suivre son courrier, « ne la sachant pas encore ». De toute façon, elle ne recevait pas de courrier. Le conducteur du taxi a encordé une malle sur le toit de l'auto, rangé des valises et des sacs où il pouvait, elle est partie avec son enfant et n'est jamais revenue.

Deux mois plus tard, en mai, une lettre pour elle est arrivée de Dordogne. Les propriétaires l'ont gardée longtemps, plus d'une année, se disant que Mariette Notre-Dame, par hasard dans le quartier, passerait peut-être les voir, puis ils se sont décidés à l'ouvrir. C'était le faire-part officiel de la mort de son mari, trente ans, tué à l'ennemi. Ils ont pensé que c'était bien triste, oui, bien triste, mais que la pauvre petite dame était suffisamment informée de son malheur, la lettre a fini dans le fourneau de la cuisine.

Dans le train qui la ramène avec Sylvain vers Cap-Breton, Mathilde arrive à la lettre M de son catalogue anglais de timbres-poste. Elle renverse la tête sur le dossier de la banquette. Elle a une sensation de froid, comme toujours quand son cœur bat plus vite, mais c'est bon, c'est meilleur que de gagner une partie de cartes, elle est submergée d'orgueil et de reconnaissance pour elle-même. Elle regarde avec une confiance toute neuve, à travers la vitre, venir vers elle le soleil des Landes.

Sylvain a été séparé de Bénédicte pendant six semaines. Il la regrettait de plus en plus et leurs chamailleries aussi. Ils sont presque intimidés de se retrouver. Bénédicte lui dit : « J'en avais oublié que tu étais si bel homme ! » Et lui, qui est un gaillard, ne sait que faire de son grand corps, arrache son col dur avec la cravate, lisse sa moustache roussâtre d'un revers de main, le sourire niais, les yeux partout mais pas sur elle.

Mathilde retrouve ses chats, qui ne sont pas intimidés le moins du monde, qui se contentent de la suivre où vont les roues de son fauteuil. Elle retrouve aussi le goût du vent salé, la vue des dunes, par-delà les fenêtres, où Manech l'embrassait, serrée fort contre lui, désireuse, désirée, pareille aux autres.

Cette nuit du retour, assise à sa vraie table, dans sa vraie chambre, Dieu merci de plain-pied, entourée de ses photographies et de ses chats, elle écrit sur une feuille à dessin :

Variété du numéro 4 de l'île Maurice, un 2 pence bleu imprimé par planches de douze, en 1848. C'est le septième timbre de la planche qui présente l'erreur d'orthographe, due à l'embardée du burin du graveur, PENOE au lieu de PENCE.

114

Les petits sous de la reine Victoria

Neufs ou oblitérés, ces deux petits sous valent aujourd'hui une fortune.

Et plus bas, sur sa feuille :

Un état des pertes se trafique. S'en tenir désormais à la lettre du capitaine Favourier. A l'aube du dimanche, ils sont encore tous les cinq vivants.

Le coffret en acajou

Véronique Passavant,
16, rue des Amandiers, Paris.
10 janvier 1920.

Mademoiselle,
Je suis passée, avant-hier samedi, chez Petit Louis pour lui
souhaiter la bonne année. Il m'a raconté votre conversation,
un soir de l'automne dernier, et m'a répété à peu près ce
qu'il vous avait dit.

Je voudrais d'abord pas que sur ma rupture avec Kléber
Bouquet, à qui on disait l'Eskimo, il y ait de malentendu,
parce que j'aimais Kléber pour de bon, jusqu'à la moelle, et
j'ai beaucoup souffert de mon entêtement envers lui. Mais
j'étais sûre qu'à sa première permission, on se réconcilierait,
je pensais pas qu'il allait mourir à la guerre. Pour me
rassurer, il disait toujours qu'il avait des relations et qu'on
l'envoyait jamais dans les mauvais coups, et puis ça me
paraissait impossible qu'il meure, d'ailleurs il y a des nuits
où je le crois toujours pas et je vais vous dire pourquoi.

Je l'ai pas dit à Petit Louis, parce que ça sert à rien de faire encore plus de mal, mais une femme est venue me trouver au début mars 1917, à mon travail, et c'est elle qui m'a appris ce que je devine que vous savez déjà depuis long-temps, mademoiselle, et que vous non plus vous n'avez pas voulu dire à Petit Louis, cette histoire de coup de fusil dans la main et la condamnation de Kléber.

La femme en question revenait de la zone des armées où son homme à elle avait été condamné pareillement, avec trois autres encore, alors je me dis que votre fiancé était lui aussi parmi ceux-là. La femme m'a dit qu'ils n'ont pas été fusillés mais emmenés en première ligne pour se faire tuer par les Allemands. Ce qu'elle savait d'autre, elle me l'a pas dit, c'est elle qui voulait savoir si j'avais des nouvelles de Kléber ou si je l'avais revu vivant depuis janvier, à se cacher quelque part ou n'importe quoi. Je lui ai assuré que non. Vous pensez bien qu'elle ne m'a pas crue, et elle avait à moitié raison, parce que si Kléber, je le savais vivant, il est bien certain que je tiendrais ma langue.

Toujours est-il qu'elle en savait plus qu'elle disait, pour me poser toutes ces questions, alors je pense qu'elle espé-rait que son homme à elle était encore vivant, comme vous espérez pour le vôtre et moi pour le mien. Est-ce que j'ai bien saisi ? Sûrement, puisque vous aussi, vous êtes venue poser des questions à Petit Louis et, quelque temps après, votre père l'a réveillé en pleine nuit pour le cuisiner encore, l'air de rien savoir, en hypocrite, à moins que même avec votre père vous ayez tenu vous aussi votre langue.

Il me semble maintenant que nous sommes dans le même bain et qu'on devrait, au moins entre nous deux, être plus bavardes. C'est ça que je voulais vous écrire. Petit Louis m'a dit que vous êtes paralysée des jambes, à cause d'un accident quand vous étiez gamine, je com-prends que vous ne pouvez pas facilement vous déplacer, ma pauvre demoiselle, mais au moins vous pouvez répon-dre à cette lettre, c'est sûrement plus facile pour vous d'écrire que pour moi qui n'ai guère d'instruction, vous vous en doutez déjà. Mais je suis pas bête et je voudrais qu'on mette, toutes les deux, cartes sur table.

Moi, c'est d'instinct, et seulement par moments, que je crois mon Kléber encore en vie. J'ai aucune raison, aucune, même la plus petite, pour douter qu'il est mort en janvier 17, c'est seulement cette femme qui m'a déboussolée avec son histoire. A mon avis, elle ne savait pas non plus si son homme était vivant, mais elle a appris quelque chose qu'elle garde pour elle et qui prouve que l'un au moins des soldats condamnés a pu réchapper. Si j'ai bien saisi, ils étaient cinq. Pour vous montrer que je suis franche, je vais vous dire un détail, dans son histoire, qui me donne un petit espoir pour Kléber, c'est qu'il y avait de la neige où on les a envoyés se faire tuer, alors je pense qu'il avait une chance de plus que les autres de rester vivant, la neige et le froid il les a vécus bien pires. C'est rien du tout, mais vous devez le savoir vous aussi, on se raccroche à n'importe quoi.

Peut-être cette femme à l'accent du Midi est-elle venue également vous trouver ? Je vous en prie, dites-le-moi, et si vous en savez plus que j'en sais, soyez sincère. Je vais languir de votre réponse, aussi ne me faites pas souffrir. Petit Louis m'a dit que vous étiez quelqu'un de bien. Ne me faites pas souffrir.

Véronique Passavant.

Mathilde répond à cette lettre qu'elle ne sait pas de quoi on parle, qu'elle doit aller à Paris au printemps ou en été, qu'on se verra.

Elle écrit ensuite à la brave madame Paolo Conte, à Marseille, pour la presser de joindre « sa filleule par affection », Tina Lombardi, qui courait après son Nino de malheur dans la zone des armées.

Tant qu'elle y est, elle écrit aussi à Pierre-Marie Rouvière, pour le presser tout autant de découvrir à quoi correspondait, en janvier 1917, dans cette zone des armées, l'adresse postale 1828.76.50, mais le temps de vérifier le numéro dans la lettre de madame Conte, elle réfléchit, et finalement déchire la sienne.

C'est une fin de matinée très froide.

Les carreaux des fenêtres, dans la grande salle de la villa, sont embués, empêchent de voir la mer. Ses chats et ses chattes regardent Mathilde jeter les morceaux de papier dans le feu de la cheminée. Elle leur dit : « Tenir sa langue. Voilà un conseil intelligent, pour une fois. Ne croyez-vous pas que j'ai raison de me méfier précisément de celles ou ceux qui me le donnent ? »

Uno s'en fiche. Due se demande. Tertia et Bellissima vont se rendormir près de la Vierge en pierre, souvenir d'un voyage de Papa et Maman à Tolède, où, en l'an 99, dans une nuit d'ivresse castillane et un retour d'affection, ils ont fait Mathilde tout crue.

Voleur et Maître Jacques la suivent seuls tandis qu'elle revient sur ses roues vers la table à manger, où elle étale souvent, et Bénédicte bisque, les feuilles à dessin et les lettres qui ne lui servent ni à dessiner ni à être heureuse, mais seulement à remplir un grand coffret en acajou, à coins dorés, où elle range tout ce qui a trait à Bingo Crépuscule. Elle ne range rien, à vrai dire, elle se contente d'empiler les notes qu'elle prend, les lettres qu'elle reçoit dans l'ordre où ça tombe.

Le coffret lui a été offert par Manech pour son quinzième anniversaire, au Nouvel An 1915, comme boîte à peinture. Il n'est ni beau ni laid, c'est un coffret de quarante centimètres de haut, cinquante de large, lourd à casser les reins, mais enfin, il est en acajou verni, avec des coins dorés comme une cantine de bateau. Où Manech a pris l'idée d'acheter un outil pareil, Mathilde n'en sait rien, pas plus que Papa et Maman leur Vierge en pierre. Les gens sont bizarres.

Mathilde jette la lettre de Véronique Passavant dans le coffret, referme le couvercle avec précaution, de peur de réveiller une angoisse qui dort, et elle dit à Voleur et Maître

Jacques : « Si vous descendez tout de suite de cette table, je consens à vous faire, à vous seuls, une confidence. » Et comme les chats ne bougent pas, elle ajoute, sèchement : « C'est une confidence très confidentielle. » Ils la regardent avec des yeux sans émotion, étrangement fixes, étrangement neutres — on jurerait des yeux de chat — puis, sans se presser, ils vont de concert, sur leurs pattes douces, au même bord de la table et sautent à terre.

Le buste penché, accrochée d'une main à son fauteuil, l'autre flattant l'acajou du coffret de Manech, Mathilde leur dit en baissant la voix, pour mieux retenir leur attention : « Dans cette boîte se trouve l'histoire d'une de mes vies. Et voyez-vous, je la raconte à la troisième personne, ni plus ni moins que si j'étais une autre. Savez-vous pourquoi ? Parce que j'ai peur et que j'ai honte de n'être que moi et de ne pouvoir arriver au bout. »

Au bout de quoi ? pense-t-elle ensuite, sous deux regards imperturbables. Elle ne sait pas. Heureusement, les chats, eux, doivent le savoir, qui ne demandent pas d'explication, qui s'en vont tranquillement rêver dans un coin au temps qui passe.

Quincaillerie Leprince,
3, rue des Dames, Paris.
25 janvier 1920.

Mademoiselle,
Je profite que c'est dimanche pour vous écrire, rapport à votre appel que j'ai lu dans *Le Bonhomme*. Tout de suite je vous dis que je veux pas d'argent, n'étant pas de ces voyous qui profitent du malheur de ceux qui recherchent leur disparu. J'ai fait toute la guerre dans l'infanterie, sauf en 18 quand, blessé à une jambe par les shrapnels, j'ai été hospitalisé, ensuite on m'a versé dans l'artillerie de campagne, ce qui n'était pas mieux parce que les artilleurs

souffrent bien autant que les biffins, et maintenant j'ai cinquante pour cent de l'ouïe en moins, mais c'est une autre histoire.

Ce que je veux dire c'est que j'ai connu cette tranchée que vous indiquez, sauf que c'était pas aux mêmes dates. J'y ai été dans la fin de novembre 1916, après que les coloniaux l'ont prise aux boches, et je crois pas vous fâcher si je vous rectifie sur le fait que vous vous trompez, parce que c'était pas Bingo, mais Bing au Crépuscule, je me souviens très bien de l'écriteau en bois que les bonhommes avant nous avaient cloué sur une poutre qui servait de soutènement, je le vois encore, et ils avaient écrit ça, les pauvres diables, parce que en octobre quand ils creusaient les boyaux, ça canardait probablement terrible à la tombée du jour.

Pour les noms des personnes, s'il s'agit bien du même, j'ai connu un soldat qui s'appelait Célestin Poux, il était pas de mon régiment, mais je crois pas qu'il y en a eu deux comme lui dans cette guerre, sinon ça se saurait, on l'aurait gagnée ou perdue bien avant. C'était le plus grand démerdard et chapardeur que j'aie jamais vu, on l'appelait la terreur des armées. Il aurait volé l'avoine des chevaux pour l'échanger contre du vin pour sa section, il inventait des sections qui n'existaient même pas, il faisait revivre les morts pour dépouiller les roulantes, pensez s'il était apprécié par ses camarades, et rusé avec ça, personne ne voyait dans son jeu. A Verdun, on m'a dit, un gigot rôti, le pain blanc, le vin et les liqueurs, tout le souper des planqués d'un état-major. Et à tout, il répondait comme l'enfant qui vient de naître : « C'est des médisances. »

En 18, dans l'artillerie, j'ai encore entendu parler de lui, à Saint-Mihiel, trois caisses de tabac, du gros Q et des cigarettes blondes pour les Américains, à l'arrivée pleines de sacs de sciure. Célestin Poux, pensez si je m'en souviens. Un gars de l'île d'Oléron, avec des cheveux blonds, des yeux bleus, et un sourire à bercer les sergents-fourriers. Quand il vous demandait l'heure, fallait pas la lui donner, encore moins l'échanger, c'était pareil que de dire adieu à votre montre.

En tout cas, j'ai entendu parler de lui à Saint-Mihiel, en 18, ce qui veut dire qu'il avait déjà échappé à beaucoup de choses et que démerdard comme il était, si vous cherchez un peu du côté des Charentes, vous verrez sûrement qu'il vit encore, mais pour la tranchée, j'y étais pas aux dates que vous dites, j'en sais rien, sauf que les Porridges nous ont relevés à peu près à ce moment-là, et dans la pagaille, le Célestin Poux a dû leur sucer le sang.

Je vous souhaite de retrouver ceux que vous aimez, mademoiselle, et si vous passez par les Batignolles, n'hésitez pas à venir me voir.

Bonne considération.

Adolphe Leprince.

Madame Paolo Conte,
5, traverse des Victimes, Marseille.
Samedi 31 janvier 1920.

Très chère Mademoiselle,

Je suis bien mal dans ma peau, je vous l'assure, pour répondre à votre lettre, je n'en dors plus la nuit, tiraillée entre vous et ma filleule Valentina qui ne veut pas entendre parler de vous écrire, sous aucun prétexte, et qui n'a même pas voulu me donner son adresse de peur que je vous l'envoie. Aussi jusqu'à ce qu'elle revienne me voir, et dans combien de temps, maintenant, parce qu'elle m'a quittée après une colère en me faisant la tête, à cause que j'insistais trop, je ne peux rien faire, rien, sinon de me ronger les sangs.

Si je vous réponds, c'est que j'ai montré votre lettre à madame Isola, l'amie dont je vous ai parlé qui est estimée de tout le monde et de très bon conseil, et elle m'a dit pauvre de toi, fille de Caserte, que j'allais mourir à petit feu si je vous expliquais pas la situation telle qu'elle est, qu'on gagne jamais rien à mentir, on y perd son sommeil et sa vergogne.

Alors voilà. J'ai revu Valentina le dimanche 9 de ce mois, après plus d'une année qu'elle avait disparu, et c'était au début de l'après-midi, elle avait un manteau de velours bleu de nuit avec un col de castor et un bonnet et un manchon assortis, des choses qui doivent coûter les yeux de la tête, mais sûrement que quelqu'un lui a offert ça pour Noël, elle était toute pimpante et jolie et l'air contente, les joues rouges du froid du dehors et ses beaux yeux noirs brillants, j'étais si heureuse de la revoir et de l'embrasser, il a fallu que je m'asseoie. Elle m'apportait à moi aussi des cadeaux, une couverture en laine des Pyrénées, des pantoufles, des oranges d'Espagne, et une petite croix en or véritable que depuis je porte au cou, même la nuit, oui, j'étais contente, vous ne pouvez pas vous imaginer. Après, j'ai tout gâché, tout, en lui donnant votre lettre du mois d'octobre et quand je lui ai dit que je vous avais répondu. Elle s'est emportée comme un coup de mistral, elle m'a dit : « De quoi tu te mêles ? Et qu'est-ce que tu lui as raconté ? Tu ne vois donc pas que cette fille de la haute, avec ses belles paroles, ne cherche qu'à nous embobiner ? » Et puis, d'autres choses que je ne veux pas dire, c'est trop méchant, parce que je suis bien certaine, moi, que dans votre lettre, vous ne lui disiez que la vérité, que votre pauvre fiancé avait connu Ange Bassignano à la guerre et que vous vouliez lui parler, rien de plus.

Finalement, elle n'est pas restée chez moi une heure, et ses joues n'étaient plus rouges du froid mais de la colère, elle marchait d'un côté à l'autre de la cuisine en faisant claquer ses talons, et moi j'étais sur ma chaise à ne pas vouloir pleurer, mais à la fin je ne pouvais plus me retenir et alors, elle m'a dit en tendant son index droit sous mon nez : « Pleurer, ça n'arrange rien, marraine Bianca. Est-ce que je pleure, moi ? Je t'ai dit un jour que ceux qui ont fait du mal à Nino, je leur ferai sauter la caisse. Depuis que tu me connais, tu m'as déjà vue changer d'avis ? »

Elle me faisait tellement peur que je ne reconnaissais plus son visage, je ne reconnaissais plus ma filleule, j'ai dit : « Mais de quoi tu parles, de quoi tu parles, espèce de folle ? En quoi cette demoiselle a fait du mal à ton Napolitain de malheur ? » Elle a crié : « Je m'en fous de celle-là, mais moi, je lui parle pas ! Comme ça, elle peut rien répéter ! Je veux plus que tu lui répondes, c'est mon affaire, pas la tienne ! Si elle t'écrit encore, fais comme moi ! » Là-dessus, elle a pris le tisonnier pour soulever le couvercle de ma cuisinière et elle a jeté votre lettre dedans, en la froissant en boule, avec une méchanceté que jamais, je vous l'assure, je pouvais soupçonner chez elle, même quand elle avait quinze ans et montait sur ses grands chevaux chaque fois qu'on lui faisait une réflexion.

Après, elle a dit qu'elle avait à faire à l'autre bout de la ville, elle m'a embrassée sur le pas de la porte, mais le cœur n'y était plus, j'ai écouté ses talons descendre l'escalier, je suis allée à la fenêtre de la cuisine pour la voir s'éloigner dans l'impasse, je pleurais parce qu'elle était si petite d'en haut et si mignonne avec son col de castor et sa toque et son manchon, j'ai tellement peur de ne plus la revoir, tellement peur.

Je reprends ma lettre ce dimanche matin, je n'ai plus les yeux pour écrire si long, vous devez commencer à être habituée. Hier soir, j'avais encore mal de penser à Valentina et à la scène qu'elle m'a faite, mais ce matin il y a un beau soleil sur le quartier, je me dis que le printemps la ramènera, ça va mieux et je suis soulagée d'un grand poids de vous avoir dit la vérité. Vous me demandez, dans votre lettre, pourquoi j'ai écrit en octobre, à propos de Ange Bassignano, « lui, qui est mort comme un chien, probablement de la main de soldats français ». Parce que ça m'a échappé, parce que je peux pas m'imaginer qu'il est mort autrement que je l'ai vu vivre, je sais que je ne devrais pas parler de lui comme ça, surtout avec la croix que je porte au cou, mais c'est plus fort que moi, j'ai jamais cru qu'il s'était fait tuer en attaquant l'ennemi à la baïonnette comme on voit sur les images, il était bien trop pétochard pour ça, il a sûrement fait comme d'habitude une saloperie ou une grosse bêtise quelque part et on l'a fusillé tout de bon cette fois, et bien sûr on a pas voulu le dire, parce que c'est pas pour remonter le moral des autres et que ça éclabousse le drapeau.

Pour le mot de Valentina que je vous ai écrit aussi et que vous me demandez d'expliquer, qu'elle avait retrouvé la trace de son Nino dans un secteur de la Somme et qu'il fallait le « considérer comme mort », je peux pas vous assurer que c'est exactement comme ça qu'elle l'a dit, mais c'est ce qu'elle a voulu dire, que c'était une chose terminée et qu'on devait plus en parler, c'est d'ailleurs ce qu'on a fait les autres fois qu'on s'est vu, on n'en parlait plus.

Quand ma filleule reviendra me voir, je vous l'assure, très chère mademoiselle, je dirai la vérité à elle aussi, que je vous ai écrit, même si elle doit me faire une colère et m'en vouloir encore, parce que je sais qu'elle a le cœur bon et que je finirai bien par lui enlever sa méfiance, et si vous la rencontrez un jour, j'en serai heureuse, vous verrez qu'elle méritait mieux que la vie qu'elle a eue et tous les chagrins qu'on lui a faits, mais c'est le sort de tout le monde, malheureusement.

Je forme pour vous mes plus belles pensées et mes meilleurs vœux de bonne année, ainsi que madame Isola et madame Sciolla.

Salutations distinguées.

Madame Veuve Paolo Conte, née Di Bocca.

Pierre-Marie Rouvière,
75, rue de Courcelles, Paris.
Ce 3 février.

Ma petite Matti,

Je n'approuve pas l'initiative que tu as prise de faire paraître cette annonce dans les journaux. Je n'approuve pas non plus, même si je la comprends, l'indulgence regrettable de ton père envers toi. Je me suis permis de le lui dire et je veux que tu le saches.

J'ai bien réfléchi, depuis notre dernière rencontre. S'il m'apparaît, en effet, que des contretemps, des difficultés de transmission, voire la mauvaise volonté à un échelon ou un autre ont pu permettre l'infamie à laquelle tu crois, je vois encore moins le bénéfice que tu retireras de l'ébruiter. Tu sembles agir comme si, contre toute évidence, de manière purement viscérale, tu refusais d'accepter que Manech soit mort. Je respecte l'obstination de ton amour et ce n'est pas à moi, qui suis avant tout ton ami, de te dissuader. Ce que je veux te dire est plus simple ou, excuse-m'en, plus brutal : n'oublie jamais que, pour être gracié, Jean Etchevery n'encourt pas moins le bagne à vie. Si par merveille, par reconnaissance inouïe de Dieu pour cette obstination, tu devais le revoir un jour, combien regretterais-tu d'avoir alerté la terre entière, puisqu'il ne s'agirait plus alors que de le cacher pour lui éviter de purger sa peine.

Je te demande, je te supplie, ma chérie que je sais si impulsive, mais la tête si bien fabriquée quand il le faut, d'interrompre la publication de cette annonce et d'observer désormais la plus grande prudence. Ne t'en remets qu'à moi pour la vérité que tu cherches. Comprends que si un seul des cinq s'était tiré d'affaire, tu serais un danger pour lui, et cela vaut évidemment pour Manech, mais qu'en outre ceux qui auraient, de près ou de loin, participé à l'injustice ne pourraient, pour la celer, qu'être tes ennemis.

J'espère que je me fais bien comprendre. Je t'embrasse avec le même cœur que lorsque tu étais enfant.

Pierre-Marie.

A cette lettre, Mathilde répond qu'elle n'est plus une enfant, c'est tout.

Le coffret en acajou

Olivier Bergetton,
Confectionneur de jouets animés,
150, avenue de la Porte-d'Orléans, Paris.
Lundi 15 mars 1920.

Mademoiselle,
J'ai connu un caporal Gordes. Si c'est celui que vous dites, c'était dans la Somme, entre Combles et le bois de Saint-Pierre-Vaast. J'étais vaguemestre et, bien qu'appartenant à un autre régiment, j'ai pris des lettres pour lui et son escouade en automne 1916, parce que ça me faisait mal au cœur que leur courrier, pour des raisons que je vous dis pas, sauf que c'était encore la bêtise d'un gradé, ne puisse pas partir. Je crois me rappeler que Gordes était un homme assez grand, sans beaucoup de cheveux, et plutôt triste. Je veux dire qu'il avait l'air encore plus triste que nous autres, sinon c'était un caporal très estimé.

Je ne voudrais pas vous faire de la peine, ni surtout que vous m'envoyiez la récompense, je n'ai jamais mangé de ce pain-là, mais je crois bien qu'il a été tué dans la période que vous dites, parce qu'un qui était avec moi m'a dit, un jour de janvier 17 : « Tu te rappelles ce grand caporal qui te refilait ses lettres ? Il a été bombardé. » Mais comme le prénom de ce Gordes, je l'ai jamais su, c'était peut-être pas le vôtre.

Célestin Poux, en tout cas, c'est sûrement le même que vous dites, il ne peut pas exister un autre phénomène du même nom. On l'appelait le soldat Toto, ou bien le Fléau, ou Rab de Rab. Tous les poux réunis de cette guerre n'ont pu pomper autant de sang que lui aux approvisionnements. C'était dans le même secteur, pendant l'automne et l'hiver 1916, que je l'ai connu. Une fois, on me l'a raconté, il a parié le tonneau de soupe entier aux gens de la popote que s'ils se retournaient le temps de compter jusqu'à dix, ils seraient incapables d'expliquer ce qu'il en avait fait. Et le tonneau fumant, lui et deux compères ont disparu avant que les cuistots se retournent. Après ces cuistots disaient : « Vous

127

pensez bien, on l'a fait exprès, c'était notre combine. »
Mais je le crois pas, et ceux qui ont entendu cette histoire non plus, parce qu'avec Célestin Poux, il n'y avait
que ceux de sa section en train d'attendre la bouffe qui
comptaient. On aurait tous voulu l'avoir pour homme de
soupe.

C'est malheureusement tout ce que je peux vous fournir
comme renseignement. Je n'ai pas connu l'endroit que
vous dites dans votre annonce du journal *La Biffe*, je n'en
ai pas entendu parler. Mais une chose est sûre, si c'est
bien mon Célestin Poux que vous cherchez, même qu'il
soit pas revenu, il reviendra un jour ou l'autre. Si les
Boches l'ont fait prisonnier, c'est pour ça qu'ils ont commencé à crever de faim et demandé l'armistice. Si le
pauvre est mort, cadenassez quand même vos armoires.

Je vous salue civilement, mademoiselle, et je vous écrirai sans faute au cas où j'apprendrais du nouveau.

Olivier Bergetton.

Germain Pire,
PIRE QUE LA FOUINE,
Filatures et recherches en tout genre,
52, rue de Lille, Paris.
Mardi 23 mars 1920.

Mademoiselle,

Suite à votre annonce dans *Le Figaro*, je ne vous propose pas expressément mes services, quand bien même ils
ont satisfait la presque totalité de mes clients.

Je tiens simplement à vous informer, à titre bénévole,
que parmi ces clients j'ai compté, l'an dernier, une
madame Benjamin Gordes dont l'époux, caporal d'infanterie, a disparu sur le front de la Somme en janvier 1917.

Vous comprendrez que la discrétion professionnelle
m'interdit de vous dire le résultat de mes démarches, je

ne peux que vous donner l'adresse de celle qui est la seule à pouvoir le faire, si elle y consent : 43, rue Montgallet, Paris.

Il va de soi que si je puis vous être utile, en votre propre problème, je suis à votre disposition pour vous communiquer mes tarifs.

Sincèrement à vous,

Germain Pire.

Madame Veuve Alphonse Chardolot,
23, rue des Ardoises, Tours.
28 mars 1920.

Mademoiselle Donnay,

Je suis la maman d'Urbain Chardolot, caporal en 1916, nommé sergent en juin 1917, blessé en Champagne le 23 juillet 1918 et décédé pendant son évacuation.

Urbain était notre fils unique. Mon mari est mort de désespoir, à cinquante-trois ans, au début de l'an dernier. Il n'a survécu à celui qu'il adorait que quelques mois, me laissant seule.

Je pense que vous aussi avez souffert de la perte d'un des vôtres, que c'est la raison de votre annonce dans *L'Illustration*, que je ne lis pas, simplement parce que je ne supporte plus aucun journal, de peur d'y lire ou d'y voir des choses qui me font horreur. Je ne veux plus penser à la guerre. Une parente, cependant, m'a montré votre appel. Je vous réponds parce que mon fils y est désigné, ainsi qu'un lieu et une date dont il a parlé brièvement lors d'une permission, à la fin de janvier 17.

Urbain se trouvait dans une tranchée de la Somme, surnommée Bingo, deux semaines auparavant, le 6 janvier 17. On a amené de l'arrière cinq soldats français condamnés à mort parce qu'ils s'étaient tiré un coup de fusil dans une main. On les a jetés, les bras attachés dans le dos, entre cette tranchée et celle des Allemands. Mon mari, qui était pharmacien, homme de bon sens et fier de notre armée, ne pouvait pas croire à cette histoire, et moi, je ne voulais pas l'entendre. Je me rappelle qu'Urbain a crié : « Vous avez le crâne bourré, vous ne pouvez plus comprendre, on a perdu la moitié de notre compagnie pour cette saloperie ! » Plus tard, quand il s'est calmé, il nous a dit : « Vous avez raison, j'ai dû rêver tout cela, et aussi que je les ai vus tous les cinq, morts dans la neige, sauf qu'un au moins, si ce n'est deux, n'était pas celui que je m'attendais à trouver là. »

Je sais, mademoiselle, que ce que je vous écris est terrible, mais ce sont les propres mots de mon fils. Il n'a jamais rien dit d'autre devant moi. Peut-être s'est-il épanché davantage avec son père, au cours de cette permission ou de la dernière, en mars 1918, mais je ne le sais pas.

Sans doute, êtes-vous l'amie, la sœur ou la fiancée d'un de ces condamnés. Croyez que j'ai été tourmentée par cette idée, avant de vous répondre, mais je dis exactement ce que j'ai entendu de la bouche de mon fils. Je suis prête, s'il en était besoin, à confirmer devant quiconque, pour l'amour de lui, mon témoignage.

Je me permets de vous embrasser comme une sœur de deuil.

Rosine Chardolot.

Mathilde se promet de répondre à cette lettre avant longtemps. Mais pas tout de suite. L'espoir se fait trop grand, trop violent, il faut qu'il s'assagisse.

Le soir, cependant, elle écrit sur une feuille à dessin, alors que Bénédicte attend, bisqueuse, assise sur le lit, de l'aider à se coucher :

Tina Lombardi n'a interrogé, en mars 17, que Véronique Passavant, la maîtresse de l'Eskimo.

Si elle avait rencontré la femme de Six-Sous, celle-ci l'aurait dit.

Si elle avait rencontré ou seulement essayé de joindre

*Mariette Notre-Dame, le curé de Cabignac s'en serait souvenu,
et les propriétaires du garni de la rue Gay-Lussac.*

*Elle n'a pas rencontré non plus, cela va sans dire, cette « fille
de la haute » dont elle brûle si allégrement les lettres dans une
cuisinière marseillaise.*

*Qu'a-t-elle appris, dans la zone des armées, qui lui ait fait
craindre ou espérer que l'Eskimo était vivant ?*

Urbain Chardolot a dit : un au moins, si ce n'est deux.

*L'un, Tina Lombardi a une bonne raison de croire que c'est
l'Eskimo. Le second, elle veut désespérément que ce soit son
Nino.*

Plus bas sur la feuille, Mathilde écrit, le lendemain matin,
à peine sa toilette faite, son café bu :

*Qu'est-ce qui pouvait différencier l'Eskimo des quatre autres,
à Bingo Crépuscule ?*

*La main blessée ? Pour trois, c'est la droite. Pour deux,
l'Eskimo et Six-Sous, c'est la gauche.*

*La couleur des yeux ? Manech et Six-Sous, les yeux bleus. Les
autres, sombres.*

*L'âge ? L'Eskimo a trente-sept ans, Six-Sous trente et un, Cet
Homme trente, Nino vingt-six. Sur la photo d'Esperanza, dans
la tranchée, ils ont tous le même âge, celui de la fatigue et de la
misère.*

Et plus bas encore :

*D'accord. Les bottes prises à un Allemand. Et Tina Lombardi
s'est trompée, l'Eskimo ne les avait plus.*

131

Madame Élodie Gordes,
43, rue Montgallet, Paris.
Dimanche 11 avril 1920.

Chère mademoiselle,
Je n'ai pu vous répondre plus tôt par manque de temps, travaillant toute la semaine dans un atelier de couture et, rentrée à la maison, mes enfants ne me laissent pas de répit.

Comme monsieur Pire vous l'a écrit, j'ai dû faire appel à ses services en février de l'an dernier pour régulariser ma situation et pouvoir toucher ma pension de veuve de guerre. Mon mari, Benjamin Gordes, a été porté disparu le 8 janvier 1917 sur le front de la Somme, c'est tout ce que j'ai su jusqu'à ce que monsieur Pire s'occupe de mon cas. Comme je vous l'ai dit, le temps me manque pour tout, bien que je ne me couche jamais que tard dans la nuit, à cause du ménage et du linge. Il m'était impossible de continuer mes démarches toute seule, j'ai préféré sacrifier une part de mes économies. Heureusement, monsieur Pire ne m'avait pas menti, cela n'a pas été en vain. Aujourd'hui, mon mari est officiellement décédé. Blessé à la tête au cours d'une attaque, il a été tué dans un bombardement, le 8 janvier 1917, à l'ambulance de Combles où on le soignait. Le registre de l'ambulance et des témoins oculaires, blessés ou infirmiers, l'ont attesté.

La dernière permission de mon mari remonte en avril 1916. Je ne me rappelle pas lui avoir entendu dire les noms de Poux, Chardolot ou Santini, mais cela n'a rien d'étonnant puisqu'il a changé de régiment en août et ne les a peut-être connus qu'après. Dans ses lettres, il ne s'inquiétait que des enfants, il ne me parlait pas de ses camarades ni de la guerre. En relisant celles de l'automne et de l'hiver 1916, je n'ai relevé aucun nom.

C'est tout, mademoiselle, ce que je peux vous dire, sauf que je suis sincèrement désolée que votre fiancé ait connu le même destin que mon mari.

Recevez mes respectueuses salutations,

Élodie Gordes.

Émile Boisseau,
12, quai de la Râpée, Paris.
Le 15 juin 1920.

Mademoiselle,

J'ai trouvé chez le coiffeur, en attendant mon tour, un numéro de *La Vie parisienne* vieux de plusieurs mois où il y avait votre demande de renseignements. Je sais pas du tout ce que ça vaut, mais j'en ai un à vous fournir. J'ai bien connu Benjamin Gordes, j'ai été dans la même compagnie que lui en 1915 et 1916, avant qu'il soit fait caporal et qu'on le mute dans un autre régiment. Après la guerre, on m'a dit qu'il s'en était pas sorti, un de plus vous me direz. En tout cas, je l'ai bien connu, quoique pas comme un vrai ami, mais seulement bonjour de temps en temps quand on se croisait quelque part. Au casse-pipe, on ne voit pas plus loin que le bout de sa section, c'est comme ça, et il était pas dans la mienne. En plus, c'était plutôt un taciturne. Il n'était vraiment copain qu'avec un bonhomme qu'il avait connu dans le civil, menuisier comme lui, et qui se bilait pas, celui-là. Ils faisaient un peu bande à part. Benjamin Gordes, c'était un grand déplumé dans les trente ans, avec de longues jambes et de longs bras, on l'appelait Biscotte. L'autre, un peu plus vieux mais qui paraissait pas, j'ai même jamais su son nom, on lui disait Bastoche, du moins au début, parce que des gars du quartier, il y en avait beaucoup, alors après on lui disait l'Eskimo, rapport à ce qu'il avait été chercheur d'or en Alaska. Enfin voilà, c'était des inséparables au repos comme dans les coups durs, de vrais potes, et puis ça s'est dégradé, on sait pas pourquoi. Il y a pas grand-chose qui résiste à la guerre, vous me direz. En juin 1916, je suis venu à Paris en permission avec l'Eskimo et quelques autres. C'est au retour que j'ai entendu dire que ça n'allait plus. Et même, assez vite, ça n'allait plus du tout. Au cantonnement, un soir, ils en sont même venus aux mains. Je n'ai pas assisté à ça, je mentirais de le dire, mais l'Eskimo, qui était le plus gaillard, a réussi à contenir Biscotte par terre et lui a crié : « Benjamin, maintenant tu te calmes ou je réponds plus de moi. De nous deux, qui est responsable, bon sang, pourquoi tu m'accuses ? »

Après, ils s'évitaient, ils ne se regardaient plus, ils étaient bouffés tous les deux par une noire rancune. On n'a jamais su ce qui s'était passé entre eux pour en arriver là. On a fait des suppositions, vous me direz, on a même demandé à l'Eskimo mais il nous a envoyés paître. A la fin de l'été, Benjamin Gordes a été fait caporal, il a parlé au chef de bataillon, on l'a muté dans un autre secteur de la Somme. Il est mort en 17, on me l'a dit, mais le sort de son ancien copain n'a pas été meilleur, plutôt pire. Il s'est blessé à la main gauche avec le fusil d'un camarade, par accident selon lui, et quand on l'a connu, on peut le croire, parce qu'il était pas quelqu'un à faire ça volontairement, mais on l'a embarqué quand même et, au conseil de guerre, ils l'ont condamné au poteau.

Voilà une triste histoire, vous me direz, mais elle est vraie, je vous en donne ma parole d'homme. C'est tout ce que je sais sur Benjamin Gordes. Les autres dont vous parlez pour la récompense, je les connais pas, et pas plus ce Bingo machin, les tranchées que j'ai vues dans la Somme et tous les coins de Picardie, elles s'appelaient toujours l'avenue des Crevés, la rue Sans Retour, la Porte de Sortie ou le Rendez-vous des Marmites, c'était pittoresque mais pas gai. Enfin, c'est comme ça.

Si vous pensez que mon renseignement vaut quelque chose, je vous fais confiance. Je travaille un peu, ici ou là, surtout à vendre les poissons sur le quai où j'habite et à décharger les péniches, mais c'est pas la joie, aussi je me contenterai de ce que vous voulez, ça fera toujours mon affaire. Et puis, c'est vrai, j'ai eu plaisir de repenser à ces moments, même pourris, parce que j'ai finalement personne à qui en parler.

Bonne chance, mademoiselle, et merci de ce que vous m'enverrez.

Émile Boisseau.

Mathilde envoie deux cents francs et toute sa gratitude. Elle écrit sur une feuille à dessin, d'une main qui tremble un peu, tant son excitation est grande :

Une nouvelle pièce du puzzle se met en place.

Véronique Passavant rompt avec l'Eskimo pendant sa per-mission de juin 1916.

Benjamin Gordes, dit Biscotte, en vient aux mains avec le même au retour de cette permission et se fait muter dans un autre régiment pour ne plus le côtoyer.

Dans quel état d'esprit le retrouve-t-il, condamné à mort, à Bingo Crépuscule ? L'Eskimo prétend qu'ils se sont réconciliés. Mais si la réconciliation n'était pour Benjamin Gordes que pitié passagère ou qu'hypocrisie ? S'il a profité de la circons-tance pour assouvir sa rancune ?

Allié ou ennemi, de toute façon, Benjamin Gordes a certaine-ment influencé le sort de l'Eskimo, et par conséquent celui des quatre autres, en ce dimanche de neige.

La raison de la brouille ne semble guère difficile à deviner, mais comme dit Petit Louis : « Dans les histoires de fesses, va donc savoir. »

La femme prêtée

Juillet.

L'orage éclate sur Paris au moment où Élodie Gordes, en robe de coton bleu ciel, sort de son immeuble, rue Montgallet. Elle court sous la pluie jusqu'à la voiture où Mathilde est assise. Sylvain lui ouvre la portière et la fait entrer, puis il s'enfuit, lui aussi courant, s'abriter dans le bistrot le plus proche.

Élodie Gordes a la trentaine timide, le visage assez beau, les yeux et les cheveux clairs. Comme elle habite un quatrième étage, Mathilde ne lui demande que pour la forme de l'excuser de l'avoir fait descendre. « Mais non, mais non », répond-elle, « le monsieur m'a dit votre triste fortune. »

Ensuite, plus rien. Elle regarde ses genoux, assise bien droite sur la banquette, en se mordillant les lèvres, l'air au martyre. Pour l'amadouer un peu, Mathilde lui demande combien elle a d'enfants. Cinq, dont quatre ne sont pas d'elle mais du premier mariage de Benjamin Gordes. Elle ajoute : « C'est bien pareil. »

Elle se renferme dans son embarras. Mathilde cherche

dans son sac la photographie des condamnés que lui a donnée Esperanza et la lui montre. Élodie contemple l'image de longues secondes, les yeux agrandis, la bouche entrouverte, en secouant doucement la tête. Le sang s'est retiré de ses joues. Elle se retourne vers Mathilde, le regard craintif, et dit : « Je ne le connais pas ! »

« Tiens, donc. Lequel ne connaissez-vous pas ? » demande Mathilde. Elle pose l'ongle de son index sur l'Eskimo. « Celui-là ? »

Élodie Gordes secoue la tête de plus belle, sans rien regarder que droit devant elle, et brusquement elle ouvre la portière pour sortir de la voiture. Mathilde la retient par un bras, voit ses yeux emplis de larmes. Elle lui dit : « C'est donc à cause de vous que votre mari et son ami Kléber se sont fâchés ? »

« Laissez-moi. »

Mathilde ne veut pas la laisser. Elle lui dit : « Il est vital pour moi de savoir ce qui s'est passé, ne comprenez-vous pas ? Ils étaient ensemble et mon fiancé avec eux, dans cette tranchée de merde ! Qu'est-ce qui s'est passé ? » Maintenant, les larmes voilent sa vue, à elle aussi, et elle crie : « Qu'est-ce qui s'est passé ? »

Mais l'autre continue de secouer la tête, la moitié du corps déjà sous la pluie, sans plus articuler un mot.

Mathilde la laisse aller.

Élodie Gordes traverse la rue en courant, s'arrête au porche de son immeuble, se retourne. Elle regarde Mathilde plusieurs secondes, qui s'est traînée jusqu'à la portière ouverte. Elle revient à pas lents, indifférente à l'orage, dans sa robe trempée, les cheveux collés au visage. Elle dit à Mathilde, d'une voix lasse, sans timbre : « Ce n'est pas ce que vous imaginez. Je vous l'écrirai. Je préfère. Je vous l'écrirai. Que le monsieur vienne chercher ma lettre dimanche soir. » Elle touche la joue de Mathilde de deux doigts mouillés, elle s'en va.

Dans une autre de ses vies, cette année-là, Mathilde expose pour la première fois ses toiles dans une galerie parisienne. Elle n'a évidemment aucune notoriété mais papa beaucoup de relations, dont un banquier pressé qui se croit chez le fleuriste et achète au vernissage des tournesols, des camélias, des roses, des lilas et tout un champ de coquelicots pour peupler les murs de ses bureaux. Il complimente Mathilde pour son « joli coup de patte », l'assure qu'elle ira loin, très loin, « il a le nez », regrette bien de passer en coup de vent, mais il part le soir même sur la Riviera, les malles ne sont pas prêtes et la Compagnie des Wagons-lits n'attend pas. Une vieille dame est plus sincère qui la félicite pour les petits fours, car ce n'est pas souvent, même avant la guerre, qu'elle en a rencontré d'aussi bons dans « les endroits où ils sont gratuits ». Bref, cette exposition peut être considérée comme un succès prometteur.

Un après-midi sur trois, pour ne point abuser des mauvaises choses, Mathilde se fait conduire à la galerie, quai Voltaire, et s'y angoisse une heure ou deux en regardant les visiteurs regarder ses toiles. Ils ont l'œil si morne ou si méprisant quand ils sont seuls, l'aparté si moqueur quand ils sont en couple qu'elle a envie de tout décrocher, de rentrer chez elle, de ne plus rêver que de gloire posthume, mais ils ne manquent jamais, en sortant, d'apposer leur signature sur le livre d'or. Elle en voit même se concentrer, les rides au front, pour ajouter un petit mot : « Un réel talent d'architecte floral », « Un romantisme juvénile dans l'implacabilité douloureuse des bleus » ou « Je suis brisée comme au retour d'une fugue amoureuse à la campagne », avec par-ci, par-là, quand même, des réserves, « Pauvres fleurs, qui n'aviez fait de mal à personne ! » ou encore « C'est tarte ». Le propriétaire de la galerie, un monsieur Alphonse Daudet qui n'a pas écrit les *Lettres de mon moulin* mais presque — il a fait du titre son enseigne —, biffe les réserves à l'encre de Chine et prétend qu'elles sont le fait de confrères jaloux.

138

C'est dans cette ambiance rassurante et feutrée qu'un après-midi de juillet Mathilde lit une lettre apportée par Sylvain de la rue La Fontaine. Elle est de la main de sœur Marie de la Passion, à Dax. Daniel Esperanza est mort. Il a été inhumé dans un cimetière près de l'hôpital. Il n'avait plus ni parent ni ami. Seule assistait à la cérémonie, avec le prêtre et sœur Marie elle-même, madame Jules Boffi, la veuve de son ancien caporal. A celle-ci, on a remis les quelques effets du défunt et les souvenirs qui en valaient la peine, mais quelques jours avant sa mort, il a laissé de lui, jeune, avec des cheveux et des moustaches à la Max Linder, une photo de plage qui se trouve dans l'enveloppe, pour montrer à Mathilde qu'il ne s'était pas vanté, qu'il avait belle allure.

A Sylvain, qui l'attend pour partir, en examinant de tout près, mains dans les poches, le cou tendu, des toiles dont il connaît mieux qu'elle-même chaque pouce carré, elle dit qu'elle n'a pas envie de rentrer dîner à la maison, qu'elle aimerait aller avec lui dans un restaurant de Montparnasse et boire après de ces tuent-le-cafard au rhum blanc qui vous éblouissent. Il répond à la bonne heure, que ça lui fera du bien, à lui aussi, parce que c'est pitié qu'elle consente de brader ses fleurs comme une marchande des quatre saisons, il en a gros sur le cœur de les voir partir, surtout le champ de coquelicots, et cætera.

Au diable les regrets et les nostalgies. On a un beau sujet de discussion artistique pour la soirée.

Élodie Gordes,
43, rue Montgallet, Paris.
Mercredi 7 juillet.

Mademoiselle,
Je croyais plus facile pour moi de vous écrire, or voici trois fois que je commence cette lettre et que je la déchire. Je ne

comprends pas en quoi ce qui me coûte tant de raconter vous sera utile, ni le rapport que cela peut avoir avec la mort de votre fiancé, mais vous dites que c'est vital, et je vous ai sentie si malheureuse, l'autre jour, j'aurais honte en me taisant de vous faire souffrir encore plus. Je vous supplie seulement de garder pour vous mes confidences, comme je les ai gardées pour moi jusqu'aujourd'hui.

Sur la photo de ces soldats attachés, j'ai été bouleversée de voir Kléber Bouquet, mais je n'ai menti qu'à moitié en vous disant que je ne le connaissais pas. Avant la guerre, pendant plus de trois ans, mon mari m'a parlé de lui souvent, parce qu'ils partageaient leurs gains du samedi, à la trôle, mais je ne l'ai jamais vu. Je ne savais même pas son nom, mon mari l'appelait l'Eskimo.

Maintenant, pour que vous me compreniez, il faut que je vous dise certaines choses, et ce sont celles-là surtout que je vous supplie de garder pour vous, car il s'agit du bonheur des enfants.

Dans ses vingt-deux ans, au retour du service militaire, Benjamin Gordes a trouvé embauche chez un ébéniste du faubourg Saint-Antoine, où travaillait une commise aux écritures, un peu plus âgée que lui, Marie Vernet. Elle lui plaisait, au fil des jours, mais sans espoir, elle vivait depuis quatre ans avec un agent de change marié, qui ne pouvait pas ou ne voulait pas divorcer, et qui lui avait déjà fait trois enfants, évidemment non reconnus. C'était au printemps 1907. Quelques mois plus tard, Marie Vernet à nouveau enceinte, l'ébéniste, comme ses précédents patrons, l'a renvoyée.

En octobre 1908, Benjamin a loué un petit atelier, rue d'Aligre, et s'est mis à son compte. Il dormait sur un matelas au milieu des meubles qu'il fabriquait. C'est là que Marie Vernet, en janvier ou février 1909, est venue le trouver, cherchant du travail. Elle était libre de son triste bonhomme, mort assassiné au sortir de chez lui, on n'a jamais su par qui, mais probablement quelqu'un qu'il avait ruiné. Benjamin l'a épousée au mois d'avril, en reconnaissant les quatre enfants. Marie Vernet, dont il m'a toujours parlé avec affection, n'avait jamais eu de chance. Mariée un samedi, elle était transportée d'urgence à l'hôpital le mercredi suivant pour une appendicite aiguë et décédait dans la nuit, exactement comme ma propre mère quand j'avais seize ans.

En ce qui me concerne, avant que mon chemin croise celui de Benjamin, je n'avais pas eu beaucoup de chance non plus. Ma mère morte, il ne me restait pour parent qu'un oncle, son frère, avec qui elle était en froid depuis des années. C'est à lui que j'ai été confiée. J'ai quitté le collège à deux ans du baccalauréat pour travailler dans la mercerie qu'il tenait avec sa femme, rue Saint-André-des-Arts. Je logeais dans une chambrette au fond d'une cour qui me séparait de la boutique. Sauf d'aller acheter le pain chez le boulanger voisin, cette cour a été pratiquement mon seul univers pendant plusieurs mois. Mais il ne faut pas aller bien loin, quelquefois, pour rencontrer son destin. Au printemps 1909, à peu près au moment où Benjamin se trouvait veuf avec quatre enfants, j'ai fait la connaissance d'un ouvrier-maçon appelé à travailler dans les escaliers de l'immeuble. J'avais dix-sept ans, lui vingt. Il était hardi, beau parleur, alors que j'ai toujours été d'une timidité qui m'est une souffrance, mais doux aussi, et c'était la première fois que j'étais bien avec quelqu'un. Je ne lui ai pas résisté longtemps.

Il venait dans ma chambrette à la dérobée, il s'en allait avant le jour. Deux fois, nous nous sommes promenés la nuit sur les bords de la Seine. Un dimanche, il m'a montré un Paris que je ne connaissais pas, les Champs-Élysées, le Trocadéro, et nous sommes montés en haut de la tour Eiffel. Un autre dimanche, je l'ai attendu sur la place Saint-Michel, il s'était fait prêter une auto, il m'a emmenée à la campagne, du côté de Poissy. Nous avons déjeuné dans une auberge, à Juziers, et l'après-midi nous avons loué une barque pour aller sur une jolie petite île verte au milieu du fleuve. C'était déjà la fin de notre liaison. Elle n'avait pas duré deux mois. Quand je lui ai dit, sur cette île, que j'étais enceinte, il m'a ramenée à Paris et je ne l'ai jamais revu.

Mon oncle et ma tante n'étaient envers moi ni bons ni mauvais, ils m'avaient accueillie parce qu'ils étaient ma seule famille et qu'il le fallait bien. Ils ont été soulagés, je crois, à la naissance de ma petite Hélène, que je veuille les quitter. J'avais obtenu, par l'entremise du médecin qui m'avait accouchée, à l'hôpital Saint-Antoine, un emploi où je serais logée et nourrie. L'emploi était de m'occuper, en même temps que de mon bébé, des enfants de Benjamin Gordes. Il les avait jusque-là confiés à sa sœur Odile, à Joinville-le-Pont, de six ans son aînée, vieille fille par vocation, qui ne pouvait plus les supporter. Le logis était l'appartement de la rue Montgallet que j'habite encore, dont Benjamin avait pris le bail pour y vivre avec Marie Vernet. Il consiste en une salle à manger, une cuisine, deux chambres et un cabinet de toilette. Je couchais avec les enfants dans la plus grande des chambres, qui donne sur la rue, Benjamin Gordes dans l'autre.

Tous ceux qui l'ont connu vous diront que mon mari était un homme sensible et très bon, un peu taciturne parce que la vie ne l'avait pas ménagé, sans beaucoup d'instruction mais doué comme personne pour travailler le bois. Je puis vous le dire sans exagérer, un véritable artiste. Quand je suis entrée à son service, il n'avait que vingt-cinq ans, on lui en aurait donné déjà beaucoup plus, parce qu'il était posé, sobre en tout, et ne pensait qu'aux enfants. Je crois aujourd'hui que cet amour des enfants lui est venu de l'obscur pressentiment qu'il ne pourrait pas en avoir lui-même, comme cela s'est révélé par la suite.

Les quatre petits de Marie Vernet, Frédéric, Martine, Georges et Noémie, âgés alors de six à deux ans, adoraient leur père, c'était des fêtes quand il revenait le soir de l'atelier de la rue d'Aligre et des pleurs quand il s'attardait, un samedi ou un autre, avec son ami l'Eskimo et que je voulais les coucher avant qu'il rentre. Benjamin aimait autant que les siens ma petite Hélène, dont le premier mot, dans son berceau, a été naturellement « Papa ». En vérité, pendant les six premiers mois où je me suis occupée de la maison, avant qu'il me demande en mariage, nous vivions déjà, même sans partager la même chambre, pratiquement comme mari et femme. C'est à moi qu'il donnait l'argent de la semaine et racontait ses tracas, avec moi qu'il sortait les enfants le dimanche, et c'est moi qui lavais son linge, préparais son petit déjeuner et sa gamelle de midi. Nous nous sommes mariés le 10 septembre 1910 et Benjamin a reconnu Hélène. Comme il avait un peu honte de la brièveté de son veuvage et que c'est un calvaire pour moi de voir du monde, nous n'avons invité à la mairie que sa sœur, mon oncle et ma tante. Aucun des trois n'est d'ailleurs venu, nous avons dû trouver les témoins sur le trottoir et leur donner la pièce.

Les quatre années qui ont suivi, je le savais déjà, sont les plus belles de ma vie. Je ne prétendrais pas que j'ai éprouvé pour Benjamin l'élan qui m'avait jetée dans les bras de mon ouvrier-maçon, mais je l'aimais bien davantage, nous étions en accord sur tout, nous avions de beaux enfants, avec plus que le nécessaire pour vivre, nous faisions des projets de vacances à la mer que ni lui ni moi n'avions jamais vue. A dix-huit ans, dix-neuf ans, la plupart des filles rêvent d'autre chose, mais pas moi, rien ne me rassurait tant que l'habitude et même la monotonie des jours.

A l'heure où je vous écris, les enfants dorment depuis longtemps, on est vendredi, cela fait deux soirs que j'ai commencé cette lettre. Je m'aperçois de mon angoisse à en arriver à ce que vous avez voulu savoir tout à trac, le jour de l'orage. Sans doute, je recule malgré moi le moment de le raconter, mais il y a autre chose aussi, je voudrais que vous compreniez que c'est une folie qui, comme beaucoup d'autres, n'aurait jamais pu exister sans la guerre. La guerre a tout cassé, même Benjamin Gordes, et finalement l'Eskimo, et le simple bon sens, et moi.

En août 1914, dans l'anéantissement où j'étais de savoir qu'il pouvait ne plus revenir, j'ai été soulagée d'apprendre, par sa première lettre, que mon mari avait retrouvé dans son régiment l'ami fidèle de la trôle. Il m'avait toujours parlé de l'Eskimo avec une chaleur que je ne lui connaissais pour personne. Il l'admirait pour sa solidité, sa bonne humeur, le parfum d'aventure qu'il traînait avec lui, et probablement se sentait-il admiré en retour pour son talent d'ébéniste. Une preuve de l'amitié qu'il lui portait, c'est qu'à la mobilisation, avec cinq enfants, il aurait dû être versé dans la territoriale, rester à l'arrière pour réparer les voies de chemin de fer ou les routes, mais non, il a insisté pour aller avec les autres de son régiment. Il m'a dit « Je préfère être avec l'Eskimo qu'avec des vieux qui, de toute manière, se font bombarder. Tant qu'on est ensemble, je crains moins. » Peut-être aussi, je l'avoue, avait-il des scrupules, à cause des enfants qui n'étaient les siens que par un mensonge, c'était bien là, malheureusement, sa tournure d'esprit.

Ce qu'ont été pour moi les années terribles, je ne m'y attarderai pas, vous avez certainement vécu les mêmes tourments. Hors les enfants, ma journée n'était faite que d'attente. Attente d'une lettre, attente du communiqué, attente du lendemain où j'attendrai encore. Benjamin, qui n'avait jamais apprécié d'écrire, par crainte bête d'être ridicule, ne me laissait pourtant jamais longtemps sans nouvelles, tout dépendait des aléas du courrier. Je vous ai dit déjà qu'il ne me parlait pas de la guerre, et c'est vrai, mais plus la guerre durait, plus je le sentais, dans ses lettres, triste et abattu. Les seules phrases confiantes étaient celles où il évoquait l'Eskimo, et c'est ainsi que j'ai appris son nom : « Hier, on est allé avec Kléber voir le théâtre aux armées, on a ri de bon cœur. » « Je te quitte, le devoir m'appelle, on joue avec Kléber une manille contre deux grenadiers imprudents. » « Pense, dans ton prochain colis, à mettre un paquet de perlot pour Kléber, il a toujours la pipe au bec. » « Kléber s'est renseigné, on aura bientôt une permission. »

La permission. Ce mot revenait souvent. En fait, la première que Benjamin a obtenue, c'est après les batailles en Artois, à la fin de juillet 1915. Il y avait un an, presque jour pour jour, qu'il n'était pas revenu. Dire qu'il avait changé, c'est peu de chose : il n'était plus lui. Un instant attendri par les enfants, un autre à leur crier après de faire trop de tapage. Et puis, aussi, de longs moments silencieux, à la fin des repas, où il restait assis à la table pour finir sa bouteille de vin. Il ne buvait pratiquement jamais de vin, avant la guerre, il lui fallait maintenant sa bouteille midi et soir. Un jour de cette semaine à la maison, il est sorti faire visite à son atelier, il est rentré à la nuit tombée, le pas incertain, sentant l'alcool. J'avais couché les enfants. C'est ce soir-là que je l'ai vu pleurer pour la première fois. Il n'en pouvait plus de cette guerre, il avait peur, il avait le pressentiment que s'il ne faisait pas quelque chose, il n'en reviendrait pas.

Le lendemain, dessaoulé, il m'a serrée dans ses bras, il m'a dit : « Ne m'en veux pas, j'ai pris l'habitude de boire, comme quelques-uns, parce que c'est la seule chose, là-bas, qui me tienne en l'air. Jamais je n'aurais cru ça de moi. »

Il est parti. Les lettres étaient de plus en plus tristes. Je l'ai su après, son régiment était en Champagne pendant l'automne et l'hiver, et devant Verdun en mars 1916. Il est revenu en permission le 15 avril, c'était un samedi, je m'en souviens. Il était plus maigre et plus pâle qu'il n'avait jamais été, avec quelque chose de mort, oui de mort déjà, dans le regard. Il ne buvait plus. Il faisait des efforts pour s'intéresser aux enfants qui grandissaient sans lui, qui le fatiguaient vite. Il m'a dit, dans notre lit où il n'avait guère envie de moi, et dans le noir : « Cette guerre ne finira plus, les Allemands se font crever, les nôtres aussi. Il faut avoir vu les Anglais se battre pour comprendre ce que c'est, le courage. Leur courage ne suffit pas, et le nôtre non plus, et celui des Boches non plus. Nous sommes enterrés dans la boue. Cela ne finira jamais. » Une autre nuit, serrée contre lui, il m'a dit : « Ou je déserte, et ils me prendront, ou il me faut un sixième enfant. Quand tu as six enfants, on te renvoie dans tes foyers. » Après un long silence, d'une voix altérée, il m'a dit : « Comprends-tu ? »

Comprenez-vous? Je suis sûre que vous comprenez ce qu'il me demandait. Je suis sûre qu'en me lisant, vous êtes déjà en train de rire et de vous moquer de moi.

Pardon. Je dis des bêtises. Vous ne vous moquez pas de moi. Vous vouliez que votre fiancé revienne, lui aussi.

Cette nuit-là, j'ai traité Benjamin de dément. Il s'est endormi. Moi, non. Il est revenu à la charge le lendemain et les autres jours, chaque fois que les enfants ne pouvaient nous entendre. Il disait: « Il n'y aura pas de tromperie, puisque c'est moi qui te le demande. Et où sera la différence puisque les cinq autres ne sont pas davantage les miens? Est-ce que je voudrais ça si mon sang valait quelque chose pour t'en faire un sixième? Est-ce que je voudrais ça si j'étais libre de toute attache et fataliste comme Kléber? »

Il avait prononcé le nom: Kléber.

Un après-midi, c'était dehors, nous avions laissé pour une heure les enfants à la voisine du dessous, nous marchions tous les deux sur le quai de Bercy, il m'a dit: « Il faut que tu me promettes avant que je parte. Avec Kléber, ça ne me fait rien. Tout ce que je vois, c'est que j'en serai sorti et qu'on sera heureux comme si cette guerre n'avait jamais existé. »

Le jour de son départ, je l'ai accompagné jusqu'aux grilles de la gare du Nord. Il m'a embrassée à travers ces grilles, il me regardait, j'avais le sentiment terrible de ne plus le connaître. Il m'a dit: « Je sais, tu as l'impression de ne plus me connaître. Pourtant, c'est moi, Benjamin. Mais je ne suis plus capable de survivre, sauve-moi. Promets que tu le feras. Promets. »

J'ai bougé la tête pour dire oui, je pleurais. Je l'ai vu partir avec ses habits de guerre d'un bleu sale, ses musettes et son casque.

Je raconte mon mari, je me raconte moi, je ne raconte pas Kléber Bouquet. Et pourtant, Kléber m'a dit, plus tard, ce que je devais croire: qu'on prend ce qui vient, au moment où ça vient, qu'on ne lutte ni contre la guerre, ni contre la vie, ni contre la mort, on fait semblant, que le seul maître du monde, c'est le temps.

146

Le temps aggravait l'obsession de Benjamin. C'est la durée de la guerre qu'il ne pouvait plus supporter. C'est le mois où Kléber aurait sa permission qu'il me disait dans ses lettres. C'est les jours où je serais bonne à faire un enfant qu'il voulait savoir.

Je lui écrivais : « Même si j'étais prise, il faudrait huit ou neuf mois, la guerre sera finie avant. » Il répondait : « C'est l'espoir qui me manque. Que je le retrouve pendant huit ou neuf mois, ce sera déjà ça. » Et Kléber m'a raconté : « Pendant que nous étions en Artois, Benjamin a perdu son courage en voyant les morts, leurs horribles blessures, et le carnage de Notre-Dame-de-Lorrette et de Vimy, qui regarde Lens. Pauvres Français, pauvres Marocains, pauvres Boches. On les balançait dans des charrettes, un corps après l'autre, comme s'ils n'avaient jamais été rien. Et une fois, il y avait un gros bonhomme qui recevait les corps sur la charrette, les disposait pour qu'ils prennent le moins de place, et qui marchait dessus. Et alors, Benjamin l'a insulté, le traitant de tout, et l'autre a sauté sur lui et ils se sont battus par terre comme des chiens. Benjamin avait perdu son courage pour la guerre, peut-être, mais pas pour s'attraper avec un gros qui marchait sur des cadavres de soldats. »

Je ne sais pas, mademoiselle, si je vous fais bien comprendre ce que je veux dire, que rien n'est jamais noir, ni blanc, parce que le temps fausse tout. Aujourd'hui, dimanche 11 juillet, ayant écrit cette lettre par à-coups, je ne suis plus la même que mercredi dernier, quand j'avais si peur de vous raconter ces choses. Maintenant, je me dis que si elles peuvent vous servir, je serai quitte du souci. Pour être franche, j'y gagne moi aussi, je n'ai plus honte, ça m'est égal.

Kléber Bouquet est venu en permission en juin 1916. Le 7, c'était un lundi, il a mis un mot dans ma boîte aux lettres, me disant qu'il monterait chez moi le lendemain après-midi et que si je ne voulais pas le recevoir, il le comprendrait, je n'avais qu'à placer quelque linge de couleur à une fenêtre sur la rue. Le lendemain matin, j'ai conduit les enfants à Joinville-le-Pont, chez leur tante Odile, à qui j'ai dit seulement que j'avais des démarches à faire et que cela pourrait me prendre un jour ou deux.

Vers trois heures après midi, guettant à la fenêtre de la grande chambre, j'ai vu un homme s'arrêter sur le trottoir en face l'immeuble et regarder vers mon étage. Il était en vêtements d'été clairs, un canotier sur la tête. Nous nous sommes regardés plusieurs secondes, immobiles tous les deux, et j'étais incapable de lui faire un signe. Finalement, il a traversé la rue.

J'ai attendu, pour ouvrir la porte de l'appartement, d'entendre son pas arriver à notre étage, je me suis dirigée vers la salle à manger. Il est entré, ôtant son canotier, en me disant simplement, guère plus à l'aise que moi : « Bonjour, Élodie. » J'ai répondu bonjour. Il a refermé la porte, il est venu dans la pièce. Il était comme Benjamin me l'avait décrit : un homme robuste au visage tranquille, au regard droit, à la moustache et aux cheveux bruns, aux grandes mains de charpentier. Il ne manquait au portrait que le sourire, mais il ne pouvait pas sourire, et moi n'en parlons pas. Nous avions l'air idiot, certainement, de deux comédiens qui ont oublié leur texte. Je ne sais pas comment, après quelques secondes où je n'osais plus le regarder, j'ai pu articuler : « J'ai préparé du café, asseyez-vous. »

Dans la cuisine, mon cœur battait lourdement. Mes mains tremblaient. Je suis revenue avec le café. Il s'était assis à la table, son canotier posé sur le divan où dort ma belle-sœur Odile quand elle reste chez nous. Il faisait chaud mais je n'osais pas ouvrir la fenêtre, de peur qu'on nous voie de l'immeuble voisin. J'ai dit : « Vous pouvez ôter votre veste, si vous voulez. » Il a dit merci, il a posé sa veste sur le dossier de sa chaise.

Nous avons bu notre café de chaque côté de la table. Je n'arrivais pas à le regarder. Il voulait comme moi éviter d'évoquer Benjamin, ou le front qui fatalement nous le rappellerait. Pour tromper l'embarras où nous étions, il m'a dit sa jeunesse avec son frère Charles, en Amérique, et qu'il l'avait laissé là-bas, et aussi son amitié pour Petit Louis, un ancien boxeur qui tenait un bar et organisait avec les clients des batailles aux jets de siphon. J'ai levé les yeux et vu à ce moment son sourire, à la fois enfantin et réconfortant, et c'est vrai que ce sourire lui changeait le visage.

Il m'a demandé ensuite s'il pouvait allumer une cigarette. Je suis allée lui chercher une soucoupe comme cendrier. Il fumait une gauloise bleue. Il ne parlait plus. On entendait dehors des gamins qui jouaient. Il a éteint sa cigarette à peine entamée dans la soucoupe. Puis il s'est levé, disant d'une voix douce : « C'était une idée absurde. Mais nous pouvons lui mentir, vous savez, faire comme si. Il sera peut-être plus tranquille dans la tranchée. »

Je n'ai pas répondu. Je n'arrivais toujours pas à le regarder en face. Il a repris son canotier sur le divan. Il m'a dit : « Laissez-moi un message chez Petit Louis, rue Amelot, si vous voulez me parler avant que je parte. » Il s'est dirigé vers la porte. Je me suis levée aussi, j'y suis arrivée avant lui pour le retenir de s'en aller. Après un instant où, enfin, je le regardais en face, il m'a attirée contre son épaule, sa main dans mes cheveux, et nous sommes restés ainsi sans dire un mot. Plus tard, je me suis dégagée, je suis revenue à la salle à manger. J'avais essayé, avant qu'il arrive, de préparer la chambre, c'est-à-dire d'enlever tout ce qui pouvait nous rappeler Benjamin, mais j'y avais renoncé, je ne voulais pas aller dans la chambre, ni dans celle des enfants.

Sans me retourner, j'ai ôté ma robe près du divan et me suis déshabillée. Il a embrassé ma nuque pendant que je le faisais.

Le soir, il m'a emmenée dans un restaurant de la Nation. Il me souriait, de l'autre côté de la table, et j'avais l'impression que rien n'était tout à fait réel, que je n'étais pas vraiment moi. Il m'a raconté une farce qu'il avait faite, avec Petit Louis, à un client avare, je n'écoutais pas attentivement ce qu'il disait, trop occupée à le regarder, mais j'ai ri de le voir rire. Il m'a dit : « Vous devriez rire plus souvent, Élodie. Les Inuits, ceux qu'on appelle Eskimos, prétendent que lorsqu'une femme rit, l'homme doit compter les dents qu'elle montre, c'est le nombre de phoques qu'il prendra dans sa prochaine chasse. » J'ai ri encore, mais pas assez longtemps pour qu'il puisse compter plus de cinq ou six prises. Il m'a dit : « Peu importe, on va commander autre chose, le phoque, je détestais ça. »

Dans la nuit de la rue du Sergent-Bauchat, en me raccompagnant chez moi, il a passé un bras autour de mes épaules. Nos pas résonaient dans un monde vide. Nulle part de souffrances, de larmes, de deuils, nulle part quiconque ni la pensée du lendemain. Sur le seuil de l'immeuble, il m'a dit, tenant mes mains dans les grandes siennes, son canotier en arrière : « Si vous me demandiez de monter, j'en serais content. »

Il est monté.

Le lendemain après-midi, je suis allée chez lui, rue Daval, une chambre sous les toits. Il avait son atelier dans la cour.

Le surlendemain, jeudi, il est revenu chez moi pour le déjeuner. Il apportait des roses rouges, une tarte aux cerises, son sourire confiant. Nous avons mangé nus, après l'amour. Nous nous sommes aimés encore jusqu'au soir. Il prenait le train au matin. Il avait dit la vérité à la femme avec qui il vivait avant la guerre, qui n'avait pas compris, qui était partie en emportant les affaires que j'avais feint, la veille, de ne pas voir. Il m'a dit : « Ce sont des choses qui finissent par s'arranger. » Le temps. Je ne sais pas si je l'aimais, s'il m'aimait, hors de cette parenthèse dérisoire que je viens de vous dire. Aujourd'hui, je me souviens de la dernière image que j'ai eue de Kléber. Il était déjà sur les marches pour descendre. J'étais debout devant ma porte. Il a soulevé son canotier, il a souri, il m'a lancé tout bas, presque un murmure : « Quand tu penses à moi, montre combien de phoques. Tu me porteras bonheur. »

Je pense que vous comprenez la suite, du moins celle que Benjamin a donnée à ces trois jours, puisque vous m'avez demandé dans la voiture, sous la pluie : « Alors, c'est à cause de vous qu'ils se sont fâchés ? » Ils se sont fâchés parce que nous sommes des gens, pas des choses, et que personne ni la guerre n'y peut rien changer.

Je n'ai pas été enceinte. Benjamin, en contradiction de tout, était d'une jalousie entêtée, ou il l'est devenu. Kléber, poussé à bout, a dû lui dire des vérités insupportables à entendre. Et le temps, encore une fois, a fait son œuvre. Les questions de Benjamin, dans ses lettres, quand il a su qu'il n'avait servi à rien de me prêter à son ami, étaient comme de la mitraille : comment et où je m'étais déshabillée, étais-je troublée à l'idée d'être prise par un autre, combien de fois dans ces trois jours, dans quelle posture, et surtout, lancinante, douloureuse, cette obsession de savoir « si j'avais eu du plaisir ». Oui, j'avais eu du plaisir, de la première fois jusqu'à la dernière. Je peux bien vous le dire à vous : cela ne m'était jamais arrivé. Mon ouvrier-maçon ? J'imaginais naïvement ressentir ce qui est dévolu aux femmes, moins que de se caresser dans son lit. Benjamin ? Pour le contenter, je faisais semblant.

Il est tard. Le monsieur qui était avec vous va venir prendre cette lettre. Je crois vous avoir tout dit. Je n'ai jamais revu Benjamin, je n'ai jamais revu Kléber, dont j'ai appris en 1917, par le hasard qui fait si mal les choses, que lui non plus ne reviendrait pas. Aujourd'hui, je travaille, j'élève mes enfants du mieux que je peux. Les deux aînés, Frédéric et Martine, m'aident du mieux qu'ils peuvent. J'ai vingt-huit ans, je ne veux plus rien qu'oublier. Je fais confiance à ce que m'a dit l'homme de ma parenthèse : notre seul maître, c'est le temps.

Adieu, mademoiselle.

Élodie Gordes.

Mathilde relit cette lettre deux fois un lundi matin, après l'avoir lue deux fois la veille au soir, quand Sylvain la lui a rapportée. Au verso de la dernière feuille, laissé en blanc, elle écrit :

Adieu ?
C'est vite dit.

Élodie Gordes,
43, rue Montgallet, Paris.
Jeudi 15 juillet.

Mademoiselle,

J'ai été très touchée par votre compréhension et vos paroles de réconfort. Les questions que vous me posez sont déroutantes à plus d'un titre, mais je vais quand même essayer d'y répondre encore une fois.

J'ignorais que, dans son nouveau régiment, mon mari avait retrouvé Kléber et s'était réconcilié avec lui. Sa dernière lettre est du Nouvel An 1917. S'il avait revu Kléber avant cette date, il me l'aurait certainement écrit.

J'ignorais que Kléber avait été tué dans le même secteur que mon mari, et dans les mêmes jours.

« Le hasard qui fait si mal les choses » n'est pas la femme qui vivait avec Kléber et l'a quitté à cause de notre aventure. Je ne connais pas de Véronique Passavant. J'ai appris la mort de Kléber par la boulangère de la rue Erard, qui était le potin du quartier. Un jour d'avril 1917, elle m'a dit : « Le copain à monsieur Gordes, celui qui faisait la trôle et qu'on appelait l'Eskimo, les Boches l'ont tué aussi. Je l'ai su par mon neveu qui fréquente le bar de Petit Louis, rue Amelot. »

Si Kléber a écrit à Petit Louis qu'il s'était réconcilié avec mon mari, j'en suis heureuse, et je suis sûre que ce ne pouvait pas être une fausse réconciliation. Ils n'étaient hypocrites ni l'un ni l'autre.

En aucune manière, Benjamin n'aurait profité d'une « circonstance dramatique » pour se venger de Kléber. Quand on les a connus tous les deux, c'est impensable.

Par contre, réconciliés ou pas, je suis certaine que Benjamin aurait porté secours à son ami et fait tout ce qu'il pouvait pour le sauver.

En ce qui concerne la question, pour moi ahurissante, de leurs chaussures, il me semble qu'effectivement, ils auraient pu les échanger. Mon mari était grand, mais Kléber guère moins. Si j'avais le cœur à rire, je vous jure qu'en lisant ce passage de votre lettre, les voisins m'auraient entendue.

Je crois vous avoir déjà tout dit sur le résultat des recherches de monsieur Pire. Néanmoins, c'est bien volontiers que je lui ai téléphoné aujourd'hui de mon travail, pour l'autoriser à vous donner toutes les informations qu'il a recueillies sur la mort de mon mari.

Croyez, mademoiselle, que je vous souhaite d'aboutir dans vos recherches, même s'il m'est impossible d'en comprendre l'objet. Avec toute ma sympathie,

Élodie Gordes.

Germain Pire,
PIRE QUE LA FOUINE,
Filatures et Recherches en tout genre,
52, rue de Lille, Paris.
Samedi 17 juillet 1920.

Mademoiselle,

Suite à notre conversation d'hier dans la galerie du quai Voltaire, j'ai regardé attentivement le dossier Benjamin Gordes.

Je vous l'ai dit, je n'ai pas enquêté personnellement sur cette affaire, mais mon collaborateur, en l'occurrence mon frère Ernest, a noté scrupuleusement les témoignages qu'il a pu rassembler. Vous le comprendrez aisément, nos efforts ne tendaient alors qu'à prouver le décès du caporal Benjamin Gordes, rien de plus, ce qui a limité nos recherches.

Néanmoins, je suis en mesure de vous éclairer sur plusieurs points qui vous intéressent.

L'ambulance française de Combles, le lundi 8 janvier 1917, était installée dans la moitié d'un bâtiment de deux étages, en équerre au nord du village, à proximité d'une voie ferrée montée par le génie. L'autre moitié de ce bâtiment était occupée par les Britanniques. L'endroit avait déjà beaucoup souffert des tirs d'artillerie, tant alliés qu'ennemis, au cours des offensives de 1916. Le bombardement de ce jour-là, entre onze heures du matin et deux heures après midi, a provoqué l'effondrement d'une partie du premier étage, côté français. On a compté sous les décombres et dans les alentours treize morts, soldats et personnel de l'ambulance confondus.

Le lieutenant-médecin Jean-Baptiste Santini figure effectivement sur la liste des malheureux tués.

Le caporal Benjamin Gordes, arrivé à l'ambulance un peu plus tôt dans la matinée, parmi les blessés de violents affrontements en première ligne, était touché à la tête, comme en fait foi le registre des admis, il devait être évacué sur un hôpital de l'arrière quand le bombardement a éclaté. Son cadavre, non identifié jusqu'à notre enquête, a pu l'être grâce aux témoignages de survivants que nous avons retrouvés. Ils sont au nombre de trois, une sœur-infirmière de Saint-Vincent-de-Paul et deux blessés qui ont vu Gordes avant l'effondrement de l'étage.

Le détail que vous me demandiez hier et qui m'était sorti de la tête, si jamais il s'y est trouvé, ce que je ne crois pas car je m'en serais souvenu, est celui-ci : le caporal Benjamin Gordes, les trois témoins l'on dit, portait à ses pieds des bottes allemandes. Il les mettait dans la tranchée pour avoir plus chaud, le baroud l'avait surpris comme ça.

Sur ce point, je ne peux m'empêcher de me poser à moi-même, sinon à vous, une question : que le caporal Benjamin Gordes portait des bottes allemandes ce jour-là, puisque vous vouliez me le faire dire, comment le saviez-vous ?

Je persiste à croire, mademoiselle, que vous devriez vous montrer plus loquace envers moi. Qui sait si je ne résoudrais pas au plus vite le problème dont vous préférez ne pas m'entretenir ? Je peux retrouver n'importe qui. J'ai l'habitude. La question de mes honoraires, si elle vous préoccupe, serait vite réglée. Je vous l'ai dit, j'aime formidablement votre peinture. A défaut du champ de coquelicots, dont une pastille collée, d'un noir attristant, me dit qu'il est déjà vendu, je me contenterais de cette toile, les mimosas au bord d'un lac, avec ce peuplier au tronc gravé de trois M. Vous voyez que je remarque tout.

Mes frais en plus, évidemment. Mais je mange peu, dors dans de modestes chambres, ne bois que de l'eau et ne donne la pièce qu'avec parcimonie.

Pensez-y.

Même si vous n'y pensez pas, croyez à mes compliments sur votre talent et que je suivrai attentivement votre carrière.

Je regretterai longtemps de ne pas vivre avec ce champ de coquelicots.

Germain Pire.

C'est un petit homme sous pression, aux yeux vifs, à la moustache en accent circonflexe, aux cheveux rares, lissés avec soin, qui s'habille de manière surannée. En plein été, monsieur Pire que la fouine porte redingote, col dur, lavallière, chapeau melon et guêtres blanches. Peut-être la lavallière n'est-elle dans la panoplie que pour se donner l'air artiste. Dans sa jeunesse, avoue-t-il avec juste ce qu'il faut de nostalgie, il a lui-même « tâté des pinceaux ». En amateur, cela va sans dire.

Il s'assoit face à Mathilde, au fond de l'étroite galerie, leurs genoux presque à se toucher. Il écrit, dans un petit carnet qui n'a plus d'âge, le nom, les prénoms, la date de naissance de Tina Lombardi et les lieux où on aurait pu la rencontrer depuis trois ans, Marseille, Toulon, La Ciotat, une maison close sur la route de Gardanne. L'œil égrillard, il dit : « Hé, hé, voilà une enquête qui me changera des tristesses guerrières. » Il ajoute aussitôt : « Mais je ne consommerai pas, soyez-en sûre. Je ne mêle jamais le travail à la bagatelle. »

Pour récompense de ses services, s'ils sont couronnés de succès, Mathilde lui donnera un tableau, mais surtout pas les mimosas, qui ne sont là que pour être vus et qu'elle veut garder pour elle. Il se lève, fait à nouveau le tour des lieux en s'affublant d'un pince-nez, soupire lourdement devant chaque toile. A bout d'indécision, il opte pour un massif d'hortensias rose-parme sur fond de pins.

Ses frais en plus, évidemment.

Au moment de la quitter, il dit à Mathilde : « Peut-être aurez-vous davantage confiance en moi quand je vous aurai retrouvé cette femme de mauvaise vie. Pourquoi ne me racontez-vous pas franchement votre affaire ? » Mathilde répond que cela aussi, elle veut le garder pour elle. Il est déjà sur le trottoir du quai, dans l'encadrement de la porte. Il dit : « Voyez si je suis bon. Sans supplément d'honoraires, je vais en revenir à votre annonce dans le journal et vous retrouver également ce soldat, Célestin Poux. »

Mathilde ne peut faire moins que de lui ouvrir la piste : « Autant que je sache, et s'il vit toujours, il a environ vingt-cinq ans, les cheveux blonds, les yeux bleus, il vient de l'île d'Oléron. Il était dans la compagnie de Benjamin Gordes. »

Monsieur Pire que la fouine note cela debout, son vieux carnet appuyé contre la vitrine de la galerie. Il laisse son crayon dans le carnet, il serre le tout avec un élastique. Il dit : « C'est comme si vos hortensias fleurissaient déjà chez moi, jeune fille. »

Pour montrer comme il est déterminé, il tape du plat de la main sur son melon, il l'enfonce presque aux sourcils.

Un autre soir, Mathilde fait la connaissance de Véronique Passavant dans le petit salon de la rue La Fontaine. L'amante de l'Eskimo est bien la belle plante qu'on lui a décrite. Sous un bibi de fine paille garni d'un rien de tulle ciel, couleur de sa robe, elle boit son porto d'une bouche timide, impressionnée peut-être par la maison, peut-être aussi par une infirmité qu'elle savait mais qui restait abstraite. Heureusement, cela ne dure pas.

La femme qui est venue l'interroger dans la boutique où elle travaillait, en mars 1917, ne lui a pas dit son nom. Elle était jeune et jolie, quoiqu'un peu vulgaire, brune, les yeux sombres. Elle avait la jupe et le manteau courts aux mollets, le chapeau à larges bords des conquérantes. Elle parlait très vite, avec une véhémence contenue et l'accent du Midi.

Des cinq condamnés, elle ne se préoccupait que de son homme et de Kléber Bouquet. A aucun moment elle n'a parlé des autres. Elle répétait : « Je vous en supplie, ne me mentez pas. Si le vôtre vous a fait signe, dites-le-moi. Ils se cachent ensemble. Je les sortirai de là tous les deux. » Elle semblait certaine que celui qu'on appelait l'Eskimo avait survécu. Véronique lui a demandé : « Vous en avez la preuve ? » Elle a répondu : « C'est tout comme. » Du second survivant, elle disait : « Tel qu'on me l'a dépeint, ce doit être mon homme. Mais il était au plus mal. Ce qui est advenu de lui, j'ai peur d'y penser. »

Et puis, elle a pleuré, sans essuyer ses larmes, le visage fatigué, regardant par terre, dans la réserve du magasin où Véronique l'avait entraînée. A la fin, n'obtenant rien qui ranime son espoir, elle a lancé : « Si vous savez quelque chose et que vous vous méfiez de moi, vous êtes une gamelle et une salope, vous ne valez pas plus cher que les fumiers qui ont fait ça ! » Et elle est partie.

Maintenant, dans le petit salon décoré en joyeux par Maman, c'est Véronique Passavant qui s'est mise à pleurer. Elle dit : « Si Kléber était vivant, il me l'aurait fait savoir, j'en suis sûre. En 17, à cause de cette folle, je me suis imaginé n'importe quoi, j'ai attendu et attendu, mais trois ans et demi c'est impossible, elle m'a mis des idées dans la tête qui ne tenaient pas debout. »

Elle sort un petit mouchoir blanc de son sac à main et se tamponne les yeux. Elle dit à Mathilde : « Votre fiancé aurait bien trouvé un moyen de vous avertir, vous, s'il était encore vivant depuis trois ans et demi ? »

Mathilde, sans mentir, fait un geste des mains pour dire qu'elle n'en sait rien.

Elle ne veut pas invoquer l'incohérence d'esprit de Manech, quand on l'a conduit à Bingo Crépuscule. Ce n'est pas ce qui l'aurait empêchée de le retrouver, au contraire : après les révélations d'Esperanza, son premier souci a été de se renseigner auprès de tous les hôpitaux militaires ou civils. Parmi les soldats non identifiés par leur famille après l'armistice, ou non réclamés, qui avaient perdu la raison ou la mémoire, ils étaient plus de trente. D'environ l'âge de Manech, ils étaient une dizaine. De cette dizaine qui avaient les cheveux bruns, sept. De ces sept qui avaient les yeux bleus, trois. De ces trois, aucun n'était amputé d'une main ou d'un bras. Sylvain, qui a fait quand même le voyage à Châteaudun, Meaux et Dijon pour voir les trois derniers, appelait tristement l'entreprise de Mathilde, jusqu'à ce qu'un soir, excédée, elle fasse valser les assiettes et les verres d'un coup de poing sur la table : « l'Opération Peau de Chagrin. »

Reste que la filière des hôpitaux n'a pas épuisé les espoirs imbéciles. Et si Manech, fait prisonnier, sans mémoire, avait été recueilli après la guerre par des gens compatissants, en Allemagne ? Et si Manech, avec tout son bon sens, s'interdisait de se manifester encore, de peur, s'il était repris, qu'on ne tourmente pour complicité ses parents ou Mathilde ? Et si Manech, avec ou sans mémoire ni bon sens, errant sur les routes, affamé, transi, avait trouvé un refuge quelque part et une autre Mathilde ?

Elle dit à Véronique Passavant que même si elle ne devait plus revoir son fiancé, elle veut savoir dans quelles circonstances il a disparu. Ce dimanche de neige, entre deux tranchées ennemies, c'est maintenant tout ce qui compte pour elle. Le reste, elle s'en accommode, elle n'a pas le sentiment que c'est important, ni tout à fait réel.

Son fauteuil, par exemple, qu'on ne la plaigne pas d'y être enchaînée, très souvent elle l'oublie. Elle se déplace comme elle est habituée à se déplacer, elle n'y pense guère plus que Véronique à ses jambes. Et si elle y pense, c'est que son fauteuil est lié à tous les souvenirs de Manech.

Les autres choses, le train-train des jours, ne l'intéressent pas. Encore moins ce qui passionne tant le monde. Elle ignore tout ce qui se passe, et même s'il y a un nouveau président de la République depuis que celui dont elle ne se rappelle pas le nom est tombé d'un train en marche, en pleine nuit, en pyjama. C'est vraiment réel, ça ?

Véronique retrouve un peu de son sourire, secoue doucement, sous son bibi, ses cheveux noirs en boucles.

Plus tard, à son deuxième porto, le crépuscule sur les fenêtres, elle dit à Mathilde : « Je voudrais bien vous raconter ce qui a provoqué ma rupture avec Kléber, mais il m'a fait jurer de jamais en causer à personne. » Mathilde répond sur le même ton, presque de la même voix parigote : « Si vous avez juré, faut pas en causer. » Et puis, plus grave : « De toute manière, je le sais. Vous devez bien deviner par qui ? » Véronique Passavant la regarde, détourne ses grands yeux noirs, dit oui de la tête avec une petite moue d'enfant grondé. Mathilde soupire : « Cela non plus ne m'a pas menée loin. Voyez-vous, je suis trop imaginative, quelquefois. Je serais capable de faire toute une histoire à propos de bottes. »

Véronique Passavant ne montre pas un battement de cils. Elle trempe délicatement ses lèvres dans son verre, le regard ailleurs. Elle dit : « Je me sens bien, avec vous. Si je m'écoutais, je ne partirais plus. »

C'est le dernier mot du temps des illusions. Mathilde entre, trois jours plus tard, dans un tunnel plus long et plus obscur que celui qu'elle a connu depuis l'annonce de la mort de Manech.

Alors qu'elle s'apprête, l'exposition finie, à rentrer avec Sylvain à Capbreton, que ses bagages sont prêts, qu'il est l'heure de passer à table pour l'ultime repas en famille je ne vous hais point, mais j'en étranglerais volontiers quelques-uns, Pierre-Marie Rouvière veut lui parler au téléphone. Elle va seule au téléphone. Le cornet de l'écouteur, noir et blanc comme a voulu Maman, est décroché sur une console, il l'effraie au fur et à mesure qu'elle s'en approche et encore plus, par son contact, quand elle le soulève. Ou peut-être Mathilde inventera, en toute bonne foi, ce pressentiment plus tard, quand elle se souviendra de ce moment.

Pierre-Marie vient d'apprendre par son ami officier le cimetière de Picardie où Manech et ses quatre compagnons ont été inhumés, chacun sous une croix qui porte son nom, en mars 1917. Leurs corps ont été retrouvés à cette époque, après le repli allemand, à l'endroit même où ils étaient morts deux mois plus tôt, devant la tranchée de Bingo Crépuscule. Le lundi 8 janvier, ils avaient été sommairement enterrés, avec leurs vêtements et leurs plaques d'identité, dans un trou d'obus, sous une bâche, par des Britanniques charitables.

Pierre-Marie dit : « Ma petite Matti, pardon de te faire du mal. Tu savais qu'il était mort. Quand tu voudras, je te conduirai là-bas moi-même, avec Sylvain. »

Longtemps après qu'il a coupé la communication, Mathilde a le front posé sur la console, elle tient encore dans sa main l'écouteur, qu'elle essaie de raccrocher en aveugle, qu'elle laisse retomber au bout de son fil. Elle ne pleure pas. Elle ne pleure pas.

Les mimosas d'Hossegor

Juin 1910.

Mathilde a dix ans et demi. C'est un vendredi ou un samedi, elle ne se rappelle plus. Manech, lui, a treize ans depuis le 4. Il revient de l'école, en culotte courte et tricot de marin, avec son cartable sur le dos. Il s'arrête devant la grille qui entoure le jardin de *Poéma*. Il voit Mathilde pour la première fois, assise dans sa trottinette de l'autre côté.

Pourquoi il passe devant la villa cet après-midi-là, mystère. Il habite au-delà du lac d'Hossegor, il n'a aucune raison de faire ce détour. En tout cas, il est là, il regarde Mathilde à travers les barreaux, et puis il demande : « Tu peux pas marcher ? »

Mathilde fait signe que non. Il ne trouve rien à dire, il s'en va. Une minute après, il revient. Il a l'air embêté. Il dit : « Tu as des amis ? » Mathilde fait signe que non. Il dit, en regardant ailleurs, trouvant tout cela très pénible : « Si tu es d'accord, moi je veux bien être ton ami. » Mathilde fait signe que non. Il lève la main par-dessus la tête, s'écriant : « Eh, merde ! » et il s'en va.

Cette fois, elle ne le revoit pas d'au moins trois minutes.

161

Quand il est à nouveau de l'autre côté des barreaux, Dieu sait ce qu'il a fait de son cartable, il a les mains dans les poches, il se donne l'air tranquille et avantageux. Il dit : « Je suis costaud. Je pourrais te balader sur mon dos pendant tout le jour. Tiens, je pourrais même t'apprendre à nager. » Elle dit, pécore : « C'est pas vrai. Comment tu ferais ? » Il dit : « Je sais comment. Avec des flotteurs pour tenir tes pieds en haut. » Elle fait signe que non. Il gonfle les joues et souffle de l'air. Il dit : « Je vais pêcher avec mon père, le dimanche. Je peux te ramener un merlu comme ça ! » Il montre avec les bras un poisson comme une baleine. « Tu aimes le merlu ? » Elle fait signe que non. « Le bar ? » Pareil. « Les pattes de crabe ? On en ramène plein, dans les filets. » Elle fait tourner son fauteuil et pousse sur ses roues, c'est elle qui s'éloigne. Il crie derrière elle : « Parisienne, va ! Et moi qui allais me laisser prendre ! Je sens peut-être trop la poiscaille pour toi, pas vrai ? » Elle hausse les épaules, elle l'ignore, elle roule vers la maison aussi vite qu'elle peut. Elle entend Sylvain qui élève la voix, quelque part dans le jardin : « Dis donc, le drôle, tu veux que je te botte le cul, moi ? »

Au soir, dans son lit, Mathilde rêve que son petit pêcheur la promène sur le chemin du lac dans la forêt et dans les rues de Capbreton, et les dames sur leur porte disent : « Qu'ils sont beaux, tous les deux, regardez cette amitié infectible ! »

Quand elle saura, par Maman, qu'infectible n'existe pas, elle sera très déçue, elle fera dire aux dames : « Regardez cette amitié infectieuse », et, plus, tard « Cet amour infecté. »

Il revient le lendemain après-midi, à la même heure. Elle l'attend. Cette fois, il s'assoit sur le muret, de l'autre côté de la grille. Pendant un moment, il ne la regarde pas. Il dit : « J'ai plein d'amis, à Soorts. Je sais pas pourquoi je me dérange pour toi. » Elle dit : « C'est vrai que tu saurais m'apprendre à nager ? » Il fait oui avec la tête. Elle rapproche sa trottinette, elle touche son dos pour qu'il la regarde. Il a les yeux bleus, les cheveux noirs tout bouclés.

Ils se serrent cérémonieusement la main à travers les barreaux.

Il a un chien et deux chats. Son père a un bateau de pêche sur le port. Il n'a jamais vu Paris, ni Bordeaux. La plus grande ville qu'il connaisse, c'est Bayonne. Il n'a jamais eu d'ami fille.

C'est peut-être ce jour-là, peut-être un autre que Bénédicte, sortie sur la terrasse, lui dit : « Que fais-tu donc dehors ? Nous prends-tu pour des sauvages ? Le portail est ouvert, entre. » Il répond : « Pour que le rouquin me donne un coup de pied au cul ? » Bénédicte rit. Elle appelle Sylvain, qui dit au garçon : « J'aime pas beaucoup qu'on me traite de rouquin, tu sais. Continue encore et c'est pour du bon que je te mets mon pied au derrière. Tu es bien le Manech des Etchevery de Soorts ? Alors, ton père me remerciera, il doit en avoir plus d'un, de coup de pied en retard. Allez, entre, avant que je change d'avis. »

On dit que les amitiés qui commencent mal sont les plus infectantes. Bénédicte et Sylvain et même Pois-Chiche, qui a tout juste un an, ont vite fait d'attraper le virus. Presque chaque jour, Bénédicte sert à goûter. Elle trouve bien élevés les enfants qui ont de l'appétit. Sylvain reconnaît que Manech, qui passera son certificat d'études dans deux ans, a du mérite d'aider son père à la pêche et sa mère, qui est de santé fragile, à tous les travaux.

Les vacances arrivent. Quand il n'est pas en mer ou à scier le bois pour l'hiver, Manech emmène Mathilde au bord du lac. Ils ont un endroit préféré, sur la rive qui est le dos à l'océan, presque en face de l'auberge des Cotis. Jusqu'au sable, ce ne sont que des taillis, des arbres et des mimosas qui fleurissent même en été. On n'y voit jamais personne sauf, le dimanche, un étranger barbu, en vêtements de ville et chapeau de paille, qui a une cabane de pêcheur et une barque un peu plus loin. Manech l'appelle Croquemitaine, mais il n'est pas méchant. Une fois, Manech l'aide à retirer ses filets des eaux du lac et lui donne des conseils pour attraper plus de poisson. Croquemitaine est tout ébahi de la

science d'un pêcheur aussi jeune et Manech lui répond, fier :
« Je suis né au fond de l'eau, pensez si je m'y connais. »
Ensuite, Croquemitaine est infecté, il se contente d'agiter la
main et de demander si ça va quand il trouve Manech sur son
territoire.

Le premier été, le second. Il semble à Mathilde que c'est au
second qu'elle s'est décidée d'apprendre à nager. Manech a
fabriqué des flotteurs en liège pour enserrer ses chevilles et il
s'est avancé dans le lac, elle accrochée à ses épaules. Elle ne se
rappelle pas avoir bu la tasse. Elle avait un sentiment de joie
et de reconnaissance envers elle-même comme elle en a
rarement ressenti. Elle était capable de flotter, d'avancer sur
le ventre rien qu'avec ses bras, et même, rien qu'avec ses bras,
de se retourner sur le dos et de nager encore.

Oui, c'est au cours du deuxième été avec Manech, celui de
1911 et de la grande vague de chaleur. Pendant qu'elle nage,
Gustave Garrigou, « l'Élégant », suivi de son fidèle mécano
Six-Sous, gagne le Tour de France. Mathilde n'a pas l'ombre
d'un néné, ni d'ailleurs de costume de bain. La première fois,
elle va dans l'eau avec sa culotte intime, la poitrine nue. Et sa
culotte est de coton blanc et fendue dessous pour faire pipi, on
imagine la naïade. Ensuite, les autres jours, comme il faut
cent sept ans pour que la culotte sèche, c'est aussi bien sans
rien. Sans rien, Manech l'est comme on dit bonjour, avec son
zizi en balancier, ses fesses à croquer dedans.

Pour arriver au territoire de Croquemitaine, c'est déjà
l'aventure. D'abord, Mathilde s'accroche au dos de Manech.
Il la prend sous les genoux pour la soulever. On laisse la
trottinette sur le chemin de terre jusqu'où il peut sans danger
la pousser. A travers les taillis, écartant les branches traîtres
d'une main, il porte Mathilde jusqu'au bord du lac. Il la
dépose sur le sable aussi commodément qu'ils le peuvent tous
les deux. Ensuite, il retourne chercher la trottinette, pour la
mettre à l'abri, des fois que quelqu'un se pose des questions et
ameute les Landes jusqu'à Arcachon. Après la baignade,
quand Mathilde a les cheveux secs, c'est le même cirque à
l'envers.

Un soir, Maman qui donne à Mathilde un baiser dans le cou sent le sel sur ses lèvres, lui lèche le haut d'un bras et dit, effarée : « Tu es tombée dans l'océan ! » Mathilde, qui ne ment jamais, répond : « Pas dans l'océan, il y a trop de vagues. Dans le lac d'Hossegor. Je voulais me suicider, Manech Etchevery m'a sauvée. Tant qu'à faire, pour que je ne me noie plus, il m'a appris à nager. »

Mathieu Donnay étant venu voir, effaré lui aussi, comment se débrouille sa fille, Mathilde hérite d'un costume de bain décent et Manech aussi, un blanc rayé bleu marine, à bretelles, avec un écusson sur le cœur qui dit : *Paris, fluctuat nec mergitur*. Quand Manech lui demande de traduire, elle qui fait déjà du latin, elle répond que c'est pas intéressant, elle enlève l'écusson du maillot avec ses dents et ses ongles. Après, on voit la trace, Manech n'est pas content, il prétend que ça fait acheté pas neuf.

Le latin. Après les vacances, Mathilde retourne suivre les cours des religieuses du Bon Secours, à Auteuil. C'est si près de la maison qu'elle pourrait y aller à trottinette, comme une grande, mais Mathieu Donnay, qui est né pauvre, fils de maréchal-ferrant, à Bouchain, dans le Nord, qui vient d'acheter « avec son propre argent » l'hôtel particulier de la rue La Fontaine, met son point d'orgueil à la faire conduire et reprendre par son chauffeur, surnommé Fend-la-Bise, elle n'a jamais voulu retenir son vrai nom. Elle est bonne élève en français, en histoire, en sciences, en arithmétique. Elle est au fond d'une classe, face à l'allée centrale, où l'on a placé un pupitre de deux pour elle toute seule. Les sœurs sont très gentilles, les filles supportables, elle regarde les récréations. Ce qu'elle déteste le plus, c'est quand une nouvelle arrive et veut lui montrer son bon cœur : « Laisse-moi te pousser », « Tu veux que je t'envoie la balle ? » et gna-gna-gna.

Après un second séjour à l'hôpital de Zurich, en 1912, Mathilde réclame de vivre définitivement à Capbreton, avec Sylvain et Bénédicte, et Pois-Chiche, et déjà Uno, Due et Tertia. Deux professeurs se partagent la semaine à *Poéma*, trois heures par jour, un ancien séminariste qui a perdu la foi, monsieur Auguste du Theil, et une retraitée de l'école libre, revancharde de l'Alsace-Lorraine, anti-rouge au couteau, prude à cacher ses dents quand elle sourit, une mademoiselle Clémence — rien de commun avec la ni belle ni sœur de plus tard — qui demande, en rémunération de ses cours, un cierge à l'église pour chaque anniversaire de son trépas, dette à laquelle, quand le temps sera venu, Bénédicte et Mathilde ne failliront jamais.

Au début de l'été 1912, Manech passe son certificat d'études. Maintenant, il part en mer tous les jours, parce que les Etchevery ne sont pas riches et que les médicaments pour sa mère coûtent cher, mais dès qu'il rentre au port, il court d'une traite jusqu'à la villa pour « promener » Mathilde. Ils retrouvent leur bout de plage sur le lac, les mimosas et la cabane de Croquemitaine, qui leur permet d'utiliser sa barque. Manech, à la perche, emporte Mathilde en croisière jusqu'au canal, assise à l'arrière du navire, à même le plancher, les mains accrochées aux deux bords.

Quand l'automne arrive et, l'hiver, elle voit Manech les jours où la mer est trop mauvaise pour la pêche. Quelquefois, avec la carriole de son père et l'âne Catapulte, il l'emmène chez les Etchevery. Le père est bourru mais brave homme, la mère est douce, très menue, elle a un souffle au cœur. Ils élèvent des lapins, des poules et des oies. Kiki, le chien de Manech, est un épagneul breton au poil blanc taché de roux. Il est beaucoup plus vif et plus intelligent que Pois-Chiche. Les deux chats, Mathilde les trouve très inférieurs aux siens, mais ils sont quand même beaux, gris-noir tous les deux, et elle est de parti pris.

Manech apprend à Mathilde à faire des nœuds de marin avec des bouts de cordages, le nœud de vache, de bouline, d'écoute, de cul-de-porc, d'anguille ou de trésillon. En retour, elle lui apprend des jeux de cartes que lui a montrés Sylvain, la Bouillotte, la Crapette, le Chien Rouge, le Binocle, et surtout le jeu qu'ils préfèrent tous les deux, la Scopa, quand tu as une carte qui fait exactement le nombre de points de celles retournées sur la table, tu rafles tout en criant : « Scopa ! » et tu mets un gros marron à côté de toi, qui sert de jeton pour marquer. Quand Manech perd, il dit : « Ce jeu idiot pour macaroni », et quand il gagne : « Faut calculer vite, à ce jeu-là. »

Une autre année — 1913 probablement, car les nénés de Mathilde poussent comme des pommes et elle a ses embarras —, ils trouvent une tortue exténuée sur le chemin du lac, sans doute partie en pèlerinage pour Saint-Jacques-de-Compostelle, ils l'adoptent et l'appelle Scopa. Malheureusement, ils la nourrissent trop bien et elle est encore plus dévote que mademoiselle Clémence. Sitôt rétablie, elle reprend la route de l'aventure.

Et l'océan, le grand, le terrifiant océan aux vagues de vacarme, aux explosions de neige et de perles, Mathilde y entre aussi, accrochée au cou de Manech, à l'étouffer, à l'étrangler, en criant d'effroi et de plaisir à tue-tête, bousculée, noyée, meurtrie, mais toujours avide d'y retourner.

Pour remonter les dunes, après le bain, Mathilde sur son dos, Manech n'en peut plus, il s'en veut de devoir s'arrêter pour la déposer sur le sable et reprendre haleine. C'est là, au cours d'une halte forcée, durant l'été 14, à quelques jours de la guerre, que Mathilde, voulant l'embrasser sur la joue, pour le réconforter, laisse glisser ses lèvres et, le diable aidant, l'embrasse sur la bouche. Elle y prend goût si vite qu'elle se demande comment elle a pu attendre si longtemps et lui, ma foi, il est rouge jusqu'aux oreilles, mais elle sent bien qu'il ne déteste pas la nouveauté.

L'été de la guerre. Pour son frère Paul, marié depuis quelques mois, un premier moutard déjà commandé, c'est l'intendance au fort de Vincennes. Il est lieutenant de réserve. A table, la ni belle ni sœur est péremptoire : elle sait, par un charcutier qui livre son boudin à un gros képi de l'État-Major — « vous comprenez certainement qui je veux dire » —, que la paix est prévue pour dans un mois jour pour jour, sans qu'on se soit battu, Guillaume et Nicolas ont déjà signé un pacte secret approuvé par le roi d'Angleterre, l'archiduc d'Autriche et Dieu sait qui encore, le Négus peut-être, tous ces bruits de tambours n'ont été déclenchés que pour sauver la face. Même Pois-Chiche, qui ne pète pas encore à tout bout de champ, sinon la réponse serait cinglante, préfère aller voir ce qui se passe dans le jardin.

En août aussi, Sylvain s'en va, quartier-maître, mais aux approvisionnements de la marine et pas plus loin que Bordeaux. Une fois par mois jusqu'en 1918, il pourra venir à *Poéma* se faire dire par Bénédicte qu'il est bel homme, surtout sous son bachi à pompon rouge.

Le père de Manech est trop vieux pour la guerre, le père de Mathilde aussi, et même sans être bête comme la Clémence de Paul, personne ne peut croire qu'elle durera assez longtemps pour que Manech, qui vient d'avoir dix-sept ans, doive un jour y aller.

L'été 14 reste pour Mathilde celui des premiers baisers, des premiers mensonges. Devant Bénédicte et Maman, elle joue avec Manech les enfants attardés, ils ne se parlent que de petits bonheurs futiles ou ne se parlent pas du tout, ils partent avec Catapulte qui jamais ne les dénonce.

L'été 15 est celui de la jalousie, de la terreur, car Mathilde n'est pas longtemps sans savoir par sa gazette des Landes que Manech se montre sur la grand-plage de Capbreton avec une blonde anglaise de Liverpool, nommée Patty, de cinq ans son aînée, déjà divorcée, avec qui il joue probablement à d'autres jeux que la Scopa ou les embrassements furtifs. Bénédicte, avec une naïve cruauté, affirme qu'un garçon de son âge doit faire son apprentissage, qu'il n'en sera plus tard que meilleur époux auprès d'une fille du pays, et que Mathilde ne peut lui en vouloir s'il vient moins souvent « la promener ». « Que veux-tu », dit-elle en repassant son linge, « il a grandi, et cela m'étonnait un peu, joli comme il est, qu'il n'ait pas encore fait parler de lui. »

Quand Mathilde reproche à Manech de n'être pas venu de toute une semaine, il détourne la tête, penaud, il dit qu'il a beaucoup de travail. Quand elle veut l'embrasser, il détourne aussi la tête, il dit qu'il ne faut plus, qu'il a honte de tromper la bienveillance des parents de Mathilde. Quand elle l'accuse de fricoter avec une chipie anglaise, il se ferme, il ramène Mathilde à la maison sans prononcer un mot et repart avec la mine sombre.

Reste à Mathilde, dans son lit, de se délecter des supplices qu'elle voudrait infliger ou voir infliger à la vilaine femme. Un jour, la croisant sur le pont de bois d'Hossegor, elle fonce sur elle avec sa trottinette, lui écrase les pieds et l'envoie se noyer dans le canal. Un autre jour, elle va la trouver à l'*Hôtel du Parc*, elle la tue avec le gros revolver de Sylvain. Mais la fois la plus belle, c'est quand, dissimulant sa rancœur, elle la convainc par de douces paroles de passer les lignes allemandes pour servir Sa Majesté. La Patty Patate, dénoncée par son ex-mari, est arrêtée comme espionne par les uhlans à tête de mort, torturée à grands cris, violée dix fois, défigurée au sabre et finalement écartelée par quatre chevaux du régiment, comme Mathilde a lu que ça se faisait, dans son livre d'histoire.

Heureusement pour les chevaux et la tranquillité du sommeil de l'implacable justicière, août se termine, la blonde pauvre chose disparaît avant que ces projets soient mis à exécution. En septembre, les Anglaises se font rares, Manech revient à Mathilde qui préfère ne plus parler de ce qui fâche. Ils retrouvent tous les deux le droit chemin des mimosas. Manech oublie ses scrupules, il recommence à l'embrasser comme elle aime, et un soir aussi, il embrasse ses seins, qu'il trouve très beaux. Entre honte et délice, Mathilde croit mourir.

Ce n'est pourtant que dans les premiers jours d'avril 1916, lorsque Manech vient d'apprendre que sa classe est appelée sous les drapeaux, qu'ils se libèrent dans un désespoir commun, des simulacres d'une amitié enfantine déjà bien corrompue. Enlacés sur le sable, malgré un vent frisquet, ils pleurent, ils se jurent qu'ils s'aiment et s'aimeront toujours, que rien ne pourra les séparer, ni le temps, ni la guerre, ni les interdits bourgeois, ni l'hypocrisie des blondes, ni la traîtrise des escabeaux à cinq marches.

Un peu plus tard, à la marée montante de tout, Manech

emporte Mathilde dans la cabane de Croquemitaine, qu'on ne voit plus depuis deux ans, qui doit être sur le front, lui aussi. Il l'étend sur des filets de pêcheurs qu'on appelle des sennes, il la déshabille un peu, elle s'affole un peu, sans oser rien dire tant le moment lui paraît solennel, il l'embrasse partout, elle a le feu aux joues et lui aussi, ensuite elle a mal comme elle l'appréhendait dans ses divagations nocturnes, mais pas si mal quand même, et ensuite encore, elle est bien comme elle l'espérait aussi, et même mieux.

Un autre soir, ils reviennent dans la cabane, ils font l'amour trois fois, ils rient beaucoup entre chaque fois — de tout, de rien —, et puis ils rajustent leurs vêtements, ils se recoiffent l'un l'autre avec les doigts, et Manech emporte Mathilde dehors dans ses bras. Il l'assoit dans sa trottinette et lui déclare que désormais ils sont fiancés, à brûler en enfer s'ils se mentent, et elle dit d'accord, et ils se jurent de s'attendre et de se marier quand il reviendra. Pour sceller leur promesse, il sort son canif, une lame avec un tas d'accessoires qui ne servent à rien, et il saute dans les taillis et fraie son chemin jusqu'à un grand peuplier argenté qui pousse au milieu de la jungle. Pendant un moment, il grave quelque chose sur le tronc. Mathilde demande quoi. Il dit : « Tu vas voir. » Quand il a fini, il arrache la broussaille pour faire un sentier où la trottinette puisse passer. Il est comme un sauvage, en sueur, la figure et les cheveux couverts de brindilles, les mains striées d'écorchures, mais il est heureux. Il dit : « Je m'en vais piquer une tête dans le lac, après ça ! »

Il pousse Mathilde à son tour jusqu'au peuplier. Il a gravé sur le tronc :

M M M

pour qu'on puisse lire, à l'envers comme à l'endroit, que Manech aime Mathilde et que Mathilde aime Manech.

Maintenant, il arrache sa chemise et court piquer une tête dans le lac. Il crie waouh, que c'est glacé, mais il s'en fiche, il ne craint plus la mort. Il nage. Dans le silence du soir, dans le grand calme qui envahit tout ce qui l'entoure et son cœur aussi, elle n'entend plus que les battements réguliers des bras et des jambes de son amant. Elle touche du doigt que Manech aime Mathilde sur l'écorce du peuplier.

Ils ont encore quelques moments pour s'aimer dans la cabane, elle ne les a pas comptés, elle ne se rappelle plus. Peut-être six ou sept jours. Il s'en va au dépôt de Bordeaux un mercredi, le 15 avril 1916. Parce qu'il part très tôt, vers quatre heures du matin, et qu'il a promis de venir l'embrasser à *Poéma*, Mathilde ne veut pas dormir, elle passe la nuit dans son fauteuil. Bénédicte, avant quatre heures, est debout pour préparer le café. Manech vient. Il porte un pardessus de son père, il tient à la main une valise en osier. Quand il embrasse Mathilde pour la dernière fois, Bénédicte voit bien comme elle était naïve, mais elle se détourne sans rien dire, et qu'est-ce que ça fait ?

Manech espérait se retrouver dans la marine, comme son père et ses oncles jadis, comme Sylvain, mais ce sont les fantassins qui manquent le plus, en 1916. Il est trois semaines en instruction, à Bourges, puis envoyé au front. D'abord en renfort à Verdun, ensuite en Picardie. Mathilde, chaque jour, écrit une lettre, attend une lettre. Le dimanche, les Etchevery viennent à *Poéma*, plus vieux de dix ans, au pas de Catapulte. On fabrique ensemble un colis où l'on voudrait tout mettre, le manger, le boire, le toit, le feu, le lac, le vent de l'Atlantique qui ramènerait les Américains, tout, jusqu'aux paquets de cigarettes à bouts dorés que la mère s'entête à enfoncer dans les chaussettes qu'elle tricote, parce que même si Manech ne fume pas, cela lui permettra toujours de se faire des amis.

Il écrit que tout va bien, que tout va bien, qu'il attend une permission, que tout va bien, une permission pour bientôt, que tout va bien, que tout va bien, ma Matti, tout va bien, jusqu'en décembre où brusquement sa voix se tait, mais Mathilde continue de se persuader que tout va bien, il n'a pas écrit mais c'est qu'il n'avait pas le temps, tout va bien, et Noël passe, et c'est janvier 1917, elle reçoit enfin une lettre qu'un autre a écrite pour lui, elle ne comprend pas, il dit des choses si belles mais si étranges qu'elle ne comprend pas, et un matin, le dimanche 28, Sylvain est là, qui arrive de Bordeaux, il embrasse Bénédicte et il embrasse Mathilde, si tristement, avec tant de mal à s'exprimer qu'il fait peur, il a rencontré à la gare quelqu'un qui revient de Soorts et lui a dit une chose terrible, et il doit s'asseoir et il a son bachi à pompon rouge qu'il fait tourner entre ses mains, et Mathilde voit ses yeux soudain emplis de larmes, il la regarde à travers des larmes et il essaie de dire, il essaie de dire —

Sage, Matti, sage.

Janvier 1921.

Il n'étonnera personne, après l'évocation de ces brûlants étés, que Mathilde, majeure depuis trois jours, s'empresse d'acheter, sans discuter le prix, « avec son propre argent » — principalement la thésaurisation avaricieuse, depuis l'enfance, de ses étrennes de Nouvel An et le produit des tableaux qui fleurissent maintenant les bureaux du banquier de Papa — un hectare d'un terrain mis en vente sur les bords du lac d'Hossegor : le territoire de Croquemitaine, disparu dans la tourmente, une jungle dont, malgré les mimosas, les trois sœurs du défunt sont bien aise de se séparer.

Elle apprend du même coup que Croquemitaine s'appelait lui aussi Manex, de la grande famille des Puystegui de Bayonne, qu'il était poète, auteur des *Vertiges du Courant d'Huchet*, qu'il haïssait les « gendelettres » quels qu'ils fussent, mais surtout ceux déjà sous un vrai toit à Hossegor, Justin Boex dit Rosny Jeune et plus encore Paul Margueritte. Il est tombé devant Verdun, sous les avalanches de gaz toxique, du printemps 16. Envers et contre tous, il s'était refusé de raser sa barbe. Son masque, disent ses trois sœurs, était une passoire.

Mathilde n'a fait qu'apercevoir monsieur Rosny, mais son père l'a emmenée souvent, quand elle était enfant, à la villa

Clair Bois de Paul Margueritte. Elle trouve Croquemitaine très intransigeant, tant en ce qui concernait ses confrères plus fortunés que les exigences de la fierté virile. Elle se dit qu'on ne peut néanmoins juger quelqu'un qui vous a prêté sa barque.

A peine l'acte signé chez le notaire, à Capbreton, l'argent donné, les trois sœurs embrassées avec reconnaissance, Mathilde se fait conduire par son père et Sylvain sur les lieux de ses amours adolescentes. La cabane est là, du moins ce qu'il en reste, et le peuplier, argenté entre tous, a résisté à tous les vents. Mathilde, maintenant qu'elle est adulte, se ferait fort de tout raconter. Mathieu Donnay dit : « Épargne-moi tes souvenirs. Ce qui me plaît ici, ce sont les mimosas et cet arbre avec ce triple M sentimental qui me masque un peu ce que beaucoup de pères, je ne suis pas le seul, ne souffrent pas d'imaginer. Et puis, ils s'y font. »

Il a porté jusque-là Mathilde dans ses bras, Sylvain s'est chargé de la nouvelle trottinette, plus solide et plus pratique que celle d'avant, un fauteuil roulant inventé pour les paralysés de la guerre. Comme quoi, prétend celle des deux Clémence qui a la cervelle en chewing-gum, la guerre sert toujours à quelque chose.

Il fait beau et froid. Mathilde est assise près du peuplier, sa couverture écossaise sur les genoux, son père va et vient à travers les broussailles, Sylvain est allé jusqu'au bord de l'eau pour les laisser seuls. De temps en temps, Mathilde touche du doigt qu'elle aimera toujours Manech. Les mouettes se rassemblent sur les bancs de sable que le reflux a découverts au milieu du lac, sans souci des humains.

« Après tout, pourquoi pas ? » s'exclame Mathieu Donnay au bout d'une longue concertation avec lui-même. Il revient vers Mathilde et lui dit qu'il fera construire en cet endroit une grande villa entièrement conçue pour qu'elle y vive heureuse avec Sylvain, Bénédicte et les chats. Il laissera *Poéma*, si elle est d'accord, à Paul et à sa famille. Mathilde est d'accord, mais qu'on ne touche pas aux mimosas, ni évidemment au peuplier. Son père hausse les épaules. Il lui dit : « Il y a des moments, ma fille, tu es vraiment une favouille. »

Elle rit, elle lui demande : « Comment sais-tu ça ? » Il répond qu'il a des Provençaux, parmi ses ouvriers. Ils lui ont expliqué que le mot favouille désigne un petit crabe pas très malin, ce qui est rare chez nos ancêtres supposés les plus reculés, et qu'à Marseille, à Bandol ou aux Saintes-Maries-de-la-Mer, on nomme ainsi quelqu'un qui n'a guère d'entendement.

Après quoi, il appelle Sylvain. Il lui dit son projet de faire bâtir une nouvelle maison, sans toucher au peuplier argenté et sans que, les travaux achevés, il manque une seule racine des mimosas. Lui qui est un jardinier d'expérience, qu'en pense-t-il ? Sylvain répond : « Les mimosas, on peut les déplacer. Le peuplier, il est trop au bord du terrain pour qu'on ait besoin de l'abattre. » Mathieu Donnay lui donne une bonne poignée de main. Mathilde dit : « Merci, Papa. Au moins, à Noël comme en été, je n'aurai plus à supporter la femme de mon frère et tes monstres de petits-fils. » Et Sylvain ajoute, sans malice : « Matti a raison. C'est Bénédicte aussi qui va être contente. »

Le lendemain, Mathilde et Sylvain, par le train, accompagnent la famille à Paris. Le 6 janvier, par la route, ils vont à Péronne, dans la Somme, la ville la plus proche du cimetière militaire d'Herdelin, où Manech est enterré. Depuis cinq mois qu'ils y sont venus pour la première fois avec Pierre-Marie Rouvière, les traces de la guerre se sont encore effacées, pourtant elle paraît plus présente dans tout le paysage, sans doute parce que c'est l'hiver.

Ils dorment à l'*Auberge des Remparts*, où Pierre-Marie les avait conduits en août. Au matin du 7 janvier, date du pèlerinage que Mathilde s'est juré de faire tous les ans tant qu'il lui en restera les forces, ce qui n'exclut pas d'autres visites, le ciel est bouché, il pleut de la neige fondue sur Péronne et les champs de bataille. A Herdelin, où les maisons reconstruites côtoient les ruines, la route est un torrent de boue. Les drapeaux, dans le crachin, pendent sans gloire ni couleur à l'entrée du cimetière. Presque en face, de l'autre côté de la route, le cimetière militaire allemand n'a pas meilleure mine.

L'année dernière, sous le soleil de l'été, à travers les branches des saules fraîchement plantés, la rectitude des allées, les pelouses impeccablement tondues, les cocardes tricolores accrochées aux croix, les fleurs pimpantes de la nation dans les vasques simili-antique, tout semblait à Mathilde hypocrisie et lui donnait envie de crier son dégoût. La pluie, le vent glacé qui souffle des Flandres, l'espèce de torpeur sans espoir qui écrase tout le pays vont mieux au teint des Pauvres Couillons Du Front. Combien ils sont, là, qui lui donneraient tort ?

La première fois, elle a cherché d'abord la croix blanche de Jean Etchevery, 19 ans, mort pour ce qu'elle se refuse désormais à prononcer, parce que c'est un mensonge. C'était un mensonge aussi sur la croix qu'elle a trouvée ensuite, dans la même allée : Kléber Bouquet, 37 ans. Et encore, quelques rangées plus loin, sur celle de Ange Bassignano, 26 ans, le voyou marseillais, sous laquelle était une coupe de fleurs, en perles de couleur qui dessinaient un nom, Tina, preuve que Mathilde, en dépit de ses efforts, avait quelque retard sur une fille de la Belle de Mai. Dans une autre allée, renversée sur la tombe par les intempéries, tenant par des fibres vermoulues, était la croix de Benoît Notre-Dame, 30 ans. Pierre-Marie Rouvière est allé chercher un gardien, qui avait déjà signalé la chose et lui a promis que la croix allait être remplacée.

Mathilde se faisait pousser par Sylvain dans tout le cimetière, à la recherche de Six-Sous. Il reposait près d'un mur d'enceinte, profitant de l'ombre, sans fleurs ni couronne, mort pour la même raison, l'obscénité d'une guerre qui n'en avait pas, sinon l'égoïsme, l'hypocrisie, et la vanité de quelques-uns. Les choses sont ainsi.

Aujourd'hui, sous un grand parapluie, assise sur sa trottinette pour estropiés, Mathilde se trouve devant Manech. La cocarde sur la croix est un peu fanée, pour le reste Sylvain

175

fait le ménage. Jean Etchevery, 19 ans. Elle est maintenant plus vieille que son amant. Elle a, des bords du lac d'Hossegor, apporté pour lui un brin de mimosa, qui n'est pas flamme quand elle le sort de son sac et déplie le papier qui l'enveloppe, mais Sylvain déclare : « L'intention y est. » Mathilde répond : « J'aimerais que l'intention soit dans la terre, juste devant la croix. » Il creuse avec ses grandes mains de rouquin qui n'aime pas se l'entendre dire, il place le mimosa au fond du trou, délicatement. Avant qu'il le renferme, Mathilde lui donne un paquet de cigarettes à bouts dorés. Elle lui dit : « Mets ça aussi, sa mère serait contente. On ne sait jamais. Où qu'il soit, même s'il ne fume pas, il pourra toujours se faire des amis. »

Ensuite, Sylvain s'en va sous la pluie, à pas lents dans les allées, coiffé d'une casquette trempée qu'il avait avant ses noces, qui ne rajeunit pas plus que lui. Il veut laisser un moment Mathilde seule, il a sa pudeur.

Elle raconte à Manech ce qui se passe. D'abord que Germain Pire n'a retrouvé ni Tina Lombardi, ni Célestin Poux. Que le fil qu'elle tenait jusque-là lui semble rompu, qu'il ne mène peut-être nulle part, mais que ce n'est pas grave, elle ne renonce pas. Ensuite, elle lui dit que ses parents, les Etcheverry, vont bien. Elle est allée les voir. Ils l'ont embrassée tous les deux. La mère lui a fait un œuf battu dans du lait, comme autrefois, quand il l'emmenait chez lui avec Catapulte. Enfin, elle lui dit qu'elle a acheté le territoire de Croquemitaine au bord du lac, avec ses économies, et que son père va faire construire là une maison qu'elle veut avec deux terrasses, l'une vers l'océan et l'autre vers le lac. Elle dit : « Notre chambre donnera sur le lac. Chaque matin, par les fenêtres, je pourrai voir notre peuplier. » Elle ajoute, après un long silence : « Je reste sur l'idée qu'un de vous cinq n'est pas mort. Je crois ce que m'a écrit la mère d'Urbain Chardolot. Je n'ai pas de certitude, il faudrait pour cela que je retrouve un des soldats de Bingo Crépuscule, et le seul nom que j'ai, c'est Célestin Poux. »

Elle est penchée en avant sur sa trottinette, protégée par

ce méchant parapluie qui bascule tout le temps, elle ne veut rien cacher à Manech. Elle lui dit : « Quelque chose aussi me trouble. Tina Lombardi avait un code avec son Nino. Pourquoi pas les autres avec leur femme ? J'ai lu et relu les lettres de l'Eskimo et de Six-Sous et de Cet Homme. Je ne vois pas de code. Même dans celle de ce Nino, je n'ai pas compris. Pardonne-moi, Manech, de n'être que moi. »

Quand Sylvain revient, parce qu'il en a assez de vagabonder sous la pluie, il dit : « Au moins, ils ont tenu parole. Ils ont donné une croix neuve à Benoît Notre-Dame. » Mathilde, comme en août, voudrait faire tout le tour du cimetière, mais elle n'ose pas le demander. Sylvain dit : « Tu sais, Matti, pendant que tu pensais à Manech, j'ai regardé les autres tombes. Sur celle de Bassignano, il y a toujours les fleurs en perles. Sur les autres, rien. Si tu veux aller voir toi-même, je veux bien, c'est pas du tracas. » Elle fait signe que non. Elle dit : « S'il te plaît, retourne voir Ange Bassignano. Regarde bien partout s'il n'y a pas un indice que cette Tina est revenue. »

Elle attend de longues minutes. La pluie se fait neige. Elle a froid sous sa couverture. Elle dit à Manech : « Tu es vraiment contrariant, tu sais. On serait bien mieux dans les Landes. » En août, à sa première visite, elle a demandé à Pierre-Marie s'il serait possible de faire transférer le cercueil au cimetière de Soorts ou de Capbreton. Il a répondu : « Les démarches peuvent être longues, je n'en sais rien, mais il me semble qu'on devrait y arriver. Je me renseignerai. » Il n'avait pas fini sa phrase qu'un sentiment d'angoisse effroyable a envahi Mathilde, elle en avait la gorge serrée à ne pouvoir articuler un mot. Exactement comme si Manech, du fond d'elle-même, criait non, non, qu'il ne voulait pas. Et quand elle a été capable d'articuler un mot, elle a dit précipitamment à Pierre-Marie, d'une voix entrecoupée : « Non, ne faites rien. Il faut que je réfléchisse. » Et aussitôt, doucement, l'angoisse a disparu. Elle renaît, maintenant, rien qu'à l'idée de demander à Manech s'il n'a pas changé d'avis. Elle lui dit : « D'accord, je ne veux pas t'embêter avec ça. Après tout, de venir ici, ça me change, ça me fait voir du pays. »

Ensuite, Sylvain revient, le pas lourd, la casquette de travers, les mains couvertes de boue. Il les tient en l'air pour que la pluie les lave. Il a l'air d'un prisonnier de guerre résigné aux fantaisies d'une Mathilde casse-machins. En s'approchant, il lance : « Je n'ai rien vu qui dise qu'elle est revenue. » Et debout devant elle : « Mais je le pense quand même, je ne sais pas pourquoi. J'ai creusé autour de la croix, des fois que cette femme te ressemble. Il n'y a rien. Maintenant, j'ai soulevé la coupe de fleurs. Elle est en marbre, elle pèse dix tonnes, on comprend pourquoi personne ne l'a volée. Il n'y a rien dessous qui indique d'où elle vient, mais il m'est venu une idée. Je l'ai reposée plus loin, sur une autre tombe. On verra peut-être la prochaine fois ? »

Germain Pire
(Le reste de l'en-tête est rayé.)

Lundi, 16 juin 1921.

Très chère enfant,
Jamais je ne me suis senti aussi humilié. Il faut néanmoins que je vous avoue l'échec complet de mes recherches et que je renonce désormais aux hortensias qui devaient embellir ma chambre. Voyez-vous, Valentina Lombardi est aussi insaisissable que si elle n'avait jamais existé. J'ai entendu parler d'elle à Toulon, à La Ciotat ou à Marseille, mais toujours du bout des lèvres, par des bourgeois qui ont pignon sur rue. L'essentiel, seul l'univers qu'elle fréquentait pouvait me le dire et cet univers ne parle pas. Puisque vous me l'avez expressément demandé, je ne suis pas allé importuner madame Conte, ni ses amies madame Isola et madame Sciolla. De toute manière, je n'aurais rien appris d'elles qui puisse me servir.

178

J'ai souvent, dans mes enquêtes, l'impression très forte de connaître presque fraternellement ceux que je recherche ou que j'épie. Il n'en est rien pour Valentina Lombardi. Mon sentiment est qu'elle est un être noir, marquée par la malédiction des enfances meurtries, subjuguée par le seul amour qui lui ait fait croire qu'elle valait les autres, et que, cet amour massacré, elle est devenue infiniment cruelle et dangereuse pour qui se rattache au massacre. Je vous le dis d'instinct, il serait plus sage, chère enfant, de l'oublier, de ne rien tenter désormais qui puisse exciter la bête.

Ses traces s'arrêtent dans un village du Morbihan, Sarzeau, en février de cette année. Je me suis rendu sur place. Elle n'a fait qu'y passer. On se souvient de sa violence mal contenue, de son air sombre. Si je l'ai perdue là, c'est peut-être après tout qu'elle est morte, et je n'irai pas m'en attrister.

En ce qui concerne Célestin Poux, dont mon frère Ernest s'est occupé, nous devons renoncer également, encore qu'il soit tout le contraire. Dans l'île d'Oléron, chacun nous l'a décrit comme un garçon heureux de vivre, débrouillard, serviable, mais terriblement fantasque. Il est reparu au pays pendant trois mois en automne 19. Jusque-là, il était resté, avec le grade de caporal, en occupation de l'autre côté du Rhin. On lui a donné le poste d'éclusier au lieu-dit Le Douhet, sur la commune de Saint-Georges. Il dormait sur les lieux de son travail. Pour famille, ne lui restent que de vagues cousins, nés Poux comme lui, qui n'ont rien à dire sinon qu'ils ne le fréquentaient pas. En tout état de cause, il est sorti vivant de la guerre. Il a quitté Oléron en janvier 1920 pour, disait-il, acheter un garage de réparations automobiles en Dordogne. La Dordogne est vaste. Mon frère l'a fouillée de son mieux sans le trouver. La dernière fois où quelqu'un l'a rencontré, c'est sur le bac qui le ramenait au continent. Il avait un sac de marin sur une épaule, une bourriche d'huîtres de l'autre côté. Il a dit que les huîtres étaient pour un fou qui avait parié avec lui sa moto d'en manger vingt douzaines.

Je suis désolé, ma gentille enfant, et honteux plus que je ne peux l'exprimer de devoir joindre ma note de frais à cette lettre. Je l'ai faite, croyez-le bien, plus honnête pour vous que pour moi. Vous verrez d'ailleurs qu'il ne s'y trouve que des chambres d'hôtel modestes, des transports en troisième classe et rien d'autre. Considérez que je ne me nourris que du plaisir de connaître des artistes comme vous.

Je vous quitte, avec l'espoir que le hasard ou le temps me permettra de découvrir quelque chose qui vaille la peine de vous déranger à nouveau. Je reste, quoi qu'il advienne, votre ami et votre fidèle admirateur.

Germain Pire.

Cette lettre suit Mathilde à New York où, dans celle de ses vies qui l'amuse le moins et lui fait perdre le plus de temps, elle est venue se faire opérer par un jeune professeur juif, Arno Feldmann, qui a rendu à trois handicapés comme elle une partie de leurs mouvements. C'est un fiasco sans intérêt, sauf que cessent les douleurs qui la tuaient au niveau des hanches et qu'elle est au bord de tomber amoureuse du chirurgien, mais il est marié, père de deux gamines aux joues rondes, criblées de taches de rousseur, il n'est même pas beau, et comme chacun sait, si l'on oublie des inconnus sans visage qui la tourmentent quelquefois dans des rêveries regrettables, Mathilde ne trompe jamais son fiancé.

Et puis aussi, il faut le dire, Maman est là, qui a vomi jusqu'à son âme pendant la traversée, qui s'ennuie de déambuler dans Central Park et les magasins de la Cinquième Avenue, harassée par la chaleur. Mathilde ne voudrait pas ajouter aux tracas qu'elle occasionne. Donc, le Arno Feldmann, elle ne le regarde plus qu'à la dérobée dans les reflets de sa fenêtre, très lointaine, tu vois, très indifférente.

Elle retrouve *Poéma* en octobre, aux derniers feux d'un été qui s'éternise, et tout le monde en bon état, les bêtes et les gens. On a une nouvelle auto, une Delage mieux suspendue et plus confortable que l'ancienne. Elle est jaune et noir, mais c'était paraît-il les seules couleurs disponibles. Sylvain conduit Mathilde presque chaque jour à Hossegor voir avancer les travaux de la villa. L'architecte de Papa, Bruno Marchet, la trouve assommante. Elle discute de détails avec les ouvriers, elle n'est jamais contente, elle s'imagine qu'on la déteste. Elle promet à son père de n'y plus retourner jusqu'au temps des finitions.

En janvier 1922, pour son pèlerinage au cimetière d'Herdelin, le ciel est bleu, il fait froid, la coupe de fleurs artificielles, déplacée par Sylvain, est à nouveau à sa place, sous la croix de Ange Bassignano, mais cela ne veut pas forcément dire, pense Mathilde, que Tina Lombardi est revenue. Le gardien, qui n'est pas toujours là, voit passer trop de monde quand il y est, il ne sait rien. A Péronne pourtant, dont Sylvain fait le tour, un hôtelier, patron du *Prince de Belgique*, accepte de dire qu'une jeune femme à l'accent du Midi est descendue chez lui à l'automne précédent, seule, buvant beaucoup, fumant à table de petits cigares, insultant les dîneurs que cela indisposait. Il a été bien content qu'elle ne reste qu'une nuit. Elle s'est esquivée au petit matin sans même régler sa note. Le nom qu'elle avait donné, que Sylvain peut voir par lui-même sur le registre, est Emilia Conte, de Toulon. La date est la nuit du 15 au 16 novembre 1921.

En revenant à Paris, Mathilde transmet l'information à Germain Pire, mais il refuse poliment de reprendre ses recherches. En un an et demi, il a beaucoup vieilli. Il porte toujours le melon, la lavallière et les guêtres blanches, mais un deuil, sur lequel il ne trouve pas utile de s'étendre, l'a frappé, le cœur n'y est plus.

Les deuils, pendant cette année 1922, Mathilde va en connaître aussi. Meurent les parents de Manech, à trois semaines d'intervalle, dans la moiteur de juin, la mère dans son sommeil, d'une crise cardiaque, le père retrouvé noyé dans le lac, près de son parc à huîtres. On dira, pour que le curé accepte son cercueil à l'église, que c'était un accident. Pourtant, il a laissé, la dernière nuit, une enveloppe pour

Mathilde, que le docteur Bertrand, de Soorts, le premier appelé par les pompiers, lui a remise sans l'ouvrir. C'était quelques lignes au crayon violet, d'une écriture presque illisible :

Ma petite Matti,
Je n'ai plus le courage de rien. On m'avait pris la moitié de ma vie, maintenant j'ai perdu l'autre. Ma seule consolation du malheur, c'est que grâce à toi nous avons pu voir l'an dernier, avec ma pauvre Isabelle, la tombe de notre fils. Mes affaires sont en ordre. Je t'ai laissé par-devant le notaire tout ce que nous avons gardé de Manech. Je n'ai pas le courage non plus de tuer le chien, je te demande de le recueillir. Il te connaît, il aura moins de misère.
Je t'embrasse comme ma fille.
Etchevery Ambroise.

La seule famille du pauvre homme est une sœur, employée des postes à Saint-Jean-de-Luz. Elle vend la maison et le parc à huîtres pour s'installer avec son mari dans un commerce de bonneterie. Sylvain rapporte dans la Delage le chien Kiki et les affaires, en vrac, de Manech : ses vieux vêtements, ses livres et ses cahiers d'écolier, des Fantomas qu'il lisait avant de partir à la guerre, des jouets qu'il s'était fabriqués, le fameux costume de bain rayé bleu marine, auquel il manque l'écusson, mais la trace ne se voit plus.

En septembre, malgré tous les soins, Kiki se laisse mourir, puis Tertia et Bellissima, saisies par la toux, succombent en une seule nuit. En novembre, on enterre à Labenne made-moiselle Clémence, le professeur d'autrefois. Et encore, avant que l'année finisse, le chat de Bénédicte, Camembert, parti courir la gueuse, ne revient pas. Sylvain le retrouve trois jours plus tard, écrasé par un camion, déjà mangé par la vermine, à plus de cinq kilomètres de Capbreton.

L'année 1923 ne commence pas mieux. C'est une lettre de Marseille, en février, qui apprend à Mathilde la mort de madame Paolo Conte. La fidèle amie, madame Isola, lui écrit qu'elle s'est éteinte sans souffrir, le cœur usé. Elle n'avait pas revu sa filleule.

La villa *MMM* d'Hossegor, avec plusieurs mois de retard, est terminée au printemps. Mathilde s'y installe avec Sylvain et Bénédicte, elle voit le peuplier de ses fenêtres, les mimosas sont en fleur dans le jardin, avec les rosiers, les rhododendrons et les camélias que Sylvain a plantés. Mathilde a son atelier à côté de sa chambre. Tous les sols de la maison sont en marbre lisse, doux à ses roues, et dehors, pour qu'elle puisse déambuler à sa guise, les allées ont été bitumées. Pendant l'été, elle peint le matin sur la terrasse devant le lac, l'après-midi à l'ouest. Elle peint beaucoup, pour oublier les choses tristes et que le temps passe sans rien apporter à son coffret en acajou, pour s'oublier elle-même.

En hiver, elle expose ses toiles à Biarritz puis à Paris, cette fois encore aux « Lettres de mon moulin ». La dame aux petits fours a toujours bon pied, bon œil, le livre d'or s'enrichit de quelques jolies choses. Une femme écrit : « Vos fleurs parlent. » Et un visiteur suivant, juste au-dessous : « Disons qu'elles balbutient. »

Mathilde profite de ce séjour pour faire publier à nouveau son annonce dans *L'Illustration*, *La Vie parisienne* et les mensuels d'anciens combattants. Elle y raye les noms de Benjamin Gordes, Chardolot et Santini, au seul profit de Célestin Poux, et donne sa nouvelle adresse dans les Landes.

Au printemps, un heureux événement se produit à *MMM*, dans lequel, superstitieuse quand ça la rassure, elle voit le présage que la sortie du tunnel est proche, que l'année 1924 lui ménage de grandes surprises et pansera bien des plaies. A l'âge mûr, comme on le prétend de certaines femmes, Durandal, la chatte jadis si hautaine de Sylvain, veuve de Camembert, est saisie d'une véritable frénésie de débauche. N'arrivant pas à choisir entre Uno, Due, Voleur et Maître Jacques, elle jette son dévolu sur les quatre, soit parce qu'ils ne sont pas trop d'un quatuor pour la contenter, soit parce qu'elle a le louable souci d'éviter les zizanies dans la maison. Comme il lui arrive en outre de sortir en ville ou même en forêt, de n'en revenir qu'à la nuit tombante avec des airs passablement alanguis, bien malin qui peut dire, le samedi 26 avril, l'auteur des cinq délicieux petits chatons tigrés qu'elle met au monde. Bénédicte et Sylvain fêtent ce jour-là leurs cinquante ans — elle est son aînée de deux jours — et leur trentième anniversaire de mariage. Les cadeaux sont vite faits. Mathilde reçoit d'Artagnan et Milady, Sylvain Porthos, Bénédicte Athos, qu'elle s'obstine à prononcer Camembert, et Maman hérite d'Aramis. Après quoi, Durandal, guérie des passions amoureuses et repentie de ses péchés, se consacrera désormais tout entière à l'éducation de ses enfants.

En relançant l'hameçon par une nouvelle parution de son annonce, même sans les espoirs débiles qu'elle avait mis dans la première, Mathilde ne s'attendait pas à ce que la pêche fût si maigre. Quatre lettres en tout, dont la plus instructive n'est d'ailleurs pas liée à cet appel et lui arrive adressée à *Poéma*.

Des trois autres, deux sont pour revendiquer la paternité du surnom « Bingo Crépuscule ».

Un caporal de la coloniale, dans les rangs de ceux qui ont pris la tranchée aux Allemands en octobre 1916, a trouvé dans un abri déserté à la hâte une peinture sur bois, probablement celle d'un soldat anglais ou canadien à ses moments de loisir, dont le verso constituait une excellente surface pour une pancarte, il y a fait inscrire le nouveau nom des lieux conquis.

Un correspondant de Château-Thierry, signant seulement « un soldat de Mangin », affirme huit jours plus tard avoir tracé de ses mains et de son propre chef, à la peinture noire, en lettres bâtons, « Bing au Crépuscule » sur le verso d'un tableau.

Ils sont au moins tous les deux d'accord sur le sujet de l'œuvre d'art en question. En joignant leurs deux témoignages, Mathilde arrive à se figurer, debout devant la mer, un officier britannique en train de contempler un flamboyant coucher de soleil, tandis que son grand cheval gris ou noir, à ses côtés, broute paisiblement l'herbe rare, un palmier indiquant que la scène pourrait se passer en Orient.

La troisième lettre est anonyme elle aussi, et d'une concision étonnante :

Mademoiselle,
Célestin Poux est mort au Chemin des Dames, en avril 1917, c'est plus la peine de dépenser votre argent. Je l'ai bien connu.

L'enveloppe porte le cachet de Melun. L'écriture et la couleur rosâtre du papier laissent supposer à Mathilde qu'il s'agit d'une dame d'un certain âge.

Reste la lettre qui n'est pas une réponse à l'annonce. Elle vient de loin. Elle lui est envoyée par Aristide Pommier, le résineux à lunettes qu'elle a traité de mange-merde à son mariage, le jouteur qui avait plaisir à tomber à l'eau.

Aristide Pommier,
550, côte des Neiges, Montréal, Canada.
18 juin 1924.

Chère mademoiselle Mathilde.

Vous savez peut-être qu'en désaccord avec mon beau-père, on a fini par se taper, j'ai préféré m'exiler au Québec, faisant venir après six mois mon épouse et mes deux filles. Une autre est née ici. Je ne m'occupe plus des arbres, je suis devenu chef cuisinier dans un restaurant de Sherbrooke, une des artères du centre les plus fréquentées. Je gagne bien ma vie mais ce n'est pas pour me vanter que je vous écris.

Je vous écris pour vous dire que j'ai parlé à un client, il y a quelques jours, qui est de Saint John's, sur Terre-Neuve, et qui s'est installé après la guerre au Québec. Son nom est Nathanaël Belly, on lui dit Nat, il a une entreprise de chauffage. Il est âgé d'environ trente-cinq ans. Il était à table avec sa femme et un couple d'amis. Il a tenu à m'offrir quelque chose à la fin du repas, pour me féliciter de ma cuisine, et c'est comme ça que j'ai su qu'il a été sur la Somme, en janvier 17, et qu'il connaît la tranchée où Manech est mort. Je ne voudrais surtout pas raviver de terribles souvenirs, mais je crois qu'avant tout vous voulez savoir. Alors voilà, j'ai hésité de vous écrire mais tant pis.

D'après ce Nat Belly, qui aime la bière mais qui avait toute sa tête, une patrouille de Terre-Neuve dont il faisait partie, le matin du lundi 8 janvier 1917, est arrivée la première sur le terrain de la bataille, parce que les Britanniques remplaçaient les nôtres dans le secteur, comme ils l'ont fait après sur tout notre front jusqu'à Roye. Nat Belly dit qu'ils ont enterré sous une bâche cinq Français tués, qui avaient des pansements à leurs mains. Leurs numéros de régiment, tous leurs insignes avaient été arrachés, probablement par les Boches pour ramener des souvenirs chez eux. Nat ne se souvient malheureusement plus de leurs noms, pourtant ils avaient encore leurs plaques et le chef de patrouille les a notés « au cas où », mais il ne se souvient plus. Ce qu'il se rappelle, c'est que l'un des cinq était très jeune, dans les vingt ans, avec les cheveux bruns et le corps assez grand et mince, et je pense que c'était notre malheureux Manech.

Voilà, je voulais vous le dire. Maintenant, Nat Belly m'a dit qu'il croit pouvoir retrouver le chef de patrouille, nommé Dick Bonnaventure, un fils de Québecois né à Saint John's lui aussi, mais par hasard, pas un niouffi comme on appelle ici ceux de Terre-Neuve, c'est un coureur des bois du lac Saint-Jean qui a écrit des poèmes et des chansons, et Nat Belly sait qu'il revient chaque automne à Chicoutimi. S'il le retrouve, il aura toutes les précisions sur cette affaire, parce que l'autre doit avoir meilleure mémoire et avoir fait plus attention. Nat Belly s'excuse auprès de vous, il dit que forcément il n'a pas regardé à tout, ce matin-là, parce que ça recommençait à chier des marmites et qu'ils voulaient bien, tous, obéir à Dick Bonnaventure et perdre quelques minutes pour enterrer les Français, mais pas trop. Je suis passé par ces choses, je peux comprendre.

En tout cas, ce dont il se souvient parfaitement, c'est que c'était le matin du 8 janvier 1917, et qu'il y avait de la neige épaisse où on enfonçait jusqu'aux dessus des chevilles, et ils ont trouvé ces cinq soldats morts et dispersés partout. Alors, ils ont rassemblé les corps dans un grand trou, ils les ont protégés avec une bâche de la tranchée évacuée par les Boches et ils ont pelleté en vitesse pour les recouvrir.

J'espère, mademoiselle Mathilde, que cette lettre ne vous rendra pas plus triste que vous n'êtes déjà. Je sais que vous êtes quelqu'un qui préfère savoir. J'espère aussi que vous vous portez bien et que vous avez toujours vos parents. Ma femme et mes filles sont avec moi pour vous souhaiter malgré vos tourments bonne santé et prospérité. Si j'avais d'autres détails, vous vous doutez que je vous écrirais aussitôt.

Très amicalement à vous en souvenir du passé,
Aristide Pommier.

Cette lettre ne rend pas Mathilde plus triste qu'elle ne l'est depuis la mort de Manech. Pierre-Marie Rouvière, il y a presque quatre ans, lui a déjà dit que les cinq condamnés avaient été sommairement enterrés par des Britanniques avant d'avoir leurs cercueils et leurs croix blanches à Herdelin. Elle est troublée néanmoins par certains termes : « les corps dans un grand trou », « pelleté en vitesse » et surtout, le plus terrible, « morts et dispersés partout ». Elle se force d'entendre qu'on a trouvé les corps en des endroits différents de la terre de personne, que l'Aristide écrit comme il peut, c'est-à-dire comme un cochon et le mange-merde qu'il est toujours, mais toute une nuit elle ne dort pas, elle reste prisonnière d'une vision de carnage.

Heureusement juillet s'avance et c'est au plein cœur de l'été que débouche le tunnel.

Le dimanche 3 août 1924, en fin d'après-midi, alors que les chatons, déjà lestes et indisciplinés, vont gaillardement vers leur quatrième mois, Mathilde est sur la terrasse à l'ouest, à tenter leur portrait, réunis dans une corbeille, mais passée une minute sage ils se battent ou ils se lassent, et malgré les efforts de leur mère pour les ramener à la pose, ils veulent aller vivre leur vie.

Le soleil, Mathilde s'en souvient encore, touche la cime des pins quand elle entend venir au loin une moto, lancée à toute allure sur le chemin de terre qui contourne le lac, et qu'elle se redresse brusquement, le pinceau en l'air. Et puis, il est là, dans l'encadrement du portail ouvert, immobilisant sa machine sur une béquille, enlevant ensemble son bonnet de cuir et ses lunettes, les cheveux blonds, plus haut et plus robuste qu'elle ne l'a imaginé, mais elle est sûre que c'est lui, Célestin Poux, et tandis qu'il parle avec Sylvain venu à sa rencontre, elle pense : « Merci, mon Dieu, merci, merci », et elle crispe ses mains l'une contre l'autre pour s'empêcher de trembler ou de pleurer, d'être une bécasse qui fait honte.

La terreur des armées

Pardon, mademoiselle Mathilde, si je ne peux pas me souvenir de tout, dit ce jeune homme aux yeux bleus. Tant d'années ont passé, j'ai vécu depuis Bingo tant de jours. Et puis, à la guerre, on est chacun dans son coin de soucis, de petites misères, de petits bonheurs, on ne voit ce qui se passe que par bribes et pas plus loin que le bout de sa corvée du moment. Un moment efface l'autre, les jours effacent les jours, en fin de compte tout vous semble pareil. J'ai repensé bien des fois, évidemment, à ce dimanche de janvier, aux cinq condamnés dans la neige, et je me dis moi aussi que c'était une belle saloperie, mais je ne veux pas mentir, ce que j'en revois aujourd'hui n'est guère plus net qu'un soir d'avril au Chemin des Dames ou la mort de ma mère quand j'avais dix ans.

Je n'ai pas vu mourir votre fiancé. Je sais qu'il est tombé quand il finissait de construire un bonhomme de neige, debout au milieu du bled, de sa seule main gauche, dans sa capote sans boutons. Je l'ai vu commencer ce bonhomme de neige. C'était vers dix heures, onze heures du matin, ce dimanche, et des deux côtés, sans se moquer de lui ou alors

189

ce n'était pas méchant parce que tout le monde avait compris qu'il n'avait plus sa raison, les soldats l'encourageaient. Les Boches lui ont même lancé une vieille pipe pour qu'il la mette au bec de son bonhomme et nous un canotier sans ruban qu'on avait trouvé là.

J'ai dû partir quelque part, faire je ne sais quoi, je ne m'en souviens plus. J'étais toujours un peu le tampon de quelqu'un à cette époque, et d'ailleurs ça me plaisait parce que je n'ai jamais beaucoup aimé rester en place, c'est d'ailleurs pourquoi on dit maintenant que je suis marié avec ma moto, c'est vrai, elle au moins ne demande pas mieux que de vivre avec un fils du vent.

Quand je suis revenu dans la tranchée, mettons vers midi, on m'a dit qu'un biplan boche avait survolé le terrain plusieurs fois, en mitraillant à tout va, et que le Bleuet, à découvert, s'était fait descendre. Après, le lundi matin, quand nous étions dans les lignes boches, à compter les morts et les blessés, quelqu'un qui avait vu son corps dans la neige m'a dit que la balle de la mitrailleuse l'avait attrapé en plein dos, qu'elle l'avait tué sur le coup.

J'ai vu mourir Six-Sous. C'était vers neuf heures, le dimanche matin. Il s'était mis soudain debout sur la gauche de Bingo, en criant qu'il en avait marre et qu'il voulait pisser comme un homme, pas comme un chien. La gangrène le bouffait depuis des heures, il délirait lui aussi, et il titubait d'un bord à l'autre dans la neige, la braguette ouverte, et il pissait. Alors quelqu'un qui parlait français, dans la tranchée d'en face, nous a crié que nous étions des porcs et des lâches pour laisser un des nôtres comme ça. Le capitaine Parle-Mal, chez nous, a répondu : « Et toi connard de choucroute, si tu es si courageux, fais connaître ton nom, que si je te retrouve, je te fais avaler tes couilles ! Moi, c'est Favourier ! »

Et puis, c'était le grand jour blanc, peut-être une heure plus tard. Six-Sous allait et venait, tombant et retombant devant la tranchée allemande, prêchant qu'il fallait tous déposer les armes et rentrer chez nous, que la guerre était ignoble et des choses de ce genre. Ensuite, il chantait à tue-tête *Le Temps des cerises*, que c'est de ce temps-là qu'il gardait au cœur une plaie ouverte. Il ne chantait pas bien, il était à bout de forces, mais on l'écoutait le cœur serré, en faisant chacun ce qu'on avait à faire, et dans les deux camps on se taisait.

Ensuite encore, Six-Sous s'était assis dans la neige, il prononçait des mots qui n'avaient plus de sens, et brusquement, comme ça, quelqu'un a tiré de la tranchée d'en face. Il était assis devant, il a pris la balle dans la tête, il est tombé en arrière, les bras en croix. J'étais là. Cela, je l'ai vu de mes yeux. Pourquoi, sans plus de raison qu'une seconde avant, on avait tiré, je n'en sais rien. Le capitaine Favourier a dit : « Ils ont un chef de bataillon aussi fumier que le nôtre. Et leur téléphone doit être nase, depuis cette nuit, sinon ils n'auraient pas attendu les ordres aussi longtemps. » Il faut vous dire que, dans la nuit, les Boches avaient lancé des grenades n'importe où dans le bled et qu'à la fin, Parle-Mal en avait ras son képi, on leur avait mis quelques bons coups de crapouillot pour les calmer. Cela aussi, il a fallu qu'on me le raconte, parce que j'étais parti chercher la soupe, je ne suis rentré, chargé comme un baudet, qu'au petit matin.

L'Eskimo, je ne l'ai pas vu tomber, c'était tout de suite après le passage du biplan qui a tué votre fiancé, en éclatant son bonhomme de neige. Avant cet avion, je vous l'ai dit, plus personne ne tirait, je pense que la mort de Six-Sous avait écœuré même les Boches. Je me souviens d'avoir entendu le lieutenant Estrangin dire : « Si on a la chance de rester tranquille jusqu'à la nuit, on enverra du monde ramener discrètement les quatre autres. » Il faut croire que la chance n'était pas avec nous, ce dimanche de merde.

Bref, à onze heures, quelque chose comme ça, je repars de Bingo pour n'importe quoi qu'on m'a demandé de faire, rapporter ses cachous au guetteur d'une compagnie voisine ou un mot gentil au sergent de l'ordinaire, j'ai oublié. Je laisse le Bleuet en train de bâtir son bonhomme de neige, aussi pépère que si le monde n'existait plus, et l'Eskimo bien planqué dans l'abri qu'il s'est creusé pendant la nuit. Le paysan de la Dordogne ne donnait aucun signe de vie depuis qu'il avait monté l'échelle de tranchée, les bras liés dans le dos, et qu'il s'était carapaté dans le noir. Cela, je l'ai vu, j'étais là. Quand les fusées éclairaient Bingo, j'ai vu Cet Homme ramper sur la droite, vers un tas de briques qui émergeait de la neige. Je pense qu'il a été tué le premier des cinq dans la nuit du samedi, par les fusils-mitrailleurs ou les grenades. En tout cas, quand on l'appelait, il n'a jamais répondu.

Je suis donc rentré à la tranchée vers midi. Le temps s'était gâté, on se canardait comme aux plus mauvais jours de l'automne. Les camarades m'ont dit : « Un Albatros a mitraillé le bled, une fois, deux fois, trois fois, en passant à quinze mètres au-dessus du sol, peut-être moins. Pour essayer de le tirer, il aurait fallu sortir la moitié du corps de la tranchée, ceux d'en face te coupaient en deux. »

L'Albatros, c'est un zinc boche de 1915, avec un mitrailleur à l'arrière, parce qu'à l'époque on ne tirait pas encore à travers l'hélice, mais par un trou dans le fuselage. Et j'imagine ce sale coucou qui vole au ras du sol, pour voir quel bordel s'est installé entre les deux tranchées, et qui revient, parce qu'il a repéré des Français dans le bled, et qui repasse une seconde fois en crachant ses balles et en tuant votre fiancé, et qui repasse une troisième fois, en mitraillant tout, et là, tous mes camarades l'ont vu et me l'ont raconté, dans la neige se dresse tout à coup un gars, l'Eskimo, qui jette en l'air quelque chose avec sa main droite, et c'est un citron, une grenade, et elle explose et emporte tout l'empennage du biplan qui s'en va, comme une feuille morte, tomber à un kilomètre de là et exploser lui aussi à l'intérieur de ses lignes. Sûrement que mes camarades ont dû crier bravo, mais pas tous, pas ceux qui ont vu l'Eskimo fauché par les dernières balles de la pourriture de mitrailleuse. Favourier, on me l'a dit, a crié : « La ferme, bande de cons ! Maintenant, planquez-vous ! »

Et, en effet, c'est sûrement à cause de cet Albatros que les choses ont basculé, que ce dimanche a finalement tourné à la tuerie. Jusque-là les Boches croyaient ce qu'on leur avait crié de chez nous, que les cinq étaient des condamnés, qu'ils étaient sans arme. Mais il y avait tant de choses ensevelies sous la neige, l'Eskimo avait trouvé une grenade.

A partir de ce moment, jusqu'environ deux heures, on n'a fait d'abord que tirailler, il tombait quelques tomates, des bonhommes ont pris des coups. Et puis, on ne tiraillait plus, il nous arrivait dans les oreilles ce bruit de chariot qui annonce les gros noirs, les chaudrons de l'enfer. Dans la fumée des explosions, on a vu surgir dans le bled, les bras en l'air, couvert de neige et de boue, ce Marseillais qu'on appelait Droit Commun. Il hurlait, tourné vers la tranchée allemande, criant : « Je me rends, tirez pas ! » ou quelque chose de ce genre, parce qu'on ne s'entendait plus, mais j'ai entendu quand même, près de moi, au parapet, un des caporaux de la compagnie, Thouvenel, s'écrier : « Putain con, celui-là, il nous a trop fait chier, je me le fais ! » Ce caporal, que je n'aimais pas beaucoup parce qu'il était ladre avec ses hommes, n'aurait pas manqué une boîte de singe à soixante mètres. Avant que quelqu'un puisse le retenir, il a descendu le Marseillais d'une balle en pleine nuque, le coup du boucher. Le lendemain, quand tout a été fini et que le plus haut en grade qui nous restait, le sergent-chef Favart, lui a demandé pourquoi il avait fait ça, le kapo Thouvenel a répondu : « Dans la neige, hier, quand tout allait bien, on a entendu ce jean-foutre promettre aux Boches que s'ils lui ouvraient les fils de fer et le traitaient bien, il leur dirait combien nous étions et l'endroit du téléphone et où étaient planquées nos mitrailleuses. » Je ne sais pas. C'est peut-être vrai.

En tout cas, voilà comment ils sont tous morts. Après, l'artillerie boche bombardait à gros calibre notre première ligne, sans même se gêner de démolir la sienne, les fusées pour lui faire allonger le tir partaient de très loin, on a compris que ceux d'en face avaient évacué leur tranchée depuis un bon moment. Le capitaine Favourier a ordonné

d'évacuer la nôtre. On a emporté trois tués, dont le lieutenant Estrangin, et peut-être déjà une dizaine de blessés, on a
quitté Bingo en vitesse. Moi, je me suis occupé des blessés.
Quand je suis retourné à l'avant, peut-être une demi-heure
après, nos deux compagnies s'étaient déportées, dans les
tranchées, de trois cents mètres plus à l'est et ça tombait
toujours, mais quand même moins que sur Bingo. Alors le
capitaine Favourier a dit : « Il faut nous rapprocher. Ces
fumiers n'arrêteront pas de pilonner avant qu'on soit à
portée de mordre le cul des leurs. » C'est comme ça qu'en
trois vagues, on est parti au grand air.

On est entré dans la première tranchée boche, qui était
vide, sans même prendre une mornifle. Dans la seconde, les
Teutons têtus avaient laissé, pour la figuration, une demi-
douzaine de sacrifiés, dont un feldwebel. Deux se sont fait
tuer, le feldwebel et les autres se sont rendus. Je faisais
partie de la deuxième vague. Quand je me suis trouvé là,
Parle-Mal avait déjà entraîné la première sur la tranchée de
soutien boche, à deux cents mètres encore plus en avant, au
flanc d'une butte où elle traçait comme une cicatrice dans la
neige. Il restait sur le terrain les ruines d'une ferme, c'était le
seul abri des nôtres quand les mitrailleuses de chez Maxim
se sont mises à cracher.

Je n'aime pas repenser à ça, mademoiselle Mathilde,
encore moins en parler. Et puis, à quoi ça sert ? Je vous dirai
seulement qu'il nous a fallu jusqu'à la nuit noire pour avoir
cette tranchée pourrie et que sur la butte nous avons laissé,
tués ou blessés, plus de cent bonhommes, un autre lieutenant et le capitaine Favourier. J'étais, avec des camarades,
penché sur Parle-Mal quand il agonisait. Il m'a demandé, je
n'ai pas compris tout de suite pourquoi, si j'étais orphelin.
Je lui ai répondu oui, depuis longtemps. Il m'a dit : « Je
m'en doutais. » Après il m'a dit : « Tâche de rester toujours
double-pompe. Tu te feras moins chier. » Il a fait appeler le
sergent-chef Favard, qui prenait le commandement de ce
qui survivait de nos deux compagnies. Je l'ai entendu lui
dire ce qu'il pensait de notre chef de bataillon, le comman-

dant Lavrouye, qu'on appelait La Trouille, puis quelque chose à propos d'un ordre qu'il avait reçu avant l'attaque et d'un papier que La Trouille avait gardé sous le bras, mais il s'est aperçu qu'on était plusieurs à l'écouter, il nous a dit d'aller nous branler ailleurs. Il était touché au ventre. Des brancardiers l'ont emporté. Il est mort avant d'arriver au poste de secours.

Avec deux camarades, j'ai passé la nuit à faire le va-et-vient entre nos anciennes positions et cette tranchée allemande pour apporter à boire et toute la bouffe, française ou boche, qu'on pouvait dénicher dans le secteur. Au petit matin, la canonnade s'est tue. Il neigeait. Des bonhommes réclamaient du tabac et de la gnole. J'ai dit comme d'habitude que j'allais tuer père et mère pour leur trouver ça, et c'est en le disant que j'ai compris subitement la question du brave Parle-Mal. L'expression m'était devenue tellement machinale que je n'en avais plus conscience. Aujourd'hui, quand elle m'échappe, je pense au capitaine, ça me fait tout drôle, un peu comme si c'était de lui que j'étais orphelin.

Des Terre-Neuves nous ont rejoints en première ligne un peu avant midi. Ensuite des Écossais en kilt et tablier de cuir, des Anglais et des Irlandais sont arrivés de l'arrière pour nous relever sur toutes nos positions.

Ce lundi soir, rendu au cantonnement, j'ai apporté la soupe au sergent-chef Favart et aux caporaux pendant qu'ils dressaient l'état des pertes. J'ai entendu qu'on détachait, à la date du samedi 6, les condamnés à notre bataillon et qu'on les comptait parmi nos tués au combat. Le caporal Chardolot l'a trouvé saumâtre, et même que ça puait à plein nez l'ouverture d'un parapluie. Le sergent-chef pensait probablement la même chose, mais il a répondu que les ordres étaient les ordres, que La Trouille devait avoir ses raisons et que les choses sont ainsi.

Bien des années plus tard, quand il arrivera à Mathilde de penser à Célestin Poux — ce qui sera somme toute aussi fréquent que de penser à sa propre jeunesse —, ce qu'elle reverra de lui en premier sera ses cheveux blonds et les deux gros ronds de peau rose, bien propres, qu'il gardait autour de ses yeux bleus en débarquant, ce dimanche d'août, à *MMM*. Le reste de son visage n'était que poussière noire. Il avait roulé sur sa moto toute la nuit et presque tout le jour, dormant à peine, mangeant à peine, ne s'arrêtant qu'aux fontaines des villages pour étancher sa soif, dans la seule idée de venir plus vite jusqu'à elle. Le télégramme qui devait annoncer son arrivée n'est parvenu à Mathilde que le lendemain :

Ai déniché le seul des poux de la guerre vous intéressant. Stop. Vous l'envoie à la grâce de Dieu et des moteurs Triumph. Stop. Mes frais en plus évidemment.
Signé : Germain Pire.

Quelques jours après, le cher homme racontera sans vanité à Mathilde comment il a mis la main sur l'une au moins de ses deux proies insaisissables.

Une amazone de ses amies — et même, en un temps, attachée à lui par d'autres liens que l'amitié —, conduisant sa propre auto, est en route pour rejoindre son époux à Saint-Quentin. Elle a un pneu crevé dans la forêt de Compiègne. Plutôt que de salir ses gants, elle attend que quelqu'un passe. Un maraîcher qui retourne chez lui consent à changer sa roue. Elle repart, le nez au vent, mais sitôt sort-elle de la forêt, le pneu de secours, sans doute mal gonflé, l'abandonne aussi. Heureusement, elle se trouve dans un hameau. Malheureusement, on lui apprend que le garage le plus proche est à sept kilomètres, sur la route de Noyon. La devise de la dame est : « Si un homme peut le faire, moi aussi. » Et la voilà partie à pied jusqu'au garage, où elle arrive épuisée, brisée par la chaleur, plus qu'à moitié dépoitraillée. Heureusement, le commis qui la reçoit est un charmant garçon, il lui apporte une chaise, un verre d'eau.

Malheureusement, le patron n'est pas là et on ne vend pas de pneus. Si le patron était là pour le remplacer à la pompe, le charmant jeune homme s'en irait tuer père et mère pour qu'elle reparte, bien chaussée, avant la tombée du jour, et il pense même qu'il n'aurait pas besoin d'être orphelin.

Bref, l'amazone se retrouve à la pompe et le commis s'en va sur une grosse moto. Il revient, après nombre d'aventures, avec la voiture de la dame sur toutes ses roues et, comme elle s'extasie, le patron entre-temps apparu lui déclare, avec un rien de fierté, beaucoup de fatalisme : « Que voulez-vous, c'est Célestin Poux. A la guerre, nous l'appelions la terreur des armées. » La dame ne peut faire moins, ensuite, que de ramener le Célestin Poux à sa moto, abandonnée à sept kilomètres. C'est le soir. Elle n'aime pas conduire la nuit. Elle préfère coucher à Noyon et rejoindre son époux le lendemain. Le plus en plus charmant jeune homme la précède sur sa machine et la conduit à une auberge de la ville, Là, elle ne peut faire moins que de l'inviter à dîner, ce qu'il accepte, et puisque les hommes ne se privent pas d'emmener qui leur plaît dans leur lit, elle aussi.

Selon Germain Pire, qui recueille quelques jours plus tard, à Paris, les confidences de son amie, la nuit fut délicieuse, mais il n'en connaîtra jamais les détails, la dame parle encore qu'il est déjà en route pour Noyon. Le soir même, ayant mis au fait des choses le commis du garage, il envoie son télégramme et du même élan, à la grâce de Dieu et de sa moto, la terreur des armées dans les Landes, les frais d'essence en plus évidemment. Célestin Poux, de son propre aveu, n'en demandait pas davantage pour quitter un endroit où il avait séjourné trop longtemps et Hossegor, après tout, le rapprochait de sa chère île d'Oléron.

Arrivé jusqu'à Mathilde, assise dans son fauteuil, en train de portraiturer des petits chats qui ne tiennent pas en place plus que lui, les présentations faites et avant tout autre discours, il a désiré au moins se laver la figure. Mathilde a demandé à Bénédicte de le conduire à une salle de bains. Il y en a trois dans la baraque. Célestin Poux a trouvé que la pompe du jardin était bien suffisante, c'est tout juste s'il a accepté qu'on lui apporte une serviette. Il s'est lavé à grande eau le visage et le torse, il est allé à sa moto changer de chemise. A l'arrière de sa machine, d'un rouge crasseux, était fixé un caisson d'acier peint de la même couleur, d'un ou deux tons mieux épargnée par la poussière des routes, sur lequel étaient arrimés avec des courroies un grand sac de marin, des bidons, un réchaud à bois, une toile de tente, un buisson de genêts à replanter sur l'île natale. Rien que pour déballer ce barda, n'importe qui aurait perdu le restant du jour, mais il n'était pas n'importe qui, il avait en toutes choses le génie du désordre organisé. Ses ablutions comprises et même le cours de mécanique, inévitable, qu'il a dû fournir à Sylvain, fasciné par son bolide, il lui a fallu cinq minutes, six au plus, pour se trouver assis avec Mathilde sur la terrasse, bien frais, bien propre, dans une chemise bleu ciel, sans col ni manches, prêt à raconter sa vie.

Il a parlé longtemps, avec des silences qui semblaient des calvaires, se levant parfois pour tourner en rond, les mains dans les poches, fumant des cigarettes jusqu'à remplir un cendrier. La nuit est tombée. On a allumé les lanternes de la terrasse et du jardin. Bénédicte, à un moment, est venue apporter une omelette, de la viande froide et des fruits sur la grande table en osier. Elle et Sylvain avaient déjà dîné, ou soupé comme ils ont l'habitude de dire, et ce doit être pareil sur l'île d'Oléron. Célestin Poux, à lui seul, a mangé l'omelette et pratiquement tout le reste. Bénédicte trouve ce monsieur très bien élevé.

Maintenant, il est là, pensif, assis en face de Mathilde, blond, frisé, avec des yeux qu'on dirait ceux de porcelaine d'Arthur, le premier bébé qu'elle a eu quand elle avait quatre ans, il ressemble à son Arthur que c'en est incroyable, le corps massif, les bras costauds et une tête de poupon candide. Quand il sourit, on fond. Mais il ne sourit plus depuis un bon moment, à cause d'elle il est reparti dans sa guerre.

Elle voudrait lui poser tant de questions qu'elle renonce. Elle lui dit qu'il va, cette nuit, dormir à la maison. Elle lui demande si rien ne le presse. Il répond non, qu'un moment il est ici, un autre là, qu'il n'a pas d'obligation, sauf peut-être envers le buisson de genêts qu'il a déterré en route et qu'il lui faudrait replanter assez vite quelque part. Il pensait le faire à Oléron, dans le jardin d'un ami d'enfance, mais il est vrai que, sur son île, ce ne sont pas les genêts qui manquent. Mathilde, sans un mot, tend l'index vers un coin de son jardin à elle, où Sylvain se demandait jusqu'ici ce qu'on pouvait bien planter dont la couleur s'accorde avec des pensées mauves. Célestin-Arthur se retourne, regarde et, sans un mot lui non plus, uniquement par une moue et un mouvement d'épaule, répond que si elle y tient, là ou ailleurs, ça lui est égal, qu'il n'a jamais été contrariant.

Pour le reste, il dit qu'il ne veut pas déranger, que ce n'est pas la peine de préparer une chambre, qu'il a tout ce qu'il lui faut sur sa moto et que la nuit est belle, qu'il dormira très bien dans la forêt, entre le lac et l'océan. Seulement voilà : Mathilde, elle, est contrariante.

Au matin, encore dans son lit, occupée à transcrire ce que Célestin Poux lui a raconté, Mathilde a un coup au cœur en entendant partir la Triumph, elle agite comme une naufragée sa clochette. Bénédicte accourue hausse les épaules : son quartier-maître ne se tenant plus d'essayer la moto, l'invité a complaisamment mis à terre son échafaudage de romanichel et ils sont partis tous les deux faire un tour. Rien qu'à l'entendre pétarader, on devine que cette invention du diable doit dépasser le cent à l'heure. En plus, ils ont planté les genêts dans le jardin et ils étaient si pressés de s'en aller qu'ils ont laissé tous les outils à l'abandon. Mathilde dit : « Nous voilà dans de beaux draps. »

Un peu plus tard, allongée sur la table de massage, elle entend les hommes revenir. Ils se congratulent à qui mieux

mieux dans le jardin. Apparemment, Sylvain a conduit tout du long et la machine s'en tire sans dommage. Mathilde pense qu'ils feraient de bons compagnons si elle demandait à Célestin de rester quelque temps à la villa. Elle referme les yeux sur cette idée.

C'est un spécialiste du sanatorium qui vient la masser maintenant, trois fois par semaine, un grand-gros à lunettes, monsieur Michelot. Le guide-nageur d'autrefois, Georges Cornu, après avoir rasé sa moustache, s'est enfui il y a trois ans avec l'épouse d'un pharmacien de Dax et celle d'un marin-pêcheur de Capbreton, toutes deux heureusement sans enfant, demi-sœurs par leur père de surcroît, ce qui dédramatise quelque peu l'enlèvement. Comme dit Bénédicte : « Ce sont des choses qui arrivent. »

Monsieur Michelot parti, Mathilde prend son petit déjeuner au soleil, sur la terrasse devant le lac. Elle s'est fait apporter par Sylvain son coffret en acajou, d'où elle n'a escamoté que la lettre d'aveux d'Élodie Gordes. Elle a classé le reste dans l'ordre chronologique pour que Célestin Poux s'y reconnaisse.

Il est assis comme la veille en face d'elle, mais la table est rectangulaire, en bois laqué blanc, et c'est Mathilde qui mange, en le regardant lire le récit de sa première rencontre avec Daniel Esperanza. Il ne fait pas de commentaire avant d'avoir fini, mais Mathilde voit sur son visage que des détails oubliés lui reviennent en mémoire et l'attristent.

Il dit, en levant un regard assombri : « Cela me fait bizarre de le voir raconté comme ça, mais c'est bien ce qui s'est passé. Je regrette de n'avoir pas compris à ce moment-là que le sergent Esperanza était si brave homme. »

Ensuite, il confirme à Mathilde que c'est bien le caporal Gordes qui a échangé ses souliers et ses molletières contre les bottes allemandes de l'Eskimo. Ils s'étaient connus dans un autre régiment et fraternisaient. Le caporal Gordes paraissait très affecté par le malheur de son ami.

Pendant la nuit, il voulait même cisailler les fils de fer et aller le rejoindre, le lieutenant Estrangin a dû se fâcher pour lui faire entendre raison.

Il confirme également qu'il a donné lui-même un gant gauche à l'un des condamnés qui n'en avait pas à sa main valide. C'était Manech.

Il ne laisse pas à Mathilde le temps de s'attendrir, il ajoute aussitôt que c'est lui aussi qui a été chargé par le capitaine Favourier d'apporter sa lettre à un vaguemestre et que si Esperanza l'a finalement reçue dans les Vosges, même des mois après, cela prouve que la poste aux armées était moins conne que la plupart des autres services, y compris les états-majors.

Il lit les lettres des condamnés. Commentant celle de l'Eskimo, il dit : « C'est le caporal Gordes qu'on appelait Biscotte. Tant mieux si cette affaire a servi au moins à les réconcilier. » La lettre de Cet Homme le surprend comme elle a surpris Mathilde. Il la lit deux fois, y revient une troisième, l'élève dans sa main pour la montrer, déclarant tout net : « Celle-là est codée, qu'on me tue mon père et ma mère si je me trompe. »

Mathilde lui répond de laisser un moment ses pauvres parents reposer en paix, elle s'est toujours doutée qu'il devait y avoir un code entre Benoît Notre-Dame et sa Mariette, mais peut-il deviner lequel ? Il dit que les époux, les fiancés, les amants avaient tous leur propre système pour tromper la censure. Par exemple, certains mots avaient une seconde signification et, forcément, seul le couple qui la leur avait attribuée pouvait comprendre, même un spécialiste du contre-espionnage s'y serait cassé la tête. Il y avait d'autres méthodes, il en connaît trois qui étaient fréquentes et plus simples à déchiffrer. Le Saut de Puce consistait, en lisant la lettre, à sauter des mots par groupe de deux, de trois, de quatre, ou plus. La Carte du Tendre, c'était de ne lire que les lignes convenues d'avance. Il peut affirmer que Cet Homme n'a utilisé ni l'une ni l'autre de ces méthodes, d'ailleurs Mathilde s'en rendra compte d'elle-même. Il y avait aussi l'Ascenseur, qui était d'aligner les mots sur la page de telle sorte qu'on puisse lire, soit de haut en bas, soit de bas en haut, à la verticale d'un terme-repère décidé une fois pour toutes, une phrase secrète. Malheureusement, si c'était là le code des Notre-Dame, il faudrait avoir l'original de la lettre, la copie d'Esperanza ne voudra jamais rien dire.

Mathilde finit son bol de café au lait. Elle demande à Célestin Poux de lire la lettre suivante, celle que lui a dictée Droit Commun dans la cagna du capitaine Parle-Mal. Autant qu'il s'en souvienne, sauf l'orthographe qui n'a jamais été son fort et qu'Esperanza a corrigée, c'est bien ce que le Marseillais lui a demandé d'écrire. Mathilde dit : « Cette lettre est codée aussi, la marraine de Tina Lombardi me l'apprend elle-même, comme vous le verrez un peu plus loin. Vous vous en étiez rendu compte ? » Il bouge la tête, il répond après un soupir : « Mangez. Laissez-moi lire. »

Au récit qu'elle a fait, sur des feuilles à dessin, des révélations de Jean-Marie Rouvière, il reste silencieux un long moment, debout dans le soleil, regardant le lac et les mouettes qui se rassemblent sur les bancs de sable, à marée basse. Il revient s'asseoir et dit : « Voilà de quoi parlait le capitaine avant de mourir. C'est la grâce de Poincaré que le commandant Lavrouye avait gardée sous le bras. »

« Pour quelle raison ? »

« Est-ce que je sais ? Parce que c'était un fumier, tout simplement, ou parce qu'il voulait mettre les bâtons dans les roues à plus haut que lui, ou parce qu'il voulait faire porter le chapeau à Favourier. N'importe quoi. Si j'apprenais un jour qu'il a refusé d'interrompre un bon dîner pour arranger les choses, je n'en serais pas étonné. »

La lettre de madame Chardolot, la mère de son caporal, le laisse perplexe. Il a côtoyé Urbain Chardolot longtemps encore, après l'affaire de Bingo Crépuscule. En fait, ce n'est qu'au printemps 18 que les hasards de la guerre les ont séparés. Chardolot ne lui a jamais rien dit de ses doutes, ni probablement à personne car les rumeurs allaient vite, au cantonnement ou dans la tranchée, il les aurait entendues.

La terreur des armées

« Vous parliez beaucoup de ce dimanche, entre vous ? »

« Pendant quelque temps, oui. On parlait de l'attaque, des copains morts, des blessés qui avaient au moins la chance d'être renvoyés chez eux. Et puis, je vous l'ai dit, une emmerde chasse l'autre, les jours effacent les jours.

« Mais des cinq condamnés, vous n'en parliez pas ? »

Il baisse la tête. Il dit : « On y aurait gagné quoi ? Même pour les copains morts, on préférait se taire. »

Ensuite, il relit le passage de la lettre où est l'aveu qu'Urbain Chardolot a fait à ses parents, pendant une permission :

Vous avez raison, j'ai dû rêver tout cela, et aussi je les ai vus tous les cinq morts dans la neige, et qu'un au moins, si ce n'est deux, n'était pas celui que je m'attendais à trouver là.

Il dit : « Je n'y comprends rien. Je ne savais pas que Chardolot était retourné le lundi matin à Bingo. Nous étions dans la troisième tranchée allemande, à plus de trois cents mètres sur la droite et près d'un kilomètre plus avant. Pour revenir vers l'arrière, on coupait au plus court. »

« Qui d'autre est revenu vers l'arrière pendant la nuit du dimanche et le lundi matin ? » demande Mathilde.

« Je ne m'en souviens plus. Moi par exemple, avec les blessés ou pour trouver à bouffer. Mais il ne me serait jamais venu à l'idée de me risquer, sous la canonnade, à faire le détour. »

Il réfléchit, il dit : « Beaucoup de monde, le dimanche soir, a dû redescendre, à un moment ou à un autre. On ramenait les prisonniers, on remontait des munitions, on allait aider les mitrailleurs à porter leurs pièces. Il y a eu aussi beaucoup de confusion quand le sergent Favart a pris le commandement. Encore que c'était un gars qui perdait pas la tête dans les coups durs, et on l'a vu quand il était notre lieutenant au Chemin des Dames, il lui fallait s'organiser. »

« Vous m'avez dit que quelqu'un a vu le corps de Manech dans la neige, le lundi matin, tué par une balle de l'Albatros. Celui-là au moins est repassé par Bingo. Qui était-ce ? »

Célestin Poux balance la tête avec désespoir. Trop de

choses arrivaient en même temps, il avait recommencé à neiger, il a oublié quel camarade lui a dit ça, et même si ce n'était pas quelqu'un qui le répétait.

Enfin, après avoir réfléchi encore, il ajoute : « Vous savez, cette phrase de Chardolot a peut-être été déformée par sa mère et elle ne voulait pas dire ce qu'on croit. Elle voulait dire, par exemple, que l'un des condamnés, si ce n'est deux, n'aurait pas dû se trouver là parce qu'il ne le méritait pas. Chardolot pouvait penser à votre fiancé, qui n'avait plus sa raison, et aussi à l'Eskimo, parce que l'Eskimo se prétendait innocent. »

Mathilde admet que la phrase de Chardolot a pu être déformée, mais pas au point de lui donner un autre sens. Qu'il lise la lettre de Véronique Passavant et le récit de sa rencontre avec Tina Lombardi, au début de mars 1917, deux mois à peine après Bingo. Il l'a déjà fait. Il dit que des femmes de toute condition couraient la zone des cantonnements, en quête de renseignements pour retrouver leur disparu. Elles n'étaient souvent que les dupes de soldats ou d'habitants qui leur disaient ce qu'elles voulaient croire, pour quelques louis, une montre, une faveur. Il n'aimerait pas choquer Mathilde, mais beaucoup appelaient ces malheureuses d'un nom obscène, il en a autant entendu se vanter, avec des rires gras, de s'être débraguetté pour une petite bourgeoise crédule que d'avoir eu gratis une des semblables de Tina Lombardi.

Il fouille le tas de papiers, ramène à lui une feuille à dessin de Mathilde. Il dit : « Regardez. Vous-même, vous dites qu'elle s'est trompée. Elle a dû apprendre, je ne sais comment, que son Droit Commun avait été emmené à Bingo avec quatre autres, dont l'un portait des bottes prises à un Boche. Elle a dû apprendre, je ne sais comment, que celui-là était l'Eskimo. Elle a dû apprendre que, le lundi, un blessé de Bingo, portant des bottes allemandes, a été vu à l'ambulance de Combles, avec un autre blessé plus jeune, elle en a déduit que c'était l'Eskimo à coup sûr, et peut-être son bonhomme. Elle s'est trompée. Vous avez raison. Les bottes, c'est le caporal Benjamin Gordes qui les avait aux pieds. Le plus jeune, je sais qui c'est, un Marie-Louise des Charentes, comme moi, dont je n'ai peut-être jamais su le nom, on l'appelait La Rochelle. Pendant la nuit, ils étaient partis tous les deux ramener des prisonniers à l'arrière. En revenant, ils ont dû avoir des mots avec des chaudrons ou des mitrailles égarées, parce que j'ai entendu, dans la tranchée, des brancardiers qui les avaient rencontrés en route. Les brancardiers demandaient si on était bien la compagnie du caporal Gordes. Ils nous ont dit qu'il était touché à la tête et pissait le sang, mais qu'il portait sur le dos un jeune encore plus mal en point qui s'appelait Rochelle ou de La Rochelle et qu'il allait, dans ses bottes allemandes, au poste de secours. »

Mathilde se tait.

Un peu plus tard, Célestin Poux lit que Benjamin Gordes a été tué, juste avant d'être évacué, dans le bombardement de Combles. Il dit : « Pauvre caporal Biscotte. Je ne l'ai jamais vu le bouchon à la rigole, il était même plus triste par-derrière que par-devant, mais c'était un brave bonhomme, je ne l'ai jamais vu non plus faire chier quelqu'un. »

Il pense à Biscotte. Il n'a plus de cigarettes. Il froisse et défroisse le paquet vide. Il raconte : « Une fois, au cantonnement, je l'ai trouvé en train de réparer une chaise. On a parlé, pendant qu'il travaillait. Il m'a dit qu'il avait une femme et cinq enfants. Il m'a énuméré les prénoms des gosses. J'ai oublié. Tout ce que je me rappelle, ce sont ses doigts. Ils étaient comme ceux d'un bijoutier. J'ai compris qu'avant toute cette saloperie, il était au moins général à quatre étoiles chez les ébénistes. »

Mathilde dit : « Frédéric, Martine, Georges, Noémie, Hélène. Il y a un paquet de bleues entamé dans le tiroir de gauche du buffet, à l'intérieur. Sylvain les y a laissées depuis qu'il ne fume plus. »

Dans l'après-midi, sur l'autre terrasse, Mathilde essaie à nouveau de peindre les petis chats, mais sans modèles, ils sont allés jouer à cache-cache dans les buissons ou faire la sieste. Célestin Poux lit et relit les feuilles de son pensum. Pour ce qui le concerne, dans les lettres qu'elle a reçues, il dit : « C'est des médisances. Je me débrouillais, d'accord, mais je n'ai jamais trompé personne et c'était toujours un prêté pour un rendu. Le tonneau de soupe, par exemple, n'était qu'une grosse marmite à peine bonne à remplir deux bouteillons, et j'étais de mèche avec les cuistots, ils disaient la vérité. Le dîner des planqués de l'état-major, qui me lancerait la pierre ? Ceux de mon escouade, sûrement pas. C'était un fameux gigot, bien rôti au-dehors, tendre et saignant à l'intérieur. Et les pêches au sirop, une merveille. C'était aussi bien dans notre ventre que dans celui de ces pète-sec prétentieux. Et j'ai donné trois paquets de gros Q à un tampon pour le tuyau. »

Plus tard, repoussant tout sur la table en osier, il dit merde, qu'il en a « la tête pleine comme un melon », que maintenant il ne sait plus et doute de tout, même de ce qu'il a vu et entendu pendant cette saleté de dimanche, mais qu'il est bien certain d'une chose, c'est que si l'un des cinq qu'on avait jetés dans la neige du bled a pu se sortir de là, ce ne peut être que Cet Homme.

« Pourquoi ? » demande Mathilde, sèche, en se tournant vers lui.

Il est fatigué. Il a les joues rouges. Il hausse les épaules, sans la regarder. Il dit : « Parce que la guerre dont on parle dans toutes vos paperasses, je ne la reconnais pas, c'est à croire que je n'ai pas fait la même. » Il répète, plus fort : « Merde ! » Ensuite, il a honte, il se calme. Mathilde reste à le regarder, son pinceau en suspens. Il baisse la tête. Il dit : « Pour sortir de là, il fallait tout de suite se trouver un bon trou et, comme l'avait conseillé le capitaine Favourier, la boucler. Il fallait rester dans ce trou toute une nuit, tout un jour, sans jamais plus attirer l'attention de personne, manger de la neige, faire ses besoins sans pouvoir bouger un orteil, attendre. Or Six-Sous chante *Le Temps des cerises*, Manech construit un bonhomme de neige, Droit Commun veut se rendre, l'Eskimo descend un biplan à la grenade. Il n'y a que lui, Cet Homme, des cinq le plus fort, le plus calme, je le sais, je l'ai vu dans la cagna et puis après, qui pouvait s'en sortir. Mais il ne s'en est pas sorti non plus, je vous le dis, il en tombait trop, il en tombait trop. Vous comprenez ? Il en tombait trop sur Bingo et le bled devant. Même nous, qui étions dans un bien meilleur abri que lui, on se faisait massacrer, on a décarré. »

Mathilde ne se laisse jamais prendre à la lassitude des autres. Cela lui vient peut-être de ce qu'elle aussi, depuis tant d'années, est obligée de faire bien des choses « sans pouvoir bouger un orteil ». Mais elle commence à aimer Célestin Poux, elle lui rend sa liberté pour un moment.

La tête pleine comme un melon, il court plonger dans le lac. Elle le regarde nager d'une fenêtre de sa chambre. Il a passé un maillot à bretelles de Sylvain. Il nage bien, mais pas aussi bien que Manech. Elle se dit qu'il y a longtemps qu'elle ne nage plus — qu'elle ne flotte plus, si l'on préfère — avec des blocs de liège à ses chevilles. Elle voudrait de toutes ses forces entendre, encore une fois, nager Manech, même pas le voir, elle n'en demande pas tant, seulement écouter les battements réguliers de ses bras et de ses jambes dans l'eau du lac, par un paisible soir d'avril.

Waouh ! Il crie, parce que l'eau est froide, et puis il nage, elle l'entend, elle l'entend.

A un moment, Bénédicte entre dans la chambre, apportant le coffret en acajou. Mathilde voit, par la fenêtre, que Sylvain a rejoint Célestin dans l'eau, ils se battent pour se faire boire la tasse. Bénédicte, près d'elle, pousse un soupir résigné. Elle dit que les hommes, dès qu'ils sont ensemble, qu'ils aient trente ans comme cinquante, c'est plus fort qu'eux, ils redeviennent des enfants.

Le soir, on dîne à quatre dans la grande salle, toutes les portes-fenêtres ouvertes. Mathilde dit qu'il serait bien que son père engage Célestin pour s'occuper de la Delage et aider Sylvain. Il y a un long silence. Ils ont tous les trois le nez dans leur assiette. Elle dit, sans en penser un mot, simplement pour être gentille : « Si Célestin est d'accord, évidemment. »

Arthur-Célestin lève ses yeux de porcelaine vers elle, il la regarde longtemps. Il demande : « Mademoiselle Mathilde, est-ce que je peux vous tutoyer ? Je suis très mal à l'aise de dire vous aux gens, surtout à ceux qui me plaisent. Quand je parle à une seule personne, j'ai l'impression de faire une faute de français. »

Elle répond : « Il m'est bien égal qu'on me dise tu ou vous, pourvu qu'on me dise des choses intéressantes. Moi, je vous dis vous, Célestin, parce que j'ai peur de t'avoir, depuis hier soir, beaucoup ennuyé. »

Il sourit, de ce sourire qui fait fondre. Il se remet à manger. Il dit à Bénédicte que c'est bon. Elle est contente. Il y a un nouveau silence. Mathilde demande à Sylvain ce qu'il en pense. Sylvain pense que tout ça est catastrophique, oui, catastrophique. Il éclate de rire et Célestin aussi. Bénédicte, sans même comprendre, suit le mouvement. Mathilde reste seule avec la mine longue, à les regarder comme s'ils étaient trois pauvres gens.

A la fin, parce qu'elle déteste être exclue, même d'un éclat de rire bête, elle tape sur la table à faire trembler les assiettes. Elle dit — elle crie presque — à Célestin Poux : « Je veux que tu m'emmènes là-bas ! Tu as compris ? Je veux voir de mes yeux cette saleté d'endroit ! »

Encore un silence. Arthur-Célestin la regarde, les joues rouges. Et puis, il dit : « Où tu crois que nous sommes allés, ce matin, avec Sylvain ? Nous renseigner à la gare de Labenne. On part mercredi, toi et Sylvain par le train, moi avec la Delage, parce qu'on en aura besoin. Si j'arrive avant vous, je vous attendrai à la gare de Péronne. Sinon, je vous retrouverai à l'hôtel que Sylvain m'a dit, l'*Auberge des Remparts*. C'est pas la peine de faire tant d'histoires avec des hommes aussi intelligents que nous. »

Mathilde avance ses roues, lui tend la main par-dessus la table. Elle renverse, ce faisant, la bouteille de vin, et Bénédicte bisque. Sylvain, lui, lisse ses moustaches rousses, d'un pouce et d'un index très émus.

La tranchée d'en face

C'est un champ immense, fraîchement moissonné, avec deux ormes tronqués aux basses branches feuillues, cernés de gourmands, un petit ruisseau qui coule sans bruit sous un pont de bois, une colline verdoyante pour horizon.

Sylvain et Célestin Poux emmènent Mathilde à la découverte dans une chaise à porteurs. La chaise est sa vieille trottinette transformée par devinez-qui, à l'aide d'écrous à ailettes et de deux barres d'acier. Comment devinez-qui s'est procuré les barres, c'est des médisances. Mathilde, balancée comme une impératrice, voit toutes choses d'en haut, dans l'implacable soleil d'août. En robe blanche de dentelle, sous une capeline garnie d'un foulard de soie rose et son ombrelle ouverte, elle se fait l'effet d'être en Afrique, à la chasse au chagrin.

Le monsieur Dondut Alphonse, propriétaire des quarante hectares alentour, qui fait le guide, s'arrête soudain et dit avec l'accent de ch' Nord, en frappant le sol de ses gros souliers : « Ça !... C'est ici, mademoiselle, c'est exactement ici que se trouvait Bingo, face à la tranchée Erlangen des Boches. » Il regarde son domaine avec des yeux vindicatifs, sans amour. Sort de sa poitrine un gros soupir. Il dit : « Les deux arbres, je les ai laissés pour garder quelque chose à voir aux visiteurs de la guerre. Pour pas cher, s'ils veulent, la femme leur sert dans ma maison la soupe aux choux avec le poivre noir et, pour le même prix, le fromage et le vin. Si le cœur vous en dit, tout à l'heure, vous êtes tous les trois bien servis. Ça !... Le pont, c'est moi qui l'ai reconstruit, avec mon gendre. Les Huns, figurez-vous, ils avaient détourné le ruisseau à leur profit, loin au levant, derrière les buttes. Ça !... J'en ai vu, des misères. »

On dépose Mathilde. Célestin Poux part vagabonder. Il ne reconnaît rien. De loin, il crie : « Il y avait des briques, un mur effondré à cet endroit. Qu'est-ce que c'était ? » Monsieur Dondut ne sait pas. Il a acquis les terres en 21, les tranchées étaient comblées, les terres déjà retournées. C'est même en retournant les terres que son prédécesseur a trouvé la grenade qui lui a emporté le bras droit. Il ajoute : « Il ne se passe pas de semaine sans qu'on apprenne que quelqu'un a explosé. Ça !... Cette guerre-là n'a pas fini de tuer, vous verrez, elle a encore de belles années devant elle. »

Mathilde essaye en vain d'imaginer un champ de bataille. Elle demande où l'on peut trouver l'ancien propriétaire. Monsieur Dondut lui dit qu'avec l'argent de son bien, celui-ci s'est installé cabaretier près de Montauban-de-Picardie, sur la route de Fricourt. Il dit : « Vous demanderez le *Cabaret Rouge.* Vous demanderez le Manchot. Son nom, c'est Deprez Hyacinthe, mais si vous demandez le Manchot, c'est meilleur. » Ensuite, il regarde à nouveau ses champs, l'air de se retenir de leur cracher dessus, il a de l'ouvrage qui attend, il souhaite à Mathilde une bonne journée, il s'en va.

Mathilde reste là une heure, sans réussir à superposer à la réalité le décor qu'avait bâti son imagination. Huit étés déjà. En juillet, probablement, fleurissaient par centaines les coquelicots. Avant que le découragement la gagne, elle agite son ombrelle pour faire signe à Sylvain et Célestin, qui sont deux silhouettes minuscules en haut de la colline, de revenir. Elle compte, à sa montre de poignet, qu'ils mettent moins de six minutes pour arriver jusqu'à elle. Célestin dit : « Là-haut, nous étions à la troisième ligne des Boches, celle qui nous a fait perdre tant de monde. » Elle répond : « C'est moins loin que tu le disais. Il n'est pas difficile de comprendre que même dans la neige, même dans la nuit, même sous les obus, Benjamin Gordes est forcément revenu voir ce qu'il pouvait faire encore pour son ami l'Eskimo. » Et comme le Célestin n'a pas l'air convaincu, elle ajoute avec l'accent traînant de monsieur Dondut : « Ça !... »

Ils prennent leur repas de midi au *Cabaret Rouge.* Ils sont les seuls clients. Les murs sont tapissés des souvenirs de la guerre. Dans le bâtiment voisin, où il habite avec son épouse, le Manchot, cinquante-cinq ans, fort comme un gorille, habillé de gris transpirant, les moustaches à la gauloise sur un visage taillé à la serpe, s'est installé une sorte de musée. L'entrée, ainsi qu'il est affiché au-dessus du comptoir, en coûte cent sous pour les intéressés, cinquante pour les enfants et les vieux, rien pour les braves bonhommes qui ont vécu la boucherie. Il dit, s'esclaffant, à Célestin Poux : « C'était donc toi qu'on en parle encore, Rab de Rab, le soldat Toto, la merveille qui rapportait à manger le gigot des officiers à son escouade ? Ah, tope là, mon gars ! Comme je suis fier que tu sois venu chez moi ! » Et je t'embrasse sur une joue, et je t'embrasse sur l'autre. Les hommes qui s'attendrissent, pense Mathilde, sont encore plus écœurants que les vieilles femmes fardées.

Elle mange néanmoins de bon appétit. Quelque part, dans sa petite cervelle amorphe, est né un songe. A la fin de ce dimanche de neige, dans le noir, Benjamin Gordes et le jeune La Rochelle, ayant ramené des prisonniers allemands, reviennent vers leurs lignes. Le caporal dit au Marie-Louise : « Suis-moi. Cela ne fait à peine qu'un demi-kilomètre de détour dans les boyaux pour que je revoie mon ami et que, s'il est vivant, je le sauve. » Et les voilà partis tous les deux dans les grandes gerbes de feu, les éclatements d'obus, le vacarme de cette nuit où, peut-être, Manech agonise encore.

Le Manchot, Hyacinthe Deprez, lui dit : « J'ai retrouvé

mes champs et les ruines de ma ferme en avril 17, après que les Boches, pour raccourcir leur front, s'étaient repliés quarante ou cinquante kilomètres en arrière, sur leur position Siegfried. Le pays était traversé par des Britanniques de partout, même des Indiens des Indes avec leurs turbans, des Australiens et des Néo-Zélandais, des Écossais, des Irlandais et des Anglais d'Angleterre. Je n'ai jamais entendu spiker english de ma vie comme en 17 et 18, et c'est fatigant, mais ce sont les plus vaillants soldats qu'on puisse voir, si l'on excepte mon camarade Célestin Poux et le général Fayolle. Parce que j'ai lu beaucoup de livres qui racontent la guerre et ma religion est faite, si quelqu'un a été près de percer, c'est bien Fayolle sur la Somme, pendant l'été et l'automne 1916. »

Célestin Poux se déclare tout à fait d'accord. Émile Fayolle, de loin, est son général préféré. Il l'a vu de ses propres yeux. Une fois, à Cléry, pas loin d'ici, Fayolle lui a parlé. Il lui a dit quelques mots inoubliables dont il ne se souvient pas. Oui, c'était un homme de cœur. Là-dessus, on passe en revue les généraux. Mangin était un sauvage. Pétain est le vainqueur de Verdun mais il était dur, imbu de sa personne. Le Manchot ajoute : « Sûrement hypocrite. » Foch était dur aussi. Joffre vieillissait. Nivelle s'est perdu pour toujours au Chemin des Dames. Sylvain, qui boit son vin comme les autres, intervient pour dire que lui aussi, il a lu des livres, qu'il ne faut pas jeter la pierre à Nivelle, il a manqué de chance, il est passé tout près de la victoire. Après, tout de suite après, parce qu'il vaut mieux que ça, il ajoute : « Je m'en fous, de la victoire. Tous, tant qu'ils sont, ils ont fait massacrer trop de gens. » A quoi le Manchot répond que c'est bien vrai. Célestin Poux, qui veut toujours avoir le dernier mot, conclut : « N'empêche que c'était Fayolle, le moins mauvais. Encore heureux que tous ces politicards lui aient donné son bâton. »

Avant cette orgie de futilités, Mathilde apprend néanmoins des choses intéressantes. Le restant du mur de briques, effondré devant Bingo, était l'emplacement d'une petite chapelle, depuis des lustres abandonnée, qui servait à Hyacinthe Deprez de débarras pour ses outils. Au-dessous était une petite cave basse. Lui-même n'était pas rentré au pays, quand on a trouvé dans son champ les corps des cinq soldats français enterrés là par les Britanniques, il était réfugié avec sa femme chez son frère cadet, marchand de biens à Compiègne. Il s'est laissé dire que c'est la petite drôlesse de ses voisins, les Rouquier, qui, vadrouillant dans les tranchées dévastées, en quête de souvenirs, a découvert la tombe, alerté des soldats et reçu une belle paire de claques de sa mère pour récompense de sa bonne volonté. Autant qu'il s'en souvienne, l'enfant s'appelait Jeannette, elle doit aller sur ses dix-sept ou dix-huit ans. Il dit : « C'est miracle si elle n'est pas morte ce jour-là. Les démineurs n'avaient même pas encore déblayé le plus gros et quand ils l'ont fait, il y avait de quoi exploser un village. »

Avant de repartir, on emmène Mathilde dans sa chaise à porteurs jusqu'au musée à côté, alors qu'elle n'a hâte que de retourner à Bingo et de trouver les Rouquier. C'est une grande salle flanquée de niches en maçonnerie où, sous des lumières électriques de cauchemar, l'attendent des mannequins grandeur nature de soldats français, britanniques et allemands, habillés d'horreur, avec leurs sacs et leurs armes, leurs yeux sans regard, leur immobilité terrible. Le Manchot est très fier de son œuvre, il y a investi ses économies et l'héritage de ses descendants jusqu'à la quinzième génération. Il montre à Mathilde, sur une grande table de ferme plantée au milieu, couverte de boutons d'uniformes, de pattes d'épaule, d'insignes, de couteaux, de sabres, tout bien rangé, une boîte en métal, rouge, de cigarettes ou de tabac Pall Mall, il dit : « C'est une pareille à celle-là que la drôlesse a trouvée dans mon champ, enfoncée dans la tombe des cinq soldats. Dedans, m'a raconté sa mère, un des Canadiens qui les ont enterrés avait eu la bonté de mettre un mot écrit pour ne pas les abandonner sans épitaphe. »

L'air de la route, ensuite. Mathilde, qui ne Le dérange que dans les moments où elle ne peut faire autrement, demande au Bon Dieu de ne jamais lui infliger, dans ses nuits, de rêver de ce musée, même si elle est méchante, même s'il lui arrivait encore d'imaginer qu'elle fait écarteler, par des chevaux de uhlans à tête de mort, un sergent de l'Aveyron nommé Garenne, comme les lapins.

La ferme des Rouquier, que Célestin Poux trouve vite, sans besoin d'être orphelin, est une bâtisse de pierre, de brique, de broc, de ciment, rebouchée partout, tenue debout par de grandes poutres entre lesquelles on fait sécher le linge. Madame Rouquier dit que sa fille est partie avec le gros ventre et un vagabond lensois en Normandie, qu'elle a reçu une carte de Trouville, lui apprenant qu'elle allait bien et faisait des ménages, qu'elle accoucherait en octobre. Sylvain et Célestin restent dans la cour à jouer avec les chiens. Mathilde boit un verre de limonade dans une cuisine proprette qui sent le bouquet d'ail pendu au plafond, comme dans le Midi, c'est bon pour le cœur et ça écarte le Diable.

La petite Jeannette a déterré la boîte de Pall Mall. Elle avait dix ans, elle savait lire. Elle a couru sur la route et rencontré des soldats. Elle est revenue à la ferme et a pris la juste paire de baffes qu'elle méritait pour s'en aller courir comme un poilu au milieu des saletés qui explosent. A partir de là, madame Rouquier prétend avoir tout vu. Elle est allée trouver les soldats qui ouvraient la tombe, dans le champ de Hyacinthe Deprez. On a tout de suite apporté cinq cercueils de bois blanc pour y mettre les cadavres.

Elle dit à Mathilde : « Évidemment, ils n'étaient pas beaux à voir. » Mathilde répond froidement : « On s'en doute. » En tout cas, ils étaient tous les cinq sous une grande bâche brune, qui un pansement à la main gauche, qui un pansement à la main droite. Madame Rouquier ne pouvait pas s'approcher de trop, surtout que d'autres gens du voisinage étaient venus et que les soldats commençaient à la trouver mauvaise, mais elle a tout entendu, tout. Elle sait, par exemple, que l'un des malheureux tués s'appelait Notre-Dame et un autre Bouquet, comme un bouquet de roses, et encore un autre avait un nom italien. Celui qui commandait les soldats, un caporal ou un sergent, elle n'a jamais su reconnaître les grades, lisait tout haut les noms et l'année de la classe sur les plaques militaires des morts, avant qu'on les mette dans leurs linceuls, et elle s'en souvient, le plus jeune devait avoir tout juste vingt ans.

On a emmené les cercueils dans un camion à chevaux. Il faisait froid. Les sabots et les roues glissaient dans les ornières glacées. C'est alors qu'un des soldats, un Parisien mauvais, s'est retourné pour crier aux gens qui se trouvaient là : « Bande de vautours, va ! Vous n'avez donc rien de mieux à faire que de reluquer la mort ? » Certains ont été tellement outrés qu'on les traite ainsi qu'ils s'en sont plaints au maire, rentré depuis peu, mais lui s'est fait traiter bien pire par l'officier à qui il présentait la chose, l'autre lui a dit de se trouver un violon pour pisser dedans, vous vous rendez compte, pisser dedans, que ce serait tout pareil que d'user sa salive avec lui. Ensuite, en avril, ces soldats sont partis, les Anglais avaient plus de politesse. Ou alors, c'est qu'on ne les comprenait pas.

Un peu plus tard, une brise s'est levée qui agite les feuilles des deux ormes de Bingo Crépuscule. Mathilde a voulu revenir là une dernière fois. Célestin Poux lui dit : « Tu te fais du mal. A quoi ça sert ? » Elle n'en sait rien. Elle regarde les feux du couchant éclairer la colline. Sylvain est parti dans l'auto chercher de l'essence. Elle demande : « Ce gant que tu as donné à Manech, il était comment ? » Célestin lui dit rouge, avec des bandes blanches au poignet, tricoté par une copine d'enfance, à Oléron. Comme il hésitait à se séparer d'un souvenir de sa copine, il a porté l'autre à sa main droite le reste de l'hiver, assorti à un gant d'officier, en chevreau beurre-frais, dont il avait trouvé la paire quelque part.

Elle l'imagine facilement avec un gant de laine rouge et un autre de cuir beurre-frais, le casque sur la tête, chargé de ses musettes, de son bouthéon et de ses boules de pain. Elle le trouve très émouvant. Il demande : « Pourquoi veux-tu savoir comment était mon gant ? La dame Rouquier t'a dit

qu'un des cinq enterrés ici le portait ? » Elle répond :
« Justement non. » Il réfléchit : « Elle ne l'a peut-être pas
remarqué. Elle a peut-être oublié. Ou bien Manech ne l'avait
plus. » Mathilde pense que pour un gant aussi voyant, cela
fait beaucoup de peut-être. Il reste encore un instant
silencieux, debout à côté d'elle. Il dit : « Quand il faisait son
bonhomme de neige, Manech l'avait, c'est vrai. La dame
Rouquier n'a pas vu les choses d'aussi près qu'elle le dit,
voilà tout. »

Il marche dans le champ. Elle devine qu'il essaye de se
repérer aux arbres et au lit du ruisseau pour arriver à
l'endroit du bonhomme de neige. Il est à cinquante, soixante
mètres d'elle. Il crie : « Le Bleuet était ici quand les
camarades l'ont vu tomber. Ils ne l'ont quand même pas
inventé ! »

Mathilde s'est attachée au soldat Toto. Il est compréhensif
avec elle et peu avare de son temps. En plus, il a porté tout
un hiver des gants dépareillés pour aider Manech. Sinon,
elle l'enverrait volontiers se trouver un violon.

Ce soir-là, vendredi 8 août 1924, à l'*Auberge des Remparts*
de Péronne, trois événements se produisent en moins d'une
heure, si bouleversants pour Mathilde qu'elle aura toujours
de la peine, dans son souvenir, à les dissocier, ils seront le
même éclair du même orage.

D'abord, quand elle se met à table dans la salle à manger,
une jeune femme de son âge vient vers elle, en robe beige et
noir sous un chapeau cloche, et se présente, parlant français
presque sans accent. Elle est mince, pas très grande, brune
aux yeux bleus, ni laide, ni jolie, autrichienne. Elle voyage
avec son époux, qu'elle a laissé à l'autre bout de la salle finir
ses écrevisses, qui, lui, est prussien, employé des douanes, et
se lève tout droit quand Mathilde regarde dans sa direction,
pour la saluer d'un rigoureux mouvement de tête. Elle
s'appelle Heidi Weiss. Elle a su par un maître d'hôtel que

Mathilde a perdu son fiancé dans une tranchée nommée Bingo Crépuscule ou Bing au Crépuscule, ou plus probablement Byng au Crépuscule, car un général anglais redoutable portait ce nom, elle s'est arrêtée aujourd'hui pour aller prier sur la tombe de son frère Gunther, qui a été tué devant Bingo lui aussi, à l'âge de vingt-trois ans, le premier dimanche de janvier 17.

Mathilde fait signe à Sylvain d'approcher pour la jeune Autrichienne une chaise. Heidi Weiss s'assoit en demandant aux deux hommes s'ils ont été mobilisés. Ils disent oui. Elle dit qu'il ne faut pas lui en vouloir si elle ne peut leur serrer la main comme à Mathilde, son frère est mort, ce ne serait pas décent, et son époux, qui est d'une famille traumatisée par la défaite, lui en voudrait pendant des semaines.

Sylvain et Célestin disent qu'ils comprennent, qu'ils ne sont vexés en rien. Elle est néanmoins heureuse d'apprendre que Sylvain était aux approvisionnements de la marine, à Bordeaux, qu'il n'a jamais vu en face un Allemand que prisonnier de guerre et ne s'est battu qu'avec sa sueur. Célestin Poux, lui, se tait. Elle insiste, angoissée, les larmes venant déjà : « Vous étiez là, vous aussi, le même jour ? » Il répond d'une voix douce, en la regardant, qu'il y était, oui, et qu'il se tient pour un bon soldat qui a fait son possible, mais que de toute la guerre, autant qu'il le sache, il a tué deux soldats ennemis, l'un à Douaumont, devant Verdun, en 1916, l'autre dans la débâcle du printemps 18. Mais qu'elle parle, il a peut-être vu son frère.

Gunther, si elle a bien compris le feldwebel qui lui a raconté Bingo après la guerre, a été tué par les Français à la fin du jour, le dimanche, dans une tranchée de deuxième position où il servait un fusil-mitrailleur.

Célestin Poux dit : « C'est vrai. Deux sont morts, et les autres, sans munitions, se sont rendus. Le feldwebel, je le revois encore, c'était un grand gaillard aux cheveux jaunes. Il avait perdu son casque, les cheveux lui tombaient sur les yeux. Ce sont des grenadiers, pour faire taire le fusil-mitrailleur, qui ont tué votre frère, mais personne ne peut plus en vouloir à personne, dans cette saloperie. »

Heidi Weiss comprend le mot saloperie. Elle bouge la tête pour dire oui, les lèvres serrées à perdre leur couleur, les yeux clos.

Elle se reprend, elle dit à Mathilde le nom du feldwebel qui commandait à son frère et qui est venu, en 1919, lui raconter sa mort : Heinz Gerstacker. Il lui a dit que les Français avaient jeté cinq des leurs, sans armes, blessés à une main, dans la neige. Il lui a dit qu'au début du dimanche, il avait fallu envoyer des estafettes à l'arrière pour avoir des ordres, parce que le téléphone avait été détruit pendant la nuit par un mortier de tranchée. Il lui a dit d'autres choses qu'elle a oubliées, mais elle se rappelle bien un détail qui l'a frappée : ramené prisonnier dans les lignes françaises, Heinz Gerstacker a vu sur le terrain, dans un trou, un des cinq morts — parce que tous les cinq étaient morts — qui était resté à genoux, dans une attitude de prière.

Mathilde, glacée, se tourne vers Célestin Poux. Il demande à Heidi Weiss : « Votre adjudant, là, nous l'avons ramené dans nos lignes à quel moment ? C'était le dimanche dans la nuit ou le lundi matin ? » Elle répond : « Il nous a toujours parlé du dimanche et de la nuit. Mais je sais où le trouver, en Allemagne. Je lui écrirai ou j'irai le voir pour lui apprendre que je vous ai rencontrés. »

Mathilde dit : « Il ne vous a pas parlé du plus jeune des cinq, mon fiancé, celui qui a construit d'une seule main, entre les deux tranchées, un bonhomme de neige ? Cela, vous devez bien vous en souvenir ? » Heidi Weiss ferme les paupières, les lèvres pressées, elle bouge lentement la tête pour dire oui. Après quelques secondes, sans regarder Mathilde, les yeux sur un coin de nappe, ou un verre ou n'importe quoi, elle dit : « C'est un de nos avions qui a tué votre fiancé, je vous jure que personne, dans la tranchée des nôtres, ne voulait cela. Vous devez le savoir, il n'avait plus son bon sens. Et puis, tout à coup, celui des cinq le mieux caché a jeté une grenade sur cet avion et l'a abattu, Heinz Gerstacker nous l'a raconté, et alors les ordres sont arrivés d'évacuer nos tranchées pour laisser libre l'artillerie. »

Personne ne mange. Heidi Weiss demande un bout de papier, un crayon, pour noter l'adresse de Mathilde. Elle répète que son époux va lui en vouloir pendant des semaines. Mathilde touche sa main sur la table et lui dit : « Allez, mais insistez auprès de ce feldwebel pour qu'il m'écrive. » Elle commence à trouver à Heidi Weiss de beaux yeux tristes. Elle tourne ses roues pour la regarder rejoindre son mari. L'Autrichienne a le port élancé d'une biche de ses montagnes, le chapeau cloche des nanas de Montparnasse. Le mari se lève à nouveau pour saluer sec. Sylvain dit, reprenant des pommes sautées refroidies : « C'est quand même une connerie morveuse cette guerre. Un jour, si ça se trouve, nous en serons revenus au même point qu'avant, bien obligés d'être copains avec tout le monde. »

Dans les minutes qui suivent, le garçon de restaurant attaché à leur service, que Mathilde a fini par connaître, qu'on appelle Fantomas parce qu'il parle toujours à l'oreille des gens, avec des airs de conspirateur, vient souffler à Sylvain qu'on le demande au téléphone.

Quand Sylvain revient, il est sans yeux. Mathilde veut dire qu'il a les yeux creux, sans regard, qu'il est enfermé en lui-même par quelque chose qui le dépasse. Il tient un journal plié dans la main. Il s'assoit. Il le donne à Célestin Poux.

Au téléphone était Germain Pire, qui lui a dit de se procurer un journal du matin, de ménager les nerfs de Mathilde. Célestin Poux regarde le journal plié, lit, le pose sur ses genoux, en disant : « Merde ! » Mathilde bouge ses roues, elle veut le lui arracher. Il dit : « S'il te plaît, s'il te plaît, Matti, s'il te plaît. » Après, il dit : « Cette Tina Lombardi a été guillotinée hier matin, on l'appelait la Tueuse d'Officiers. »

Le troisième événement se produit alors que Mathilde est dans la chambre, avec Sylvain qui, en voyage, ne la quitte jamais. Elle a lu et relu un article de vingt lignes relatant l'exécution, dans une cour de la prison de Haguenau, en Alsace, d'une Marseillaise de trente-trois ans, nommée Valentina Emilia Maria Lombardi, alias Emilia Conte, alias Tina Bassignano, condamnée à mort pour l'assassinat d'un colonel d'infanterie, héros de la Grande Guerre, François Lavrouye, à Bonnieux, dans le Vaucluse, soupçonnée de quatre autres meurtres d'officiers dont elle n'a jamais accepté de rien dire. Elle est morte, selon la formule du rédacteur anonyme de l'article, « refusant les sacrements de l'Église, mais gardant jusqu'au couperet une remarquable dignité ». A son exécution, pas plus qu'à son procès, « pour des raisons qu'il est aisé de comprendre », le public n'a été admis.

Il est peu avant dix heures, Sylvain, en bras de chemise, est assis près de Mathilde, allongée sur son lit. On vient le demander. Cette fois, c'est Pierre-Marie Rouvière qui appelle au téléphone. Sylvain enfile sa veste et descend à la réception. Mathilde continue de penser à madame Paolo Conte, née Di Bocca, à son mari mort d'avoir trop travaillé dans les mines, à Ange Bassignano qui voulait se rendre et à reçu, d'un des siens, une balle de fusil dans la nuque, aux pauvres pérégrinations de Tina Lombardi, à son col et à son bonnet de castor, à son serment insensé de « faire sauter la caisse à ceux qui avaient fait du mal à son Nino », à l'horreur de la cour d'une prison dans un petit matin d'août.

Quand Sylvain revient dans la chambre, elle pleure, étendue sur le dos, elle n'en peut plus, elle avale ses larmes, elle étouffe.

Sylvain, son second père, la calme, lui dit : « Sage, Matti, sage. Tu ne t'es pas découragée, tu arrives au bout. »

Pierre-Marie Rouvière a reçu, dans l'après-midi, l'avocat de Tina Lombardi. Celui-ci, qui le connaît, qui sait qu'il est le conseiller de Mathieu Donnay, veut voir Mathilde. Il a pour elle une lettre restée close, qu'il est chargé de lui remettre en main propre.

Mathilde renifle un bon coup, fait la forte. Elle dit qu'elle se lavera les mains deux fois avant de la prendre.

Les amoureux
de la Belle de Mai

Haguenau, 31 juillet 1924.

Mademoiselle Donnay,
J'ai jamais su écrire comme vous, alors vous allez pas comprendre peut-être ce que je vous dis, surtout que je le fais en attendant qu'on vienne un matin me réveiller dans ma cellule pour m'annoncer que c'est le moment. J'ai pas peur, j'ai jamais eu peur pour moi, ils me couperont les cheveux et après ils me couperont la tête, mais j'essaye de pas y penser, comme j'ai toujours fait quand j'étais pas tranquille. Seulement, ça m'aide guère, cette idée, pour trouver les mots qu'il faut, comprenez-vous ?
J'ai pas à vous parler de ce qu'ils appellent mes crimes. Quand ils m'ont interrogée, avec toutes leurs manigances pour me perdre, j'ai rien dit, rien, mon avocat vous le confirmera en vous donnant cette lettre. Ils m'ont attrapée parce que j'ai été bête de m'attarder à Carpentras, quand j'ai réglé son compte à ce Lavrouye, j'aurais dû monter dans un train pour le diable tout de suite, je ne serais pas ici, ils m'auraient jamais prise. Mais là, j'avais encore le pistolet

dans mon sac de voyage, c'est comme ça que j'ai été faite. Et encore, ça m'aurait pas dérangée de tout déballer, moi, s'il y avait eu du monde à mon procès, j'aurais crié la vérité sur ce Lavrouye et la grâce de Poincaré qu'il a gardée secrète plus de vingt heures, mais pensez-vous, ça ils voulaient pas que j'en parle. Ils ont assassiné mon Nino, tous. Oui, ces gueules de rats qu'on voulait me faire dire que je les ai tuées, elles méritaient pire que la mort. Le Thouvenel, devenu un lieutenant, qui a tiré le sale coup de fusil dans la tranchée, le commissaire-cafard du procès de Dandrechain, capitaine Romain, et les deux officiers-juges qui avaient survécu à la guerre, celui de la rue de La Faisanderie et celui de la rue de Grenelle, tous, ils n'ont eu que la monnaie de leur pièce et j'en suis bien contente. Pour le reste, on prétend que c'est moi qui les ai punis, avec la préméditation, parce qu'on les a trouvés raides dans des endroits louches et des hôtels de passe, mais qui l'a dit ? Pas moi, en tout cas.

A vous, je veux plus parler de ces larves, j'ai mieux à vous raconter. Si je ne l'ai pas fait avant, c'est que vous cherchiez comme moi la vérité sur cette tranchée de l'Homme de Byng, qu'on disait Bingo, et que je sentais que vous pouviez vous mettre sans le savoir en travers de mon projet, ou me gêner en découvrant trop de choses et me faire prendre. Maintenant que j'attends mon heure, ça n'a plus d'importance, quand vous lirez cette lettre je serai morte et bien heureuse de dormir et d'être délivrée de tout ça. Et puis, je sais que vous me ressemblez, quelque part, pour chercher encore cette vérité après tant d'années, fidèle comme moi à votre amour de toute la vie, parce que j'avais beau vendre mon cul, je n'ai jamais aimé un autre que mon Nino. Et aussi, je me rappelle ma pauvre marraine, je lui dois bien ça, elle qui a tant souffert que je veuille pas vous répondre, j'ai bien fait, elle le sait maintenant, là où je vais la rejoindre, mais elle sera contente que je vous aie écrit, comprenez-vous ?

Elle vous a sûrement raconté que j'ai connu Ange Bassignano depuis toujours, dans notre quartier de la Belle de

Mai, à Marseille. C'est là que tous les deux on est venu au monde, lui vite sans personne, moi avec un père saoul tous les soirs, mais pleurez pas, on était pas tellement malheureux, les gosses le sont jamais vraiment, on jouait dans la rue avec les autres, sous les platanes, et Nino était déjà le plus beau et le plus malin et le plus doux de paroles avec moi. A douze ans, treize ans, on allait plus à l'école, on passait nos jours dans des terrains vagues et nos soirs dans des encoignures de porte, celles de ces traverses qui descendent aux Chûtes-Lavie et où personne ne passe à la nuit tombée. On s'aimait debout, on faisait des rêves. J'avais quelques mois de moins que lui mais jusqu'à dix-sept, dix-huit ans, c'était moi des deux la plus décidée. Après, des imbéciles disaient que Nino m'avait mise sur le trottoir. C'est moi qui m'y suis mise ou c'est la destinée, parce que c'est pas vrai que Nino m'a poussée, il fallait bien qu'il mange et moi aussi, qu'on ait des vêtements, qu'on puisse aller au bal et s'aimer dans un vrai lit comme tout le monde. Peut-être je vous dis pas bien ce que je veux vous faire comprendre, parce que vous êtes d'un autre genre humain que nous, une fille de riche, encore que je ne vous connais pas et que mon bavard m'a dit que vous aviez eu toute petite un accident, un grand malheur, alors qui sait? Ce que je veux vous dire, c'est peu importe comment je gagnais l'argent pourvu qu'on soit ensemble et qu'on soit heureux, que c'était finalement pareil que vous avec votre fiancé, parce que c'est pareil partout, d'aimer, c'est pareil pour tout le monde, ça fait le même bien, le même mal.

Heureux, Nino et moi, on l'a été jusqu'en 14. On louait un petit appartement, sur le boulevard National, au coin de la rue Loubon, on avait acheté la chambre en merisier, le lit, l'armoire et la commode sculptées avec des coquilles de Vénus, j'avais la glacière dans la cuisine, un lustre en perles, des pots de cheminée en porcelaine de Limoges. Pour le travail, je payais une chambre de fille, en face de la gare d'Arenc. Je fabriquais les commis en douane, les navigateurs, les bourgeois de la rue de la République. Nino faisait ses affaires, il était considéré dans les bars, tout allait bien jusqu'à ce soir d'avril où il s'est pris de querelle, à cause de moi, avec un poisson de fosse septique, le fils Josso, qui m'avait en point de mire comme doublure de sa dondon. Vous pouvez rien comprendre à ces micmacs, c'est donc pas la peine de vous expliquer, mais Nino a sorti son couteau qui lui avait jamais servi qu'à couper le bout de ses cigares et il s'est retrouvé enfermé pour cinq ans à la prison Saint-Pierre. J'allais le voir, bien sûr, il manquait de rien, il trouvait seulement le temps long. En 16, quand on l'a fait choisir, il a préféré rejoindre ceux qui mouraient pour la patrie. C'est comme ça, d'un Verdun à un autre, qu'il a fini dans la neige et la boue, devant cette tranchée de l'Homme de Byng.

Le soir avant qu'ils le tuent, il m'a fait écrire par un autre une lettre où il me disait son amour et ses regrets. Ma marraine vous l'a dit et je l'ai assez engueulée pour ça, j'avais un code avec mon Nino, pour savoir toujours où il était, parce que je pouvais le retrouver dans la zone des cantonnements, j'avais mes entrées comme toutes les travailleuses, il y avait que les bourgeoises qu'on laissait pas passer, et encore, j'en ai connu qui se faisaient croire des putes rien que pour voir leur homme.

Ce code que nous avions, c'était pas compliqué, c'est avec le même qu'on trichait aux cartes avant la guerre, quand Nino jouait de l'argent, on se comprenait par la manière de s'appeler, mon Amour, ma Biche, ma Chouquette et ainsi de suite. Dans la lettre, ma Chouquette était répété trois fois, ce qui voulait dire qu'il n'avait pas changé de front, la Somme, mais qu'il se trouvait plus à l'Est, et que le nom du bourg le plus proche commençait par un C, j'avais le choix entre Cléry et Combles sur ma carte. Comme en plus il avait signé ton Ange de l'Enfer, c'est qu'il était en première ligne. Il y avait aussi d'autres noms gentils dans cette lettre, tous pour dire que ça bardait pour lui, que les choses allaient très mal. Si comme je le pense vous avez eu une copie par le sergent Esperanza ou par ce Célestin Poux que vous demandiez dans les journaux et que moi j'ai jamais pu retrouver, vous devinerez vite vous-même comment Nino me disait ça. Malheureusement, quand sa lettre m'est parvenue par ma marraine, à Albert où je faisais les Anglais, c'était déjà un mois trop tard, on me l'avait tué comme un pauvre chien.

J'ai compris à peu près la filière que vous avez dû suivre, à la recherche de votre fiancé, c'est pas tout à fait la même que moi, mais à bien des moments, j'en suis sûre, nos routes se sont croisées. La mienne commence à Combles, au début de février 17, où on voyait plus que des tommies, mais en fouinant un peu, j'ai retrouvé la trace d'une ambulance qu'on avait déplacée à Rozières. Là, je suis tombée sur un infirmier, Julien Phillipot, qui avait travaillé avec le lieutenant-médecin Santini. C'est lui qui m'a raconté les cinq condamnés à mort et qu'il en avait revu un, à Combles, le lundi 8 janvier, blessé à la tête, mais Santini lui avait dit de la fermer, que ça les regardait pas, et de l'évacuer comme les autres. Après, on avait bombardé l'ambulance, Santini était mort, Phillipot savait pas ce que le condamné était devenu. Je lui ai demandé de me le décrire, et ça pouvait pas être mon Nino, mais il avait appris par la suite que le blessé était arrivé à l'ambulance avec un compagnon à l'agonie, plus jeune et plus mince, qu'on avait évacué aussi, c'était peut-être un faux espoir, mais un espoir quand même. En tout cas, Phillipot m'a donné un renseignement sur le condamné le plus âgé, c'est qu'il avait à ses pieds des bottes allemandes.

De là, je suis allée à Belloy-en-Santerre pour retrouver les territoriaux qu'il m'avait dits, qui avaient emmené les cinq, le samedi soir. Ils n'y étaient plus. J'ai su par une fleur de pavé qu'un nommé Prussien pourrait m'éclaircir parce qu'il avait fait partie de l'escorte et que ce Prussien était maintenant à Cappy, où je suis allée. On s'est parlé avec celui-là dans un estaminet pour soldats, au bord d'un canal, et il m'a donné beaucoup plus de renseignements que Phillipot sur les condamnés, il les avait mieux connus en les convoyant jusqu'à la tranchée de l'Homme de Byng. Il l'appelait comme ça, et pas Bingo, parce qu'un soldat de cette tranchée lui avait expliqué ce soir-là d'où venait le nom, il était question d'un tableau peint par un Canadien, c'est tout ce que je me rappelle. Il m'a appris que le condamné qui portait les bottes allemandes était un Parisien nommé Bouquet mais qu'on lui disait l'Eskimo. Prussien pouvait plus me dire que le nom de celui-là, c'était le seul à qui il avait pu parler en arrivant dans une tranchée où ils avaient attendu la nuit, et l'autre lui avait demandé, s'il passait un jour par Paris, de prévenir une Véronique, au bar *Chez Petit Louis*, rue Amelot.

Il m'a raconté aussi beaucoup de choses, qu'on avait pas fusillé les condamnés, qu'on les avait jetés aux Boches, les bras attachés, mais ça il l'avait pas vu, c'est son sergent qui lui avait dit. Ce sergent, Daniel Esperanza, s'était chargé des lettres de Nino et des quatre autres, et Prussien l'avait vu, au cantonnement, en prendre copie avant de les envoyer, disant : « Quand je pourrai, il faudra que je regarde si elles sont bien arrivées. » J'aurais bien voulu retrouver tout de suite cet Esperanza, mais il était maintenant dans les Vosges, Prussien savait pas où, j'ai préféré sortir de la zone et aller à Paris.

Chez Petit Louis, rue Amelot, j'ai demandé à voir Véronique, l'amie de l'Eskimo, mais le patron, un ancien boxeur, avait pas son adresse. En tout cas, j'ai appris son nom, Passavant, et qu'elle devait travailler dans une boutique pour dames, à Ménilmontant, il m'a pas fallu deux jours pour la dénicher. On était déjà en mars. J'avais encore espoir mais plus beaucoup, et cette Véronique ne voulait rien me dire, je l'ai quittée comme j'étais venue. Je sais maintenant qu'elle m'a rien caché, que je m'étais trompée.

Sur ces entrefaites, un tampon d'état-major que j'avais pour client m'a écrit à mon hôtel. Je l'avais chargé de retrouver le bataillon qui était dans la tranchée de l'Homme de Byng. Je connaissais seulement le numéro de régiment que Prussien m'avait dit et le nom d'un capitaine, Favourier, mais le tampon avait quand même mis la main sur la compagnie que je cherchais. Elle était en réserve dans l'Aisne, à Fismes. J'ai repris le chemin de Zaza, la zone des armées, où il y avait de grands chamboulements par le repli des Boches, et j'ai mis trois jours, au milieu des dévastations, pour arriver à Fismes, mais là j'ai rencontré celui qui a mis fin à mes illusions et m'a brisé le cœur, après j'avais plus que cette rage de venger mon Nino qui me tenait debout.

Il s'appelait sergent-chef Favart. Il m'a tout raconté. D'abord que Nino était mort et que c'était un salaud de caporal Thouvenel qui l'avait abattu froidement parce qu'il voulait se rendre aux Boches. Et puis que le samedi 7 janvier, la grâce des condamnés était arrivée au commandant du bataillon Lavrouye, alors qu'il était encore temps de tout arrêter, mais que pour des manigances et des jalousies de gradés, il l'avait gardée sous le bras jusqu'au dimanche soir. Plus tard, en été, je suis allée à Dandrechain, près de Suzanne, où s'était tenu le conseil de guerre, et un par un j'ai réussi à avoir les noms des juges et du commissaire-cafard, mais je vous ai dit que je veux plus vous parler de ces ordures, de toute manière c'est fini pour eux comme pour moi. Et pour ce paysan de la Dordogne aussi, qui avait donné un coup de pied dans la tête à mon Nino, mais lui tout ce que j'ai pu faire pour lui rendre la monnaie de sa pièce, c'est de casser avec mes pieds à moi sa croix de bois au cimetière d'Herdelin, comprenez-vous ?

Dans ce que m'a raconté Favart et que vous pouvez pas savoir puisqu'il est mort en mai au Chemin des Dames, et lui, il le méritait pas, ni le capitaine Favourier qui est mort en maudissant son fumier de chef de bataillon, dans tout ce fracas de la bataille qu'il m'a dit, il y a deux choses que je veux vous apprendre parce qu'elles concernent peut-être votre fiancé. D'abord, c'est un caporal, Benjamin Gordes, qui était le lundi 8 janvier à l'ambulance de Combles, il avait échangé ses souliers avec les bottes allemandes de l'Eskimo pour lui éviter, dans le bled, d'être tiré comme un lapin. Ensuite, il y a une histoire de gant de laine rouge que le soldat Célestin Poux avait donné à votre fiancé. Deux ou

228

trois jours après l'affaire, Favart a interrogé le brancardier qui avait croisé sur le champ de bataille Benjamin Gordes blessé, soutenant un autre soldat de la compagnie, nommé Jean Desrochelles, et qui était passé le signaler à leurs camarades. En parlant, ce brancardier s'est souvenu d'un détail, c'est que le soldat que soutenait Gordes portait à la main gauche un gant rouge. Favart était tellement intrigué qu'il a interrogé alors un autre caporal, Urbain Chardolot, qui était passé sur le terrain devant Bingo, le lundi au petit jour, et en était revenu en disant que les cinq condamnés étaient morts. Il a eu l'impression très nette que ses questions mettaient le caporal mal à l'aise, mais l'autre a répondu qu'il avait pas remarqué si le Bleuet, comme on disait de votre fiancé, avait encore le gant ou non, qu'on y voyait mal parce qu'il avait recommencé de neiger ou que peut-être Gordes et Desrochelles, en passant, avaient pris le gant pour le rendre à Célestin Poux. Il a bien fallu que Favart le croie, mais à moi il m'a dit : « Si Chardolot m'avait caché quelque chose, il pouvait plus se dédire, et de toute manière, rien que pour emmerder le commandant, si un de ces pauvres bougres avait réussi à s'échapper, j'en étais heureux. »

J'espère que par recoupement avec ce que vous savez vous-même, ce que je vous dis là vous sera utile. Moi, puisque Nino était mort, je me suis plus occupée des victimes, j'avais en tête que les assassins. Mais je veux pas partir en gardant ça pour moi, d'abord parce que vos recherches maintenant me gêneront jamais plus et puis que s'il y a un autre monde et que j'y retrouve ma marraine, elle serait pas contente. Pour le reste, ce que mes juges appellent mes crimes, la vérité ils la sauront pas, je veux les baiser jusqu'au bout. Aussi je vous demande, si vous y tenez, de recopier cette lettre, comme ça vous pouvez corriger mes fautes du même coup, mais de brûler mes feuilles à moi, parce que si elles tombaient en d'autres mains, je voudrais pas qu'elles passent pour des aveux.

Aujourd'hui, on est le 3 août. Je vais mettre mon histoire

dans une enveloppe que mon bavard, maître Pallestro, vous donnera, mais seulement le lendemain de ce qui m'attend, des fois que vous seriez comme lui à vouloir supplier le président Doumergue pour la grâce. Leur grâce, j'en veux pas. Je veux tout partager jusqu'à la fin avec mon Nino. Ils l'ont condamné à mort, ils m'ont condamnée moi aussi. Ils l'ont exécuté, qu'ils m'exécutent. Au moins, rien nous aura jamais séparés depuis qu'on était gosses et qu'on s'est embrassé pour la première fois sous un platane de la Belle de Mai.

Adieu. Me plaignez pas. Adieu.

Tina Lombardi.

Mathilde lit et relit cette lettre dans sa chambre, à l'étage de la rue La Fontaine. Après l'avoir recopiée, elle la brûle feuille par feuille, dans une coupe à fruits en faïence blanche et bleue qui n'a jamais servi à rien, sauf à ça. La fumée stagne, malgré les fenêtres ouvertes, et il lui semble que son odeur imprégnera toutes les chambres de sa vie.

Elle reste longtemps immobile, la tête renversée contre le dossier de son fauteuil. Elle pense à deux ormes tronqués, vivants quand même, cernés de gourmands. Son coffret d'acajou est à Hossegor et elle le regrette. Il faut qu'elle retourne très vite à Hossegor. Elle croit avoir compris ce qui s'est réellement passé à Bingo Crépuscule mais, pour en être sûre, elle doit tout vérifier, les notes qu'elle a prises, les lettres qu'elle a reçues, tout, parce que l'histoire de ces trois jours de neige est tissée de trop de mensonges et de trop de cris pour que le murmure le plus révélateur ne lui ait pas échappé. Elle n'est qu'elle-même.

Néanmoins, ne serait-ce que pour gagner du temps, elle se fie à sa mémoire pour écrire à Anselme Boileroux, curé de Cabignac, en Dordogne.

Néanmoins, elle se fie à son instinct pour appeler au téléphone, près de son lit blanc-comme-maman-veut, Germain Pire. Elle le prie de passer la voir dès qu'il pourra, c'est-à-dire ce soir même et dans l'heure ce serait parfait.

Néanmoins, elle se fie à son cœur pour rouler hors de la chambre et jusqu'à l'escalier, à portée de voix du grand salon en bas, où l'on joue aux cartes, et crier à Célestin Poux pardon de lui pourrir la vie, qu'il monte, qu'elle a besoin de lui.

Quand il entre dans la chambre, il a les joues les plus roses, les yeux bleus les plus candides qu'on ait jamais vus. Elle demande : « Ce soldat que tu appelles La Rochelle, en fait Jean Desrochelles, tu le connaissais bien ? »

Il prend la chaise qui se trouve près de la cheminée pour s'asseoir. Il répond : « Comme ça. »

« Tu m'as dit qu'il venait de tes Charentes. D'où exactement ? »

La question le surprend ou il lui faut un peu de temps pour se souvenir.

« De Saintes. C'est pas très loin d'Oléron. Sa mère avait une librairie à Saintes. »

« Après Bingo, il est revenu au régiment ? »

Il secoue la tête.

« Tu n'as jamais plus entendu parler de lui ? »

Il secoue la tête. Il dit que cela ne signifie rien, que La Rochelle guéri, s'il pouvait encore servir, on l'a probablement versé dans l'intendance, l'artillerie ou quelque chose, qu'après les hécatombes de 1916, on avait besoin de tout le monde. Il est possible aussi qu'il ait eu la fine blessure et qu'on l'ait renvoyé dans ses foyers.

« Parle-moi de lui. »

Il soupire. En bas, il a laissé sa partie de cartes avec Maman, Sylvain et Paul. S'il jouait contre Maman, il doit être à cran malgré sa belle âme, il n'aspire qu'à retourner se faire plumer. Maman, à la manille, à la belote, au bridge, est une salope. Elle a le génie des cartes mais en plus, pour les désemparer, elle insulte ou elle raille ses adversaires.

« On l'appelait Jeannot », dit Célestin Poux. « Il n'était pas plus joyeux que personne d'être dans la tranchée mais il faisait son travail. Il lisait beaucoup. Il écrivait beaucoup. Tout le monde écrivait beaucoup d'ailleurs. Sauf moi. S'il y a quelque chose qui me fatigue, c'est bien ça. Une fois, je lui ai demandé de me dicter une lettre pour cette copine d'Oléron, Bibi, qui m'a tricoté les gants. C'était tellement beau que j'en suis tombé amoureux d'elle, jusqu'à ce que je la revoie. A part ça, j'ai rien à dire, il y avait tant de bonhommes, partout, dans cette guerre. »

Mathilde le sait. Mais encore ? Il fait des efforts pour se souvenir.

« Une autre fois, au cantonnement, il m'a parlé de sa mère. Il n'avait plus de père depuis tout gosse, c'est à elle qu'il écrivait. Il n'avait pas de copine, pas de copains autres que nous, il m'a dit qu'il n'avait que sa mère. Un fils à maman, quoi. Il m'a montré une photo. Moi, j'ai vu une femme vieille, habillée triste, pas très jolie, mais il était fier et attendri, il disait que c'était la plus belle du monde, qu'elle lui manquait, j'ai dit que j'avais à faire et je me suis tiré, parce que je me connais, je pleure aussi. »

Mathilde entend presque la voix de Tina Lombardi, qu'elle n'a jamais connue : « Comprenez-vous ? » Elle dit à Célestin Poux qu'il est la honte des armées. Elle roule jusqu'à sa table, lui donne sa lettre pour le curé de Cabignac et le prie d'aller la mettre à la poste après sa partie de cartes. Il répond qu'il y va tout de suite, qu'il joue pour faire plaisir aux autres, mais qu'il déteste qu'on ergote sur un point, qu'on l'asticote pour avoir jeté trop tard son roi de carreau et qu'on lui vole ses sous comme à un pigeon. Bref, que Maman, aux cartes, est une salope.

Mathilde, quand il est parti, téléphone à Pierre-Marie Rouvière. C'est lui, en 19, il y a cinq ans, qui s'est enquis des malades mentaux, dans les hôpitaux militaires, des fois que. Elle lui demande s'il lui serait difficile de savoir ce qu'est devenu un soldat de cette compagnie qu'il connaît bien, évacué du front qu'il sait, à la date qu'il devine. Pierre-Marie dit : « Quel nom ? » Elle dit : « Jean Desrochelles, de Saintes, dans les Charentes. » Le temps d'écrire, il soupire : « Il faut que je t'aime beaucoup, Matti. Beaucoup. » Et il raccroche.

A Germain Pire, lorsqu'il entre dans sa chambre et qu'elle attend face à la porte, droite et sévère dans son fauteuil, elle dit d'emblée : « Quand vous avez abandonné vos recherches et que vous m'avez écrit cette lettre que j'ai reçue à New York, vous vous doutiez que Tina Lombardi était une meurtrière ? »

Avant de répondre, il lui baise la main, alors qu'elle est censée être une jeune fille, et la complimente sur sa bonne mine, alors que le voyage à Bingo l'a épuisée, anéantie, et qu'elle se sait moche à se tirer la langue dans la glace. Il dit enfin : « C'est mon métier de flairer ces choses. A Sarzeau, dans le Morbihan, venait d'être assassiné un lieutenant, Gaston Thouvenel, juste au moment où cette détraquée séjournait dans la région. Cela ne signifiait rien pour personne mais beaucoup pour moi. »

Lui aussi, pour s'asseoir, prend la chaise près de la cheminée. Il dit : « Chère Matti, vous devriez aujourd'hui me féliciter d'avoir cessé de la poursuivre. Surtout que cela m'a coûté vos hortensias. »

Mathilde lui dit que le tableau est désormais à lui. La chose se trouve en bas, sur un mur du petit salon. En partant, il n'aura qu'à la décrocher et l'emporter. Si Maman s'en étonne, qu'il se prétende cambrioleur, elle a presque aussi peur des cambrioleurs que des souris.

Il ne sait comment la remercier. Mathilde lui dit : « Alors ne me remerciez pas. Vous souvenez-vous de ces mimosas que vous aviez choisis d'abord ? Ils seront à vous aussi, dès que vous m'aurez retrouvé une autre personne que je recherche. Vos frais en plus, cela va sans dire. Il est une condition à ce marché, malheureusement, c'est que je ne pourrai vous le proposer que si cette personne est encore vivante. Si vous voulez bien patienter, je le saurai dans un moment. »

Il répond qu'il n'est jamais pressé quand l'enjeu est de cette taille. Il a posé son chapeau melon sur un coin du bureau de Mathilde. Il porte cravate noire. Ses guêtres sont d'une blancheur maniaque. Il dit : « Au fait, que signifient ces trois M gravés sur un arbre, dans votre délicieux tableau ? »

« Mathilde aime Manech ou Manech aime Mathilde, comme on veut. Mais laissons cela. Je souhaite avoir avec vous une conversation sérieuse. »

« A quel propos ? »

« A propos de bottes », dit Mathilde d'un ton négligent. « Au cours de votre enquête sur la disparition de Benjamin Gordes, à Combles, trois témoins ont affirmé l'avoir vu juste avant le bombardement et se sont rappelé qu'il portait des bottes allemandes. Cela veut-il dire qu'un des cadavres trouvés sous les décombres portait des bottes allemandes ? »

Germain Pire sourit sous ses petites moustaches en accent circonflexe, les yeux pétillants : « Voyons, Mathilde, ne me faites pas croire que vous avez besoin d'une réponse ! »

Elle dit qu'en effet, elle n'en a pas besoin. Si l'on avait trouvé, le 8 janvier 1917, sous les décombres, un cadavre avec des bottes allemandes, Benjamin Gordes n'aurait pas été porté disparu jusqu'en 1919 mais identifié tout de suite, et l'enquête était inutile.

« L'objet de cette enquête était d'établir le décès de ce brave caporal », dit Germain Pire, « et cela dans l'intérêt de ma cliente, son épouse. Pouvais-je décemment, moi, lever un tel lièvre ? Il m'a assez tracassé, figurez-vous. »

Mathilde est contente de se l'entendre dire. Il lui a donc menti, en écrivant dans une lettre que ce détail lui était sorti de la tête. Rapprochant un pouce et un index, il répond que c'était un tout petit mensonge.

Le téléphone sonne dans la chambre au même instant. Mathilde roule jusqu'à son lit, prend l'appareil et décroche l'écouteur. Pierre-Marie Rouvière lui dit : « Tu m'auras gâché la soirée, Matti. Jean Desrochelles, classe 1915, de Saintes, a effectivement été évacué du front de la Somme le 8 janvier 1917. Souffrant d'une grave pneumonie et de blessures multiples, il a été soigné au Val-de-Grâce puis à l'hôpital militaire de Châteaudun, enfin dans un centre hospitalier de Cambo-les-Bains, dans les Pyrénées. Réformé,

il a été rendu à sa famille le 12 avril 1918, en la personne de
sa mère, madame veuve Paul Desrochelles, libraire, demeu-
rant 17, rue de la Gare, à Saintes. Je te répète qu'il faut que
je t'aime beaucoup, Matti, beaucoup. » Elle lui dit qu'elle
l'aime aussi.

Dès qu'elle a raccroché l'écouteur et reposé l'appareil, elle
tourne ses roues et dit à Germain Pire de sortir son petit
carnet. Celui qu'il extirpe de la poche intérieure de sa
redingote n'est sûrement pas le même qu'en 1920, il n'aurait
pu survivre aussi longtemps, mais il est entouré d'un
élastique et pareillement fatigué. Mathilde dicte : « Jean
Desrochelles, 29 ans, chez madame veuve Paul Desrochelles,
libraire, 17, rue de la Gare, Saintes. » Germain Pire dit,
refermant son carnet : « Si vous avez l'adresse, qu'ai-je à
faire pour mériter vos mimosas ? Les voler vraiment ? »

« Attendez », dit Mathilde, « laissez-moi trouver une
réponse satisfaisante. » Elle revient vers lui. Elle dit : « Je
pourrais m'en tirer avec un tout petit mensonge, mais je
préfère toujours à un mensonge une vérité déguisée. Je vous
avouerai donc que j'espère de tout mon cœur, comme
probablement je n'ai rien espéré dans ma vie, qu'à Saintes
du moins, vous allez faire chou blanc. »

Il la regarde sans rien dire, les paupières plissées, les yeux
aigus. Elle prend le chapeau melon sur la table et le lui
donne.

Le soir, au dîner, Maman raconte qu'un monsieur pourtant bien élevé, fort aimable, est entré dans le petit salon, a
décroché un tableau du mur et l'a emporté sans autre
explication que celle-ci : mademoiselle Mathilde venait de
lui dire elle-même que la chose serait, chez lui, mieux à
l'abri des souris. Sur quoi la chère femme a fait poser des
tapettes partout. Ce qui signifie qu'on se passera de fromage.

Les tournesols
du bout du monde

Hossegor écrasé par la chaleur d'août, même les chats en souffrent. Chaque soir, éclatent des orages qui mitraillent les arbres, arrachent les feuilles, massacrent les fleurs. Bénédicte s'effraie des coups de tonnerre.

Célestin Poux reste encore quelques jours à *MMM*. Il bichonne la Delage, il aide Sylvain au jardin et scie avec lui du bois pour l'hiver. Il nage dans le lac. Mathilde lui apprend à jouer à la Scopa. Il mange de bon appétit et Bénédicte est aux anges. Il s'ennuie. Quelquefois, Mathilde le voit, pensif, regarder tomber la pluie derrière les vitres des portes-fenêtres. Elle roule vers lui, il tapote sa main avec le sourire gentil et distrait de quelqu'un qui n'est déjà plus là. Un soir, il lui dit qu'il partira le lendemain, qu'il donnera souvent de ses nouvelles, qu'elle saura toujours où le trouver si elle a besoin de lui. Elle dit qu'elle comprend.

Le lendemain, c'est le 15 août, Capbreton doit être en fête, la rue gorgée de monde pour suivre la procession. Célestin Poux remonte un échafaudage à l'arrière de sa moto. Sylvain affecte de vaquer à son ouvrage. Bénédicte reste avec Mathilde sur la terrasse, bien triste de voir partir un si brave garçon. Il y a douze jours, un dimanche, à l'heure où le soleil déclinait et touchait déjà la cime des pins, il arrivait pour renouer un fil. Il semble à Mathilde que ça fait plus longtemps. Il vient vers elle, son bonnet et ses lunettes de motard à la main, pour dire au revoir. Elle lui demande où il va et s'en veut aussitôt. Il sourit, encore une fois, de son sourire à faire fondre, il ne sait pas. Peut-être fera-t-il un tour à Oléron. Il ne sait pas. Il embrasse Mathilde et Bénédicte. Il va donner l'accolade à Sylvain. Il part comme il est venu, à peu près à la même heure, dans la pétarade de son moteur poussé à fond. Où il arrivera, il aura deux gros ronds de peau bien propres autour de ses yeux bleus, et Mathilde, tout à coup, se demande où elle a bien pu laisser, quand elle était enfant et n'en avait plus envie, son poupon Arthur.

Quelques jours plus tard, elle reçoit une lettre de Leipzig, en Allemagne. Heidi Weiss, sitôt rentrée de voyage, a rencontré l'ancien feldwebel, Heinz Gerstacker, qui lui a fait de nouveau le récit du dimanche de Bingo Crépuscule. C'est à peu près ce qu'elle a dit à l'*Auberge des Remparts*, avec toutefois des précisions, dont la dernière aurait stupéfié Célestin Poux s'il était là mais confirme à Mathilde, si son orgueil en avait besoin, qu'en dépit de son imagination intempestive, ses parents, dans leurs élans amoureux de Tolède, ne l'ont pas faite si sotte.

Gerstacker, prisonnier, a été ramené dans les lignes françaises le lundi, un peu avant l'aube, avec trois de ses camarades. Ils étaient conduits par deux soldats qui, au lieu de couper au plus court, ont voulu passer par Bingo. Sur le terrain, dispersés dans la neige, gisaient les cadavres des condamnés. Les deux soldats se sont séparés pour explorer les lieux avec des torches électriques. Gerstacker, suivant l'un, a d'abord vu un condamné que la mort avait figé comme il était tombé, à genoux, les bras sur les cuisses, la tête inclinée vers la poitrine. C'était celui qui avait abattu l'Albatros à la grenade. Un autre était dans un trou, qui semblait une cave effondrée car des marches d'escalier existaient encore. Gerstacker a nettement vu, dans la lumière de la torche, que celui-là, renversé sur le dos, les jambes au milieu des marches, était chaussé de bottes allemandes. Le soldat français a soufflé : « Merde ! » C'est l'un des rares mots que le feldwebel connaît de notre langue. Après, en se remettant en route, le soldat a discuté avec son compagnon et celui-ci a répondu : « Oui, eh bien, boucle-la ! » Et cela Gerstacker n'avait pas besoin d'être bilingue pour le comprendre aussi.

Mathilde n'est pas étonnée, encore moins stupéfiée comme l'aurait été Célestin Poux, son cœur bat plus vite, c'est tout. Si ce qu'elle imagine, depuis qu'elle a lu la lettre de Tina Lombardi et retrouvé son coffret en acajou, a le moindre bon sens, il faut que Benjamin Gordes, dans cette nuit de combats, soit revenu à un moment ou à un autre devant Bingo Crépuscule. Gerstacker confirme qu'il l'a fait.

Pauvre, pauvre Benjamin Gordes. Il faut que tu sois mort là, pense-t-elle, pour que je continue de croire que l'un des cinq, qui t'a pris tes bottes, est resté vivant au moins jusqu'à Combles. Ce ne pouvait être ton ami l'Eskimo, ni Six-Sous, ni Ange Bassignano. Manech, dans l'état où tout le monde l'a décrit, n'en aurait pas eu l'idée. Reste ce rude paysan de la Dordogne qu'on a trouvé, à sa naissance, sur les marches d'une chapelle et qui se terrait, à son dernier jour, par une facétie du destin, dans les ruines d'une autre. Reste la phrase d'Urbain Chardolot, revenu au matin sur la terre de personne, quand recommençait de tomber la neige, bien après toi, bien après le prisonnier allemand et le soldat sans nom qui t'ont vu dans un trou : « Un au moins, si ce n'est deux. »

Oui, Chardolot avait une certitude et un soupçon. La certitude, il l'a dite à Esperanza, en juillet 18, sur le quai de cette gare où on l'évacuait : « Je miserais bien deux louis avec toi sur le Bleuet, si je les avais. Mais les filles m'ont tout pris. » Le soupçon, c'était Cet Homme, simplement parce que le soldat sans nom n'avait pas écouté, en fin de compte, le conseil de la boucler.

La lettre que Mathilde attend avec le plus d'impatience, celle du curé de Cabignac, lui arrive deux jours plus tard.

Samedi 16 août 1924.
Ma chère enfant,
J'avoue que votre question me laisse perplexe sur le sens de vos démarches. Surtout, je ne peux me figurer par quels détours la dernière lettre de Benoît Notre-Dame, ou sa copie, a pu parvenir entre vos mains. Il me faut croire que vous avez rencontré Mariette et que votre silence à ce sujet n'est dû qu'à un interdit de sa part, ce qui m'attriste profondément.

Néanmoins, je vous répondrai du mieux que je peux, pour ma foi en Notre-Seigneur et la confiance que j'ai en vous.

J'ai lu plusieurs fois cette lettre. Dès l'abord, je puis vous dire que le Benoît que j'ai connu enfant, adolescent et adulte, pour être abrupt, peu disert, ne l'a jamais été à ce point. Sans doute, les misères de la guerre ont changé les sentiments et les hommes, mais ce que je ressens le plus profondément, c'est que son message à Mariette, la veille de sa mort, veut dire autre chose que ce qu'il dit.

J'ai cherché à comprendre, comme vous me le demandiez, ce qu'il y a, selon votre expression, d'incongru dans sa lettre. Je me suis renseigné dans les villages alentour, jusqu'à Montignac. Mes recherches expliquent le retard que j'ai pris à vous répondre. J'ai parlé à beaucoup de gens qui ont connu les Notre-Dame. Tous m'ont affirmé que Benoît n'a jamais eu besoin d'acheter de l'engrais pour fumer ses champs, qui n'étaient pas immenses, son meilleur rapport étant l'élevage. Je n'ai rencontré personne dans le pays, qui ait entendu parler d'un monsieur Bernay, ou Bernet. Le nom qu'on a pu me dire et qui se rapproche le plus de celui-là est Bernotton, marchand de ferraille, qui ne vend pas d'engrais. Ce qui est inexplicable dans cette lettre, et non pas, sans vous offenser, incongru que vous employez improprement, car ce qui est incongru ne heurte que les convenances, pas la raison, ce qui est inexplicable, c'est ce monsieur Bernay qui n'a jamais existé.

Je suis un vieil homme, ma chère enfant. Je voudrais, avant l'appel de Dieu, même si Mariette avait refait sa vie dans l'impiété, savoir ce qu'elle est devenue, et son fils Baptistin que j'ai baptisé, comme j'avais marié ses parents. Je prierai ce soir pour Benoît Notre-Dame. Je prierai pour vous, en croyant de toute mon âme que ce chemin que vous avez pris, que je ne comprends pas, est une de ces voies qu'on dit impénétrables.

Au revoir, ma chère enfant. Si j'avais quelques lignes de vous pour me rassurer, je vous pardonnerais volontiers l'incongru, même si, comme je le devine rien qu'à vous lire, vous aggravez votre cas d'avoir pratiqué le latin.

Votre dévoué en Notre-Seigneur,
Anselme Boileroux,
Curé de Cabignac.

Il est midi. La première des choses que veut Mathilde, c'est consulter, dans sa chambre, le Littré. Exact, elle a tort. Elle n'en fait pas moins, avec la langue et les lèvres, un bruit incongru à l'adrésse du bon curé.

Ensuite, elle prend des feuilles à dessin dans son tiroir, des ciseaux. Elle découpe autant de petits papiers qu'il en faut pour écrire, un mot sur chacun, la lettre de Cet Homme, au soir du 6 janvier 1917.

Elle fait le vide sur la table. Elle aligne dans l'ordre tous les petits papiers. Elle les déplace et les replace pour retrouver ce code, l'Ascenseur, dont Célestin Poux lui a parlé. Le mot-repère de Cet Homme et de sa Mariette, elle ne le connaît pas, elle se fie à ce nom inconnu des gens de Cabignac : Bernay.

A une heure, Bénédicte et Sylvain ont l'estomac qui réclame. Elle leur dit de déjeuner sans elle, qu'elle n'a pas faim. Elle boit au goulot de sa bouteille d'eau minérale. A deux heures, Bénédicte vient dans la chambre, Mathilde répète qu'elle n'a pas faim, qu'on lui fiche la paix. A trois heures, elle n'a toujours pas trouvé, les chats n'en font qu'à leur tête, elle les chasse de la pièce. A quatre heures, sur sa table, les mots sont alignés ainsi :

<pre>
        Chère épouse,
        Je   t'écris cette lettre pour t'avertir
que je serai sans t'écrire un moment. Dis au
père   Bernay que je veux tout réglé pour le
début   mars, sinon tant pis pour lui. Il
nous   vend   son engrais trop cher. Je pense
malgré tout   qu'il fera l'affaire.
        Dis   à mon titou que je l'embrasse fort
et que rien   de mal ne peut lui arriver pourvu
qu'il   écoute sa maman chérie. Moi, je connais
encore personne d'aussi bon. Je t'aime,
        Benoît
</pre>

A la verticale du mot Bernay, on peut lire, de haut en bas :

Je serai Bernay mars. Vend tout. Dis rien. Écoute personne. Benoît.

Mathilde reste un moment immobile, avec quelque chose dans le cœur qui doit ressembler à l'orgueil d'avoir réussi son tableau, toute seule, comme une grande, un tableau ou n'importe quoi d'autre qui ferait facilement venir les larmes si l'on ne s'empêchait pas de s'attendrir sur soi. Elle se dit qu'elle n'est pas encore au bout de ses peines et que maintenant, elle a faim. Elle agite sa clochette.

A Bénédicte qui vient souriante, sans doute parce que son quartier-maître, en passant, lui a caressé les fesses, elle demande de l'excuser de son impatience de tout à l'heure, qu'on lui apporte un sandwich au jambon de Bayonne avec beaucoup de beurre et Sylvain en guise de moutarde. Bénédicte répond que si Matti savait comme elle-même la traite parfois dans son for intérieur, elle ne s'excuserait pas.

Quand Sylvain arrive, avec le sandwich, long à faire peur, et un verre de saint-émilion, Mathilde a rangé les petits papiers, sorti du coffret en acajou les notes qu'elle a prises en 1919 et qui le concernent directement. Comme d'habitude, il s'allonge sur le lit, les mains sous la nuque, arrachant ses sandales l'une après l'autre à la seule aide de ses pieds. Elle lui demande, la bouche pleine :

« Quand tu es allé au meublé de la rue Gay-Lussac t'informer sur Mariette Notre-Dame, les propriétaires t'ont bien dit qu'en partant avec son bébé, ses cachotteries et ses bagages, elle a pris un taxi pour la gare de l'Est ? C'est pas la gare du Nord, d'Orléans ou de Vaison-la-Romaine ? »

Il répond que si elle a pris des notes quand il le lui a dit, elle peut en être sûre, mais qu'en plus, même après cinq ans, il s'en souvient très bien.

Mathilde avale une grande bouchée de son sandwich. Elle dit : « J'ai noté aussi que les deux fois où Mariette Notre-Dame est partie avec son bébé rendre visite à ses amis, ce n'était que pour la journée, ce ne doit pas être bien loin de Paris. »

« Et alors ? »

« Il te serait difficile de retrouver un village nommé Bernay, qu'on peut atteindre par la gare de l'Est, pas bien loin de Paris ? »

« Tout de suite ? »

Elle ne répond pas. Elle se bat férocement avec son jambon de Bayonne. Sylvain se lève, enfile ses sandales et va chercher son annuaire des Chemins de fer. Il adore les Chemins de fer. Une fois, il a raconté à Mathilde que son rêve, s'il n'était pas marié, serait de prendre n'importe quand un train pour n'importe où, de s'arrêter dans des villes qu'il ne connaît pas, qu'il n'a même pas envie de connaître, il dormirait seul dans des hôtels Terminus en face de la gare, le lendemain il repartirait ailleurs. Il prétend que les Chemins de fers sont magiques, ensorcelants, que très peu d'élus peuvent comprendre.

Il revient, il s'assoit sur le lit, il regarde Mathilde avec ses bons yeux de second père. Il dit : « C'est Bernay près de Rozay-en-Brie, en Seine-et-Marne. »

Mathilde laisse le reste de son sandwich, elle boit en trois coups son vin. Elle dit : « Je sais que je t'embête, on est à peine rentré. Mais il faut que j'aille là-bas. »

Il soupire à peine, il hausse une épaule, il répond : « C'est pas moi que ça dérange. Didi va pas être contente. »

Mathilde, penchée vers lui dans son fauteuil, insidieuse, murmure avec ardeur : « Met-z-y-lui un bon coup, cette nuit. Que je l'entende crier d'ici. Après, elle t'adore, on en fait ce qu'on veut. »

Il rit, plié au bord du lit, le front à toucher presque ses genoux, à la fois honteux et fier. Personne, à l'heure où Mathilde écrit ces lignes, ne peut imaginer comme elle aimait Sylvain.

Le lendemain, ils vont là-bas.

Bernay, sous un soleil de feu, n'est pas plus loin de Rozay-en-Brie que Mathilde de sa destinée. Elle a mal au dos. Elle a mal partout. Sylvain s'arrête devant l'école. Il ramène à la Delage un petit homme aux cheveux en bataille, un livre ouvert à la main, l'instituteur qui habite là, monsieur Ponsot comme il le dit. Le livre, Mathilde le voit, c'est *Les Aventures d'Arthur Gordon Pym* d'Edgar Poe. Elle est capable de reconnaître ce livre dans les mains de n'importe qui, à dix pas, étant entendu que celui qui vient, parce qu'il profite de son dimanche pour le lire, ne peut en aucun cas être n'importe qui. *J'ai gravé cela dans la montagne, ma vengeance est écrite dans la poussière du rocher.* C'est l'épitaphe qu'on peut trouver pour Tina Lombardi, près d'un siècle avant elle, traduite par Baudelaire, dans les pages d'un fou.

Mathilde demande à l'instituteur s'il a dans sa classe un garçon de huit ans, neuf ans, qu'on appelle Baptistin. Monsieur Ponsot répond : « Vous voulez parler de Titou Notre-Dame ? Bien sûr que je l'ai avec moi. C'est un très bon élève, et même le meilleur que j'aie jamais eu. Il vous torche de ces rédactions qui sont étonnantes pour son âge, et une, juste avant Noël, sur les vipères, m'a fait comprendre qu'un jour, il sera un savant ou un artiste, tout explose dans son cœur. »

Mathilde dit qu'elle veut seulement savoir où il habite. L'instituteur répond, le bras tendu, que c'est par là. Il dit : « Vous arrivez à Vilbert, vous tournez à gauche sur la route de Chaumes et cent mètres après, ou deux cents mètres, vous prenez le chemin de terre, toujours à gauche, qui descend le long de la rivière. Vous passez la ferme des Mesnil et la Petite Fortelle, vous continuez, vous continuez, vous ne pouvez pas vous tromper, vous arriverez, au fond de la vallée, à une ferme au milieu des champs qu'on appelle ici le Bout du Monde, c'est là où habite Titou Notre-Dame. »

Le chemin de terre, entre le rideau d'arbres qui cache la rivière et l'épaisse forêt qui le flanque, est ombreux et frais, le choc de lumière est d'autant plus brutal quand l'auto débouche au Bout du Monde, sur d'immenses étendues de tournesols jaunes, à perte de vue, si hauts qu'on ne voit, des bâtiments de la ferme au milieu, que les toits de tuiles ocre.

Mathilde demande à Sylvain de s'arrêter. Quand il coupe le moteur, on n'entend plus que le murmure de la rivière et, très loin, les oiseaux de la forêt. Nulle part de clôture. Tout autour, au flanc des pentes qui cernent la vallée, les champs ne sont délimités que par leurs couleurs, verdoyantes encore ou dorées. Sylvain déplie la trottinette. Il trouve l'endroit très beau, mais il ne sait pourquoi, quelque peu oppressant. En vérité, elle lui a dit de la laisser là, assise dans son fauteuil, sous son ombrelle, près du tronc d'un chêne allongé au bord du chemin, de s'éloigner avec la Delage pendant deux heures, et il se fait du souci. Il dit : « Ce n'est pas raisonnable, on ne sait jamais ce qui peut arriver. Laisse-moi au moins te conduire jusqu'à la maison. » Elle dit non, il lui faut être seule et attendre que celui qu'elle veut voir vienne à elle.

« Et s'il ne vient pas ? »

« Il viendra », dit Mathilde. « Peut-être pas tout de suite, il me craint plus que je ne le crains. Il va m'observer de loin pendant un moment et puis il viendra. C'est pourquoi retourne au village, bois tranquillement ta bière. »

L'auto s'en va. Mathilde, devant ces tournesols à l'infini, a un sentiment étrange de déjà vu, mais ce devait être, pense-t-elle, dans un rêve qu'elle a eu autrefois, il y a des années, qu'elle a oublié.

Une ou deux minutes plus tard, un chien aboie, elle devine qu'on le fait taire. Et puis, elle entend courir sur le chemin qui vient de la maison. A la légèreté de la course, elle comprend que c'est un enfant. Il apparaît à vingt pas d'elle et s'arrête net. Il est blond, avec de grands yeux noirs, elle a calculé qu'il a huit ans et demi. Il porte des culottes grises, une chemisette bleue, un pansement à un genou qui ne doit pas couvrir grand bobo, sinon il ne courrait pas aussi vite.

« Tu es Titou ? » demande Mathilde.

Il ne répond pas. Il s'en repart en courant, entre deux champs de tournesols. Un moment après, Mathilde entend venir Cet Homme sur le chemin, le pas tranquille. Plus son pas se rapproche, plus son cœur bat fort.

Lui aussi s'arrête à vingt pas d'elle. Il la regarde plusieurs secondes sans bouger, le visage et le regard muets, haut comme on le lui a dit, peut-être plus grand encore que Mathieu Donnay, bâti en force, habillé d'une chemise blanche sans col, aux manches retroussées, d'un pantalon de toile beige tenu par des bretelles. Lui, Mathilde a calculé qu'il a eu en juillet trente-huit ans. Il est tête nue. Il a les cheveux bruns, les mêmes grands yeux noirs que son fils.

Enfin, lentement il s'approche, fait les derniers pas qui le séparent de Mathilde. Il lui dit : « Je savais que vous alliez me retrouver un jour. Je vous attends depuis qu'on m'a montré cette annonce, dans le journal. » Il s'assoit sur le tronc du chêne abattu, un pied dessus, un pied par terre, dans des espadrilles couleur de poussière qu'il porte en savates. Il a une voix un peu sourde, paisible comme tout lui-même, plus douce que ne le laisserait deviner sa taille. Il dit : « En avril 1920, je suis même allé à Capbreton, je vous ai vue en train de peindre, dans le jardin d'une villa. Je ne sais plus ce que j'avais en tête. Vous étiez pour moi un danger terrible et quand je dis pour moi, vous le comprenez, c'est à ma femme et à mon fils que je pense. Peut-être, c'est de vous avoir vue dans ce fauteuil, peut-être aussi que je n'ai plus le cœur de tuer même une poule, depuis la guerre, je le fais parce qu'il faut bien, du mieux que je peux pour la bête, avec un grand dégoût. Je me suis dit : tant pis si elle me retrouve un jour et me dénonce, arrive ce qui arrive. Et je suis revenu chez moi. »

Mathilde répond qu'elle n'a jamais dénoncé personne, même pas quand elle était petite, que ce n'est plus maintenant qu'elle va commencer. Elle dit : « Ce que vous êtes devenu après Bingo vous regarde. Je suis heureuse que vous ayez pu échapper à tout ça, mais vous le comprenez vous aussi, moi c'est à celui qu'on appelait le Bleuet que je pense. »

Il ramasse une petite branche de bois mort. Il la casse en deux, puis en quatre, il laisse tomber les morceaux. Il dit : « La dernière fois que j'ai vu le Bleuet, il était bien mal, mais pas autant qu'on peut croire. Il était costaud, pour un gars long comme un fil. Et moi, ce jour-là, j'ai eu du mal à le porter sur mon dos. Si on l'a bien soigné, il s'en est sorti. Pourquoi vous ne l'avez pas encore retrouvé, je l'imagine. Il ne savait déjà plus qui il était. »

Mathilde pousse ses roues dans la terre sèche du chemin pour se rapprocher de lui. Cet Homme a rasé depuis longtemps ses moustaches. Il a le visage et le cou et les bras tannés de travailler au-dehors, comme Sylvain, et ses yeux sont graves et brillants. Sa main droite, appuyée sur un genou, elle le voit maintenant, est trouée en son milieu. C'est un trou net, impeccable, de la grosseur d'une pièce d'un sou. Il sourit à peine de voir Mathilde regarder sa main. Il dit : « J'ai aiguisé la balle pendant des heures, j'ai tout fait bien. Je peux encore me servir du pouce, de l'index et du petit doigt pour me curer l'oreille. » Il bouge les doigts qu'il dit contre son genou pour montrer que c'est vrai. Mathilde pose sa main droite, délicatement, sur la sienne.

J'ai attendu et j'ai marché, dit Cet Homme. C'est tout, en fin de compte, ce que je me rappelle. J'ai trouvé la cave effondrée presque tout de suite, parce que j'ai vu ce tas de briques qui sortait de la neige quand les premières fusées ont éclaté. J'étais avec l'Eskimo et le Bleuet dans un trou d'obus trop peu profond pour qu'on y reste. C'est le Bleuet qui nous a détachés, très vite, j'ai compris qu'il avait une grande expérience des nœuds de corde. J'ai dit à l'Eskimo que c'était mauvais de rester ensemble et il était d'accord, il avait l'habitude de la guerre. Je me suis mis à ramper dans la neige vers le tas de briques, et eux sont partis vers le milieu du bled à la recherche d'un trou plus profond. Celui que vous appelez Six-Sous, je ne savais pas ce qu'il était devenu, ni ce Marseillais juste bon à nous faire massacrer tous, à qui j'avais donné, pour le calmer, un coup de soulier dans la tête.

De la tranchée allemande, on a lancé des grenades, d'autres fusées, j'entendais les fusils-mitrailleurs. J'ai attendu à plat ventre contre le tas de briques. Plus tard, quand tout s'est tu, j'ai cherché dans le noir autour de moi, j'ai senti sous ma main, en dégageant la neige, un grand panneau de bois, en fait c'était une porte abattue, et dessous, le vide. J'ai attendu une autre fusée pour plonger la tête dans ce trou et voir que c'était ce qui restait d'une cave. Il y avait cinq ou six marches pour descendre, le fond était inondé. Quand j'ai tiré la porte de côté, des rats que je n'ai pas vus, que j'ai seulement sentis courir sur moi, se sont enfuis. Je me suis laissé glisser sur le dos, marche à marche, dans cette cave. J'ai trouvé à tâtons une poutre tombée, au bas d'un mur, qui était hors de l'eau pourrissante, je me suis assis, puis allongé dessus.

J'ai attendu. A ce moment, je ne sentais pas encore le

froid, je n'avais pas faim, je savais que, pour boire, je n'avais qu'à sortir un bras de mon trou et ramasser de la neige, j'avais bon espoir.

Plus tard, je me suis endormi. Peut-être les deux tranchées se sont encore canardées, cette nuit-là, mais je ne saurais vous le dire, le vacarme ne réveillait plus personne, à la guerre, quand on avait un moment pour dormir, c'était : « Arrive ce qui arrive », on voulait plus savoir.

Il faisait encore nuit, ce dimanche, lorsque je me suis retrouvé dans cette cave dont vous dites que c'était celle d'une chapelle. A ce moment, j'avais froid. J'ai marché dans l'eau, plié en deux, parce que ce qui restait du plafond n'était pas à plus d'un mètre cinquante ou soixante du sol. J'ai cherché dans l'obscurité, contre un mur où il y avait une planche, quelque chose qui puisse me servir. J'ai deviné sous ma main de vieux outils, des chiffons raidis par le gel, mais pas de quoi m'éclairer.

J'ai attendu le jour. Il s'est levé peu à peu, aussi blanc que la neige, sans soleil. Par le trou venait assez de lumière pour que je voie où j'étais terré. Il y avait même une vidange, dans un coin, sous les décombres, et j'ai tiré une chaîne rouillée qui s'est cassée, mais après, avec mes ongles et mes doigts, j'ai pu soulever une plaque en fer, et toute l'eau dégueulasse qu'il y avait sur le sol s'est précipitée dans le puits.

J'ai attendu. J'ai attendu. D'abord, de la tranchée des nôtres, quelqu'un nous appelait pour savoir si nous étions encore en vie : Bouquet, Etchevery, Bassignano, Gaignard. Et puis Notre-Dame, qu'on répétait, parce que jamais je n'ai répondu. Et d'ailleurs, tout de suite après ces appels, les Boches ont lancé des grenades, j'ai entendu cracher des crapouillots, je trouvais que le monde était aussi con que d'habitude. Après, celui qu'on appelait Six-Sous chantait. Il y a eu un coup de fusil, il ne chantait plus.

Pour un zinc boche qui nous a survolé et qui est revenu, très bas, en mitraillant le bled, j'ai fait ma première erreur. J'ai voulu voir. J'ai grimpé à plat ventre jusqu'en haut des marches de ma cave, j'ai sorti la tête. J'ai vu le Bleuet debout devant un bonhomme de neige, qu'il avait coiffé d'un canotier. L'avion, après un long virage au-dessus de ses lignes, revenait droit sur nous, à quinze mètres au plus au-dessus de la neige. C'était un Albatros, qui mitraillait par l'arrière. Quand il était presque sur moi, j'ai vu le bonhomme de neige éclater, le Bleuet qui tombait avec, entre deux tranchées qui se tiraillaient comme aux plus mauvais jours.

Ma seconde erreur, c'est de n'être pas aussitôt redescendu au plus profond de mon trou. Le biplan est repassé, avec ses croix noires sur les ailes, une troisième fois. J'ai vu alors l'Eskimo, peut-être à trente mètres de moi, se dresser d'un coup dans la neige et lancer de sa bonne main quelque chose en l'air, juste quand le zinc passait sur lui, et presque en même temps que l'arrière de l'avion explosait, je l'ai vu frappé en pleine poitrine par la mitraille, et ma tête à moi a explosé aussi.

Quand j'ai repris conscience, j'étais affalé au fond de la cave, il faisait encore jour mais je devinais, sans savoir l'heure, que c'était le soir, et les gros chaudrons tombaient partout alentour et secouaient la terre, des 220 qui venaient de loin, j'ai rampé contre un mur pour me mettre à l'abri au fond de la cave, et alors, comme ça, j'ai senti sur ma figure du sang séché, et aussi du sang gluant qui coulait encore.

Ce n'est pas une balle de mitrailleuse qui m'a frappé à la tête, dit Cet Homme, mais une brique probablement, que la mitraille a touchée et projetée sur moi, ou encore un morceau de l'empennage de l'avion. Je ne sais pas. J'ai senti le sang qui coulait sur ma figure, j'ai touché avec ma main gauche mes cheveux poisseux, jusqu'à trouver ma blessure, je me suis dit que ce n'était pas la mort.

J'ai attendu. J'avais faim. J'avais froid. Les obus tombaient si dru que j'ai vite compris que les Boches avaient dû évacuer leurs tranchées de première ligne, et les nôtres aussi, car ce capitaine qui commandait à Bingo, je l'avais vu, il n'était pas quelqu'un à laisser massacrer les siens sur place.

Ensuite, j'entendais les roulements de chariot que font les gros noirs se déplacer vers l'est, pendant qu'à l'ouest on devait aussi taper dur sur les Anglais qui étaient en jonction avec nous. Quand un front s'embrase, il ne le fait en profondeur que sur un point, sinon il s'étend de proche en proche, en largeur, sur des kilomètres. J'ai repris à nouveau confiance. Je me suis dit qu'il me fallait attendre encore, sans bouger de place, que dans la confusion qu'il y aurait le lendemain, sur un front aussi étendu, je gardais ma chance de sortir de nos lignes. Qu'après, tant que j'en serais capable, je n'aurais plus qu'à marcher.

Je me suis de nouveau endormi, dit Cet Homme. Par moments, un obus tombait qui faisait trembler la cave et me couvrait de terre, mais j'étais loin, je replongeais dans mon sommeil aussitôt.

Brusquement, quelque chose m'a réveillé. Je crois bien que c'était le silence. Ou peut-être des voix dans le silence, inquiètes, étouffées, et des pas dans la neige, oui, la neige qui crissait. J'ai entendu : « Le Bleuet, il respire encore ! » Et quelqu'un a répondu : « Amène ta lampe par ici. Vite ! » Presque en même temps, les chaudrons sont arrivés, plusieurs à la fois, avec des sifflements aigus, le sol a basculé sous moi comme sous l'effet d'un tremblement de terre, les explosions éclairaient la cave, j'ai vu que la porte qui couvrait en partie mon trou brûlait. Alors un des soldats que j'avais entendus, courbé en avant, a descendu les marches et ce que j'ai vu d'abord était ses bottes allemandes, puis la lumière d'une torche électrique a balayé les murs et il est tombé la tête la première, comme disloqué, auprès de moi.

J'ai ramassé la torche et j'ai reconnu un des caporaux de Bingo, celui que l'Eskimo appelait Biscotte. Il geignait, il avait mal. Je l'ai tiré comme j'ai pu au fond du trou, je l'ai assis contre un mur. Il avait perdu son casque. Sa capote, par-devant, était trempée de sang et il se tenait le ventre. Il a ouvert les yeux. Il m'a dit : « Kléber est mort pour de bon. Je voulais pas y croire. » Après, dans un râle de douleur, il m'a dit : « Je suis fait, moi aussi. » Ensuite, il n'a plus parlé. Il gémissait doucement. J'ai voulu voir où il était touché mais il a écarté ma main. J'ai éteint la torche. Dehors, la canonnade s'était à nouveau déplacée, mais on continuait de se taper des deux côtés.

Un peu plus tard, le caporal a cessé de gémir. J'ai rallumé la lampe. Il s'était évanoui. Il respirait encore. Je l'ai débarrassé de ses musettes. Dans l'une étaient des grenades, dans une autre des papiers, des affaires personnelles. J'ai vu qu'il s'appelait Benjamin Gordes. Dans une troisième musette, j'ai trouvé un morceau de pain, du fromage, une tablette de chocolat noir. J'ai mangé. J'ai pris sa gourde. C'était du vin. J'ai bu deux gorgées, j'ai éteint la torche. Dehors, au-dessus de ma tête, la porte avait cessé de brûler. Le ciel s'éclairait sans trêve des lueurs des combats. Je me suis rendormi.

Quand j'ai rouvert les yeux, c'était tout juste avant l'aube, le caporal n'était plus près de moi, mais affalé en travers des marches de la cave. Je pense qu'en sortant de son évanouissement, il a voulu se traîner au-dehors et qu'il est retombé. J'ai vu qu'il était mort, et probablement depuis plus d'une heure, son visage était froid et blême. Au même moment, j'ai entendu marcher dans la neige et puis des voix. Je suis retourné m'accroupir au fond de la cave, je n'ai plus bougé. Quelques secondes après, la lumière d'une torche a éclairé le corps de Benjamin Gordes. J'ai entendu : « Merde ! » Et puis une autre voix a dit quelque chose, en allemand, que je n'ai pas compris. Ensuite, j'ai deviné qu'on s'éloignait, au bruit des pas dans la neige, mais je suis resté encore un long moment dans mon coin.

Le jour venait. Il y avait maintenant un grand silence dehors, comme presque toujours après une nuit de canonnade. J'ai pensé qu'il était temps de me tirer de là. Je me suis débarrassé de ma capote, de ma veste et de mes godillots. J'ai tiré à moi le corps du caporal et je l'ai dévêtu pareillement. Le plus dur a été de le revêtir avec mes habits, de le rechausser. Je ne sentais plus le froid. Pourtant mes doigts étaient gourds, j'ai renoncé à lacer les souliers que je lui avais mis. J'ai enroulé à la diable mes bandes molletières autour de ses jambes. J'ai enfilé la veste et la capote déchirées, raides de sang séché, et les bottes allemandes, j'ai pris à Benjamin Gordes ses gants et la musette de ses affaires personnelles. A tout hasard, j'ai ramassé la bande de mon pansement à la main, que j'avais perdue depuis déjà belle lurette, et je l'ai nouée autour de ses doigts. C'est en voyant la plaque matricule qu'il portait en bracelet que j'ai évité d'oublier le plus important. J'ai mis la mienne à son cou, la sienne à mon poignet. Avant de le laisser là, j'ai regardé une dernière fois le pauvre homme, mais on ne demande pas pardon à un mort.

Dehors, c'était un autre jour blanc, sans soleil au ciel. J'ai retrouvé le casque du caporal et son fusil dans la neige, près de la porte en bois à moitié calcinée. Je les ai jetés dans la tranchée de Bingo. J'ai marché dans le bled vide. A mi-chemin de la cave et du bonhomme de neige détruit, j'ai trouvé le corps du soldat qui accompagnait Gordes. Il était tombé à la renverse, la tête en bas, au bord d'un trou d'obus, la poitrine défoncée. C'est alors que j'étais là, debout devant ce tué qui n'avait pas vingt-cinq ans, que j'ai senti quelqu'un remuer dans la neige, pas loin de moi. J'ai vu le Bleuet se soulever, essayant de ramper, les yeux clos, tout barbouillé de boue.

Je suis allé jusqu'à lui, je l'ai assis. Il m'a regardé, il m'a souri. C'était ce sourire que je lui ai connu toujours, hors du monde, hors du temps. Il s'appuyait sur mon épaule et sur mes bras, essayant de toutes les forces qui lui restaient de se relever. Je lui ai dit : « Attends, attends, je te quitte pas. Reste tranquille. »

J'ai regardé où il avait été touché. C'était du côté gauche, très bas sur le torse, juste au-dessus de la hanche. Sa veste et sa chemise, à cet endroit, étaient tachées de sang noir, mais j'ai compris tout de suite que s'il mourait, ce ne serait pas de cette blessure. Son visage et son cou étaient brûlants. C'est d'être resté si longtemps dans la neige qui le tuait. Il brûlait de fièvre et il grelottait, agrippé à moi. Un moment, dit Cet

Homme, j'ai eu la tentation de redevenir celui que j'ai toujours été dans cette guerre, de ne penser qu'à moi, de l'abandonner là. Je ne l'ai pas fait.

Ce que j'ai fait, c'est de lui retirer sa plaque au poignet, à lui aussi. Il recommençait à neiger. D'abord de petits flocons lents, rien encore. Quand j'ai pris le bracelet du soldat de Benjamin Gordes et que j'ai fait l'échange, les flocons étaient plus lourds, plus denses, ils noyaient toute la campagne éventrée. Le nom du jeune soldat était Jean Desrochelles. Il me fallait régler encore beaucoup de choses si je voulais sortir de la zone des combats sans qu'on me coure après, mais je me suis retrouvé assis, sans force, près du cadavre, je n'en pouvais plus. Au bout d'un moment, j'ai regardé du côté du Bleuet. Il était immobile, la neige tombait sur lui, je me suis relevé. Tout ce que j'ai fait d'autre, c'est de ramasser le fusil de Desrochelles et de l'envoyer le plus loin que je pouvais vers la tranchée allemande. J'ai renoncé à m'occuper du reste, son casque, ses musettes. J'ai marché vers le Bleuet, je lui ai dit : « Bleuet, aide-moi, essaie de te soulever. » Je vous jure, je n'en pouvais plus.

Il s'est accroché à moi, un bras autour de mon cou. Nous avons avancé pas à pas jusqu'au lit de cette rivière morte. Bleuet ne se plaignait pas. Il jetait une jambe en avant et puis l'autre. Nous sommes tombés. Il était chaud, à travers ses habits, comme jamais je n'ai senti personne. Il tremblait. Son souffle était court, sifflant, ses yeux étaient grands ouverts, mais sur rien. Je lui ai dit : « Courage, Bleuet. Essaie de t'accrocher encore. Je vais te porter sur mon dos. »

Voilà, je l'ai pris sur mon dos, le tenant par les jambes, et la neige tombait sur nous et j'ai marché, j'ai marché.

Plus loin, au travers de ce rideau de flocons blancs, j'ai aperçu des brancardiers qui remontaient vers les premières lignes. J'ai crié. Je leur ai dit, s'ils trouvaient les compagnies du capitaine Favourier, de prévenir que le caporal Gordes allait au poste de secours. Et l'un des brancardiers m'a crié en retour : « T'en fais pas, caporal, on va leur dire. Et ton

bonhomme, qui c'est ? » J'ai dit : « Le soldat Jean Desrochelles. » J'ai entendu : « Vive l'anarchie ! Mais on leur dira,
mon gars, tâche de te faire évacuer ! »

Ensuite, je traînais Bleuet dans des boyaux, je le tirais par
les bras pour lui faire remonter les pentes, la neige a cessé de
tomber sur nous. Je me suis reposé un peu. Des Anglais sont
passés. L'un d'eux m'a donné quelque chose à boire à sa
gourde, quelque chose de fort. Il m'a dit dans son français à
lui : « Laisse pas, caporal, laisse pas. Là-bas, c'est Combles.
Après, tu meurs pas, et non plus ton soldat. »

J'ai marché encore, le Bleuet sur le dos, qui avait mal, qui
ne se plaignait pas, dont je sentais le souffle fiévreux dans
mon cou. Et puis, enfin, il y avait une route, beaucoup
d'Australiens blessés, on nous a pris tous les deux dans un
camion.

A Combles, ce n'était que ruines depuis longtemps. Les
bâtiments de l'ambulance, mi-anglaise, mi-française,
étaient dans la confusion de la guerre, tout le monde criait,
des infirmières et des sœurs à cornettes couraient dans les
couloirs, on entendait une locomotive qui chauffait pour
emporter les évacués.

J'ai perdu le Bleuet là. Plus tard, j'étais au premier étage,
avec un bol de soupe, et ce lieutenant, Jean-Baptiste Santini,
est venu me trouver. Il m'a dit : « J'ai évacué ton compagnon. Sa blessure au côté n'est rien et j'ai fait ce qu'il fallait
à son poignet, on n'y verra que du feu. Ce qui est grave, c'est
qu'il a chopé une fameuse pneumonie. Combien de temps
est-il resté dans la neige ? » J'ai dit : « Toute une nuit, et tout
un jour, et encore toute une nuit. » Il m'a dit : « Tu es un
brave bonhomme de l'avoir ramené. Je ne veux pas savoir
que je t'ai déjà vu ni ton nom véritable, je vais t'évacuer
aussi. Et dès que tu pourras, sauve-toi, va loin de tout, cette
guerre finira quand même. Je te souhaite de vivre. »

Lui, Jean-Baptiste Santini, lieutenant-médecin écœuré
par la guerre, mais tous les médecins l'étaient sûrement plus
que personne, j'ai vu son corps une heure plus tard, sous un
lit de camp renversé, la tête arrachée.

Vous l'avez compris, mademoiselle, je suis las de raconter ces choses. Quand le bombardement a commencé, le Bleuet était dans un train, en route pour l'arrière depuis longtemps. Je ne l'ai jamais revu. Si, à Paris ou ailleurs, on l'a guéri du plus grave, d'être resté tant d'heures et tant d'heures dans la neige, par la volonté d'horribles gens, mais que vous ne l'avez pas revu non plus, cela signifie qu'il a eu au moins la chance de tout oublier.

Moi, quand l'étage s'est écroulé, à Combles, je suis parvenu à descendre, j'ai traversé une cour où des soldats gisaient, criant à l'aide, et d'autres couraient dans tous les sens sous les explosions. J'ai marché droit devant moi, mon carton d'évacuation accroché à un bouton de la capote de Gordes, je ne me suis plus retourné avant de retrouver la campagne.

Après, j'ai marché la nuit, j'ai dormi le jour, caché dans un fossé, un bosquet, une ruine. Les camions, les canons et les soldats qui montaient en ligne étaient tous anglais. Ensuite, il y avait moins de dévastations dans les champs, les oiseaux voletaient dans les arbres. J'ai vu un petit garçon sur une route, un matin. Il chantait cette chanson : *Auprès de ma blonde.* J'ai compris que j'étais sorti de la guerre. Cet enfant, qui avait l'âge du mien aujourd'hui, m'a conduit chez ses parents, des terreux comme moi, qui se doutaient bien que j'étais en fuite, mais ils ne m'ont jamais posé une seule question qui me fasse mentir. Je les ai aidés pendant une semaine, peut-être plus, à réparer leur grange, à redresser leurs clôtures. Ils m'ont donné un pantalon de velours, une chemise et une veste qui n'étaient pas celles d'un soldat, et aussi, parce qu'on m'avait rasé les cheveux pour soigner ma blessure, à Combles, un canotier pareil à celui que le Bleuet avait posé sur le crâne de son bonhomme de neige.

J'ai marché encore. Je suis allé vers le couchant, pour contourner Paris, où je me serais fait prendre, puis je suis descendu, nuit après nuit, dormant le jour, mangeant au gré de la chance et de la bonté des gens, vers le sud, vers ces belles terres que vous voyez, où tout poussera toujours malgré la bêtise des hommes.

Pourquoi la Brie ? Je vais vous le dire. Je suis venu ici quand j'avais douze ans. L'Assistance m'a placé pendant six mois chez un cultivateur de Bernay, qui est mort aujourd'hui, dont les fils ne me reconnaissent pas. Quand je parlais à Mariette, je lui disais toujours mon bonheur de Bernay, mon envie de retrouver ces champs où les blés sont plus beaux que partout ailleurs et les tournesols si grands que les enfants s'y perdent. Regardez mes tournesols. Il y a bien une semaine déjà que j'aurais dû les couper. Je comprends pourquoi j'ai négligé de le faire. Je commencerai à les couper demain. Une fois, bien après ces misères que je vous ai racontées, j'ai rêvé de vous dans mon sommeil, sans vous connaître, vous veniez vers moi à travers ce champ, je me suis réveillé en sursaut, transpirant, j'ai regardé Mariette dormir près de moi, je me suis levé pour écouter le souffle de mon fils. J'avais fait un mauvais rêve et j'avais peur.

Maintenant, je suis content que vous puissiez voir mes tournesols. En 17, comme je le lui avais dit dans ma lettre, Mariette a vendu notre ferme en Dordogne, elle est venue à Bernay avec notre enfant. Je l'attendais depuis plusieurs jours, assis sur un banc de pierre, face à l'auberge où j'habitais, en haut de la place. Des gendarmes, une fois, m'ont demandé qui j'étais. Je leur ai montré ma tête et ma main. Ils m'ont dit : « Excuse-nous, mon gars. Il y a tant de déserteurs. » Mariette est arrivée un matin de mars, par l'autocar de Tournan, Titou était niché dans de la laine bleue.

Quelques mois auparavant, pendant le terrible automne 1916, j'avais écrit à Mariette, dans notre langage, que je serais à la gare de l'Est. Je me suis offert la permission sans papier. Elle avait compris, elle était là. Il y avait trop de vérifications aux barrières de la gare, je n'ai même pas essayé de passer. On s'est embrassé à travers des grilles. Je sentais sa chaleur, et tout d'un coup, moi qui n'avais jamais pleuré de ma vie, même tout gosse, même sous les coups quand j'étais dans les centres, je n'ai pas été assez fort pour m'en empêcher. C'est de ce jour-là que j'ai décidé de me sortir de la guerre tout seul.

Je ne pleurerai jamais plus, mademoiselle. Mon nom, depuis que j'ai porté votre fiancé sur mon dos, est Benjamin Gordes, le régisseur de la veuve Notre-Dame, et tout le monde, ici, parce que je préfère, me dit Benoît. Titou sait par toutes les fibres de sa chair qu'il est mon fils. J'attendrai encore. J'attendrai, tant qu'il le faudra, que cette guerre, dans toutes les têtes, soit ce qu'elle a toujours été, la plus immonde, la plus cruelle, la plus inutile de toutes les conneries, que les drapeaux ne se dressent plus, en novembre, devant les monuments aux morts, que les pauvres couillons du front cessent de se rassembler, avec leurs putains de bérets sur la tête, un bras en moins ou une jambe, pour fêter quoi ? Dans la musette du caporal, avec son livret militaire, des papiers d'identité, un peu d'argent, j'ai trouvé des photographies. Elles ne m'ont servi à rien, sauf à le plaindre encore plus. Une surtout, où j'ai vu les cinq enfants, garçons et filles, qui étaient les siens. Et puis, je me suis dit que le temps va, que la vie était assez forte pour les porter sur son dos.

J'entends votre auto qui revient. Je vais vous quitter, rentrer tranquillement chez moi. Je sais que je n'ai rien à craindre de vous, que vous ne me dénoncerez pas. Si vous devez revoir le Bleuet vivant, qu'il ait perdu le souvenir des mauvais jours, ne les lui rappelez pas. Ayez de nouveaux souvenirs avec lui, comme moi avec Mariette. Un nom, je peux vous le dire, ne représente rien. On m'a donné le mien au hasard. J'ai repris, par hasard, celui d'un autre. Et le Bleuet, comme Benoît Notre-Dame, est mort à Bingo Crépuscule, un dimanche de janvier. Si vous retrouviez un jour, quelque part, un Jean Desrochelles, j'en serais plus heureux que vous ne pouvez croire. Écrivez-le-moi. Rappelez-vous une adresse qui n'est qu'à Cet Homme. J'habite près de Bernay, en Seine-et-Marne. J'habite le Bout du Monde.

Lieutenant-général Byng
au Crépuscule

Ce dimanche soir, qui est le dernier jour d'août, revenue rue La Fontaine, couchée dans sa chambre, Mathilde raconte tout à son père et lui laisse ouvrir le coffret en acajou. Elle s'endort tandis qu'il lit encore. Elle rêve de ses chats qui font des bêtises. Bénédicte crie.

Au matin, son père lui apporte un télégramme de Germain Pire, posté à Saintes :

Ai fait chou blanc, comme vous espériez. Ai reçu votre message par mon frère. Vais à Melun. Les mimosas embaumeront bientôt ma chambre.

Le lendemain, mardi 2 septembre 1924, vers trois heures de l'après-midi, un autre télégramme du petit homme à guêtres blanches, plus ardent et plus rusé que la fouine :

Il est vivant. Ne bougez pas, Matti, surtout ne bougez pas. Je viens.

Le télégramme est de Milly-la-Forêt, à cinquante kilomètres de Paris.

Mathilde se trouve dans le petit salon, entourée de son
père, de sa mère, de Sylvain, de quelqu'un d'autre qu'aujourd'hui, quand elle écrit ces lignes, elle a oublié. Peut-être
le chauffeur de Papa, Jacquou, qu'elle s'obstinait à appeler
Fend-La-Bise, comme celui de son enfance. Peut-être sa ni
belle ni sœur, peut-être une ombre noire sur ses rêves. Ses
mains ont laissé échapper le télégramme. Il est sur le tapis.
Sylvain la ramasse et le lui donne. Elle a tant de larmes dans
les yeux qu'elle ne voit plus Sylvain, ni personne. Elle dit :
« Merde, ce que je peux être idiote. »

Après, elle est dans les bras de son père, Mathieu Donnay.
Après, elle est dans sa chambre. Après, elle ouvre son coffret
en acajou, pour y jeter le télégramme, et le referme, croit-
elle, pour la dernière fois.

Elle se trompe. Le temps va, comme a dit Cet Homme, et
la vie est assez forte pour nous porter sur son dos.

En juillet 1928, presque quatre ans plus tard, une lettre
viendra du Canada, écrite par un coureur des bois du lac
Saint-Jean, poète à ses heures, pour lui dire comment, à
Bingo Crépuscule, il a enterré cinq soldats.

Quand vingt autres années auront passé, et même une
autre guerre, en septembre 1948, Mathilde recevra une lettre
encore à placer dans son coffret en acajou, accompagnée
d'un objet qui n'y entre que tout juste. La lettre est du
Manchot du *Cabaret Rouge*.

Madame,
J'ai revu Rab de Rab. Il m'a convaincu de vous envoyer cela,
que j'ai eu dans le grenier d'une dame et qui pourtant faisait
bien dans mon musée. Je me souviens de notre rencontre.
J'espère vous faire plaisir avec ce bout de bois. Bien à vous,
Hyacinthe Deprez.

Au-dessous, Célestin Poux, qu'elle revoit une année ou
l'autre, qui s'est marié, qui a une fille nommée Mathilde, qui

a divorcé, qui est toujours à changer de place, s'est attaché à tracer de sa meilleure écriture :

J'ai pas eu besoin d'être orphelin.

L'objet que le Manchot envoie à Mathilde est la pancarte en bois de Bingo. Elle a été peinte et repeinte, toujours délavée, toujours meurtrie, on ne lit plus rien d'un côté que BY et CUL, elle trouve que c'est parfait. L'autre côté, à la peinture à l'huile jaunie, est l'œuvre d'un anonyme, un soldat obscur de ce qu'on appelle la Grande Guerre, probablement pour faire accroire qu'il en existe aussi des petites. On y voit, comme Mathilde l'a imaginé autrefois, un officier britannique en profil perdu, avec des bottes de cavalier cirées nickel, une casquette sur la tête, une badine entre ses mains croisées dans le dos. C'est le soir, parce qu'il y a, sur la droite, un soleil qui rougeoie sur l'horizon marin. Un cheval gris, au premier plan, est en train de dîner. Un palmier, au bord de l'eau, est là pour meubler un peu. Il y a aussi un toit bizarre, à l'extrême gauche, une coupole ou un minaret. Dans le bas du tableau, en lettres fines, très attentives, à l'encre de Chine peut-être, on peut lire : *Lieutenant-général Byng au crépuscule. 1916.*

Bref, c'est une peinture jaune et rouge et noire, faite probablement par un soldat canadien puisque la légende est en français, qui mesure presque cinquante centimètres en largeur, qui n'entre dans le coffret en acajou qu'en forçant un peu.

Ce septembre-là, 1948, Mathilde consulte l'encyclopédie Larousse à la bibliothèque publique d'Hossegor.

Julian Hedworth George Byng est celui qui a conduit, avec les divisions canadiennes, en 1917, l'offensive victorieuse de Vimy. C'est lui aussi qui, à la tête de ses chars, en 1918, a remporté la bataille décisive de Cambrai. C'est lui encore qui, après la guerre, a été gouverneur général du Canada. C'est lui enfin qui a dirigé Scotland Yard avant d'être promu maréchal et de prendre une retraite bien méritée.

Sacré général Byng, se dit Mathilde en plaçant le récit de ses exploits dans le coffret, te voilà mêlé malgré toi à une autre étrange affaire. Elle collectionne alors, comme quelqu'un qui parlait mal, des timbres-poste qu'elle aligne soigneusement dans des classeurs, elle a deux vignettes émises en 1936 pour l'inauguration du monument de Vimy, à la mémoire des Canadiens tombés pendant la guerre. L'une est rouge-brun, l'autre bleue. En les regardant, elle souhaite que celui qui a fait le tableau n'ait pas été parmi ceux que deux tours dressées vers le ciel commémorent. Malheureusement, ils étaient nombreux.

Encore quelques années, puis un autre général, français celui-là, promu aussi maréchal, vient apporter son témoignage, à sa manière, dans le coffret en acajou. Au début de janvier 1965, Mathilde reçoit un mot d'Hélène, la fille d'Élodie Gordes, qui est devenue son amie, comme ses frères et ses sœurs, comme Baptistin Notre-Dame et les deux filles de Six-Sous. Hélène, qui est professeur de lycée, lui adresse la photocopie de la page 79 d'un livre paru chez Plon, à l'automne précédent : *Cahiers secrets de la Grande Guerre* du maréchal Fayolle. Le dernier paragraphe, à la date du 25 janvier 1915, est celui-ci :

Réunion à Aubigny. Des 40 soldats d'une unité voisine qui se sont mutilés à une main avec un coup de fusil Pétain voulait en faire fusiller 25. Aujourd'hui, il recule. Il donne l'ordre de les lier et de les jeter de l'autre côté du parapet aux tranchées les plus rapprochées de l'ennemi. Ils y passeront la nuit. Il n'a pas dit si on les laisserait mourir de faim. Caractère, énergie ! Où finit le caractère et où commence la férocité, la sauvagerie !...

De ce jour, Mathilde partage la prédilection de trois blagasseurs qui l'avaient beaucoup ennuyée, au *Cabaret Rouge*. Tant pis si, en honorant à son tour Marie-Émile Fayolle, elle se contredit dans le peu de goût qu'elle affiche pour l'uniforme. Il faut toujours une exception qui confirme la règle.

Germain Pire
(Le reste de l'en-tête est rayé.)

Mardi 2 septembre 1924, dans la nuit,

Ma Chère Matti,
Je vous ferai porter cette lettre tout à l'heure, dès que le soleil sera levé. Ce que j'ai à vous dire, je ne pourrais l'exprimer au téléphone, et puis je veux que vous ayez le temps de réfléchir. C'est une pauvre histoire, sans doute la plus insensée que mon métier m'a donné d'entendre, mais j'ai bientôt soixante ans, j'ai connu un deuil qui m'a fait beaucoup de mal, qui m'en fait encore, j'ai perdu, quand vous m'avez vu si abattu en 1922, l'être que j'aimais le plus au monde, mon frère cadet, Charles, je n'ai plus honte de pleurer, je ne m'étonne plus des déraisons auxquelles peut nous pousser la misère d'un amour.
Je reviens de Milly-la-Forêt. J'ai vu votre fiancé, Manech, qui est maintenant Jean Desrochelles, et cette femme anéantie par la peur qu'elle a de vous et qui se dit sa mère, Juliette. L'amnésie de Jean Desrochelles, jusqu'à ce matin de neige où un camarade, qui me réconcilie avec mes semblables, l'a porté sur son dos, est totale, absolue. On a dû même lui réapprendre à parler. Les psychiatres qui l'ont suivi, depuis 1917, laissent peu d'espoir, mais ils sont bien placés pour savoir qu'il y a autant d'amnésies qu'il y a d'amnésiques, aussi qui oserait se prononcer ? Juliette Desrochelles, qui avait une petite librairie à Saintes, qui a dû s'éloigner de cette ville où l'on aurait vite mis au jour son effroyable mensonge, s'est installée avec lui à Noisy-sur-École, aux portes de Milly-la-Forêt, en 1918. Il est, autant qu'on peut le dire en pareil cas, en excellente santé, c'est un garçon de vingt-neuf ans pour l'état civil, de vingt-six en réalité, brun de cheveux, grand et mince, aux yeux gris ou bleus qui m'ont bouleversé, comme ils bouleversent tous ceux qui le rencontrent, bien qu'ils soient beaux, attentifs et même gais par

moments, mais il y a une âme massacrée au fond de ses prunelles, on la voit nue, une âme massacrée qui appelle au secours.

La pauvre histoire de Juliette Desrochelles, j'ose le dire, est malgré sa folie d'une simplicité implacable, comme toute chose qu'en son cœur on sait bien qu'elle ne pouvait exister autrement. Elle a eu son fils unique à quarante ans. Son mari est mort pendant sa grossesse, d'une crise cardiaque, dans sa librairie, en s'énervant contre un éditeur qui lui avait livré des exemplaires d'un roman où le nom de l'héroïne, par sorcellerie d'impression, était systématiquement effacé. J'ignore le titre de ce roman, elle ne s'en souvient pas. Je vous laisse le loisir d'imaginer que c'était *Le Rouge et le Noir*, et l'héroïne Mademoiselle de La Mole, le Diable est partout qui m'a pris mon frère.

Donc, cette veuve élève seule son fils, qui est intelligent, affectueux, docile, alors qu'elle-même a le caractère entier et possessif, il fait de bonnes études, il l'aide à la librairie dès qu'il est bachelier, à dix-sept ans. Trois ans plus tard, en 1915, la guerre l'emporte. Il revient pour une permission en novembre 1916. Elle ne le reverra plus.

A la fin de janvier 1917, alors qu'elle est sans lettre de lui depuis plusieurs semaines, ne dort plus la nuit, hante le jour des bureaux où nul ne peut la renseigner, un permissionnaire de Tours, avant même de revoir les siens, reste dans son train jusqu'à Saintes, porteur d'une terrible nouvelle. C'est le caporal Urbain Chardolot. Il a serré dans ses bras Jean Desrochelles, étendu mort devant une tranchée de la Somme, il remet à sa mère, avec d'autres objets, la dernière lettre, écrite avant les combats qui vont le tuer. Dans cette lettre, Jean dit son dégoût de la guerre. Ce qu'il ne dit pas, qu'Urbain Chardolot ne peut cacher à la pauvre femme, c'est le sort de cinq soldats, mutilés volontaires, qu'on a jetés, liés, à la tranchée ennemie. Il reste tout le jour avec elle, se refusant à la laisser seule avec son chagrin. Elle pleure, interroge, pleure encore. A la fin, le caporal lui avoue que le plus jeune des condamnés, par un échange de plaquesmatricule, a pu usurper l'identité de Jean Desrochelles, et que lui-même n'en a rien dit parce qu'il était trop écœuré, trop aigri, et que de toute manière, c'est elle qui le répète aujourd'hui : « Puisque Jeannot, on ne peut plus le faire revenir, autant que sa mort serve à en sauver un autre. »

Vous êtes trop fine, mon enfant, pour ne pas avoir deviné ce qui s'est passé lorsque Juliette Desrochelles, en avril, a été appelée dans un hôpital militaire de Châteaudun pour y reconnaître son fils. Je vous le dirai quand même : une sœur infirmière l'a conduite dans une grande salle où les blessés étaient séparés par des rideaux blancs, elle l'a laissée, assise sur une chaise, à côté du lit où un autre Jean que le sien dormait. Et quand il s'est éveillé, qu'il a ouvert les yeux et lui a souri en lui demandant qui elle était, une heure longue était passée à le regarder dormir, à l'aimer déjà, en tout cas il était une raison de continuer de vivre. Elle a posé pour la première fois une main apaisante sur sa joue, elle a répondu : « Ta maman. »

Bien sûr, Matti, vous allez vous insurger contre un acte qui vous a privée d'espérance, qui a tué de chagrin une autre mère, poussé un père dans le lac d'Hossegor. Réfléchissez bien. Les choses, comme nous le disent si souvent nos gouvernants pour s'épargner d'expliquer ce qui les dépasse, sont ainsi. Mais là, je peux vous expliquer. Au mieux, si vous regimbez, ameutez les familles et la Justice, Manech, qui est heureux, confiant, attaché depuis sept ans à cette femme, finira ses jours dans un asile de fous. Juliette Desrochelles en crèvera elle aussi et, malgré son mensonge, ou même son égoïsme, elle ne le mérite pas. Elle a tout abandonné pour se consacrer à lui, tout vendu, quitté Saintes et des parents, des amis qu'elle ne peut plus voir, de peur d'être démasquée. Elle habite une petite maison, avec un joli jardin, près de Milly-la-Forêt, où je vous conduirai dans l'après-midi, quand vous aurez lu cette lettre. Réfléchissez bien, Matti. Je sais votre opiniâtreté. Laissez passer les jours, les heurts, les rancœurs, tout. Laissez la vie fermer vos blessures. Vos fiançailles, voyez-vous, ont duré si longtemps, elles peuvent durer encore un peu.

Je vous joins les quelques mots que Juliette Desrochelles a voulu vous écrire. Vous en reconnaîtrez l'écriture. Vous aviez raison : c'est elle, bouleversée de lire votre annonce, sur une feuille de journal enveloppant la laitue qu'elle venait d'acheter, qui vous a écrit cette lettre anonyme, dans le naïf espoir de vous décourager, qui est allée la poster, pour brouiller les pistes, à Melun.

Je le sais, Matti, rien ni personne ne vous a jamais arrêtée, rien ni personne ne le pourra tant que vous serez vivante. Je vais néanmoins, pour vous convaincre, s'il en est besoin, vous dire une chose étrange et très belle. A Cambo-les-Bains, en 1918, où il était en convalescence, où Juliette Desrochelles était venue s'installer dans une pension de famille pour être près de lui, Manech a commencé de s'intéresser à la peinture. J'ai vu ses toiles, dans la petite maison où je vous emmènerai cet après-midi. Tout ce que je puis vous en dire, c'est qu'elles sont d'une abstraction totale, des explosions de couleurs, mais qu'elles sont une merveille, elles crient toutes ces choses, terribles et démontées comme la mer de novembre, qu'on voit au fond de ses yeux.

Vous verrez. Vous connaîtrez un rude rival, Matti. Encore que je reste, vous le savez, votre admirateur le plus acharné, le plus fidèle et le plus aimant.

Réfléchissez bien. A tout à l'heure.

Germ'ain Pire.

Ce que Juliette Desrochelles a écrit à Mathilde, de la même écriture, avec la même concision et sur le même papier rosâtre que la lettre de Melun, c'est juste ce qu'il faut pour qu'elle ne puisse plus, à nouveau, s'empêcher de goûter le salé des larmes :

Ne me le prenez pas, je vous en supplie, ne me le prenez pas.
On en mourrait tous les deux.

A midi, quand Mathieu Donnay rentre déjeuner, Mathilde lui fait lire la lettre de Germain Pire, le mot qui l'accompagne. Il dit seulement, comme Parle-Mal dans la tranchée : « Putain de vie ! »

Elle lui demande s'il serait contre le fait, au vu des événements, qu'elle ait besoin d'habiter quelque part près de Milly-la-Forêt, de lui trouver une maison à louer ou à vendre, et quelqu'un pour s'occuper d'elle, d'heureux caractère de préférence, parce que Sylvain devra rester à Hossegor, il serait inhumain de séparer Bénédicte d'un si bel homme.

Son père répond ce qu'elle attend : qu'il la connaît mieux que personne, en tout cas par le cœur, qu'il sait très bien que si elle a une idée dans la tête et que quelqu'un n'est pas content, ce quelqu'un n'aura rien d'autre.

L'après-midi, dans ce que Mathilde appellera plus tard l'Expédition de Milly, le soleil et le ciel et toute la nature sont avec elle. En vraie femme, elle s'est parée du mieux qu'elle a pu, en blanc pour faire fraîche, un peu de rouge aux lèvres pour la circonstance, les sourcils faits, les dents éclatantes, mais surtout pas de noir pour allonger les cils, elle sait ce que ça donne quand on craque. Elle est dans la Delage avec Sylvain et sa trottinette qui prend beaucoup de place. Papa suit dans une autre auto dont elle ne se rappelle plus la marque, avec Germain Pire, et Fend-la-Bise est au volant.

Sur la place de Milly-la-Forêt, il y a une grande halle en bois du temps de Jeanne d'Arc, ou peut-être même de sa grand-mère, elle fait arrêter Sylvain. A son père, qui vient à la portière, elle dit qu'elle veut aller seule à la maison des Desrochelles, qu'elle voit une belle auberge, sur cette belle place, qu'on y retienne déjà une chambre pour elle et Sylvain, et qu'elle voit aussi, de l'autre côté de cette place, l'enseigne d'un marchand de biens, on gagnerait du temps d'aller voir. Elle serre très fort la main de son père. Il dit : « Sois sage », comme autrefois, hier ou avant-hier, quand elle était petite.

266

La maison de Juliette Desrochelles est sous les arbres, sur une colline, tout près de là, de pierres grises, au toit de tuiles plates, avec un petit jardin devant, un plus grand derrière. Il y a beaucoup de fleurs.

Quand Mathilde est dans la maison, assise dans sa trottinette, qu'on en a fini des supplications, des larmes et des bêtises, elle demande à Juliette Desrochelles, sa future belle-mère, de la pousser jusqu'au jardin de derrière, où Manech est en train de peindre, et de la laisser seule avec lui un moment. Il est prévenu de sa visite. On lui a dit qu'une jeune fille qu'il a beaucoup aimée vient le voir. Il a demandé son nom, qu'il a trouvé beau.

Quand Juliette Desrochelles et Sylvain se retirent, Mathilde est à vingt pas de lui. Il a les cheveux noirs, tout bouclés. Il lui paraît plus grand qu'elle ne s'en souvenait. Il est devant une toile, sous un appentis. Elle a bien fait de ne pas se mettre du noir sur les cils.

Elle essaie de s'approcher de lui, mais le chemin est de gravier, c'est difficile. Alors, il tourne la tête vers elle et la voit. Il pose son pinceau et s'approche, et plus il s'approche, plus il s'approche, plus elle se félicite de n'avoir pas mis de noir à ses yeux, elle ne veut pas pleurer mais c'est plus fort qu'elle, un moment elle ne le voit plus venir qu'à travers des larmes. Elle s'essuie vite. Elle le regarde. Il est arrêté à deux pas. Elle pourrait tendre la main, il s'approcherait encore, elle le toucherait. Il est le même, amaigri, plus beau que personne, avec des yeux comme Germain Pire l'a écrit, d'un bleu très pâle, presque gris, tranquilles et doux, avec quelque chose au fond qui se débat, un enfant, une âme massacrée.

Il a la même voix qu'avant. La première phrase qu'elle entend de lui, c'est terrible, il lui demande : « Tu peux pas marcher ? »

Elle bouge la tête pour dire non.

Il soupire, il s'en retourne à sa peinture. Elle pousse sur ses roues, elle se rapproche de l'appentis. Il tourne à nouveau les yeux vers elle, il sourit. Il dit : « Tu veux voir ce que je fais ? »

Elle bouge la tête pour dire oui.

Il dit : « Je te montrerai tout à l'heure. Mais pas tout de suite, c'est pas fini. »

Alors en attendant, elle s'adosse bien droite dans sa trottinette, elle croise les mains sur ses genoux, elle le regarde.

Oui, elle le regarde, elle le regarde, la vie est longue et peut porter encore beaucoup plus sur son dos.

Elle le regarde.

Lundi matin

Des soldats de Terre-Neuve arrivèrent à dix heures sur la terre de personne, devant la tranchée de l'Homme de Byng, alors qu'un pâle soleil perçait enfin le ciel blanc et que partout, pour un moment, les canons s'étaient tus.

Il avait neigé pendant leur cheminement dans les boyaux. Leurs manteaux étaient trempés, ils avaient froid. Chacun, en peinant dans la neige, traînait avec lui son nuage d'haleine et ses soucis, et sa peur, et le souvenir des siens que peut-être il ne reverrait pas.

Ils étaient dix en tout, commandés par un sergent bon garçon, coureur des bois dans des étendues glacées plus silencieuses encore et plus vastes, où il ne se battait qu'avec les ours et les loups.

Pendant que trois d'entre eux descendaient dans la tranchée française, saccagée par les bombes, trois autres partirent en reconnaissance dans celle des Allemands. Ceux qui restaient, en explorant le terrain, trouvèrent cinq corps dispersés de soldats français.

Le premier qu'ils virent était à genoux dans un trou, les yeux ouverts, et sous la neige qui s'était accrochée à lui,

269

semblait une statue de prière. Un autre, très jeune, le seul qui ne fût pas blessé à la main, le seul qui portât encore son numéro de régiment au col et ses insignes, était tombé à la renverse, une expression de délivrance sur le visage, la poitrine déchiquetée par un éclat d'obus.

Le sergent était outré de voir la barbarie des ennemis, qui dépouillaient de tout les pauvres tués, pour ramener chez eux de quoi se vanter à leur Fräulein. Il dit à ceux qui étaient avec lui, que tout homme mort dans ses godasses a droit à une sépulture décente, qu'on ne pouvait pas ensevelir tous les soldats tombés sur les champs de bataille, mais ceux-là, oui, parce que l'homme à genoux les en priait et que s'ils ne le faisaient pas, cela leur porterait certainement malheur.

Ainsi ils se donnèrent cette peine, les gens de Terre-Neuve, un matin froid parmi tant d'autres de la guerre, et Richard Bonnaventure était leur chef de patrouille, qui avait connu le Grand Nord et chassé avec les Eskimos, pareil en cela, sans le savoir, à celui dont il avait pitié.

Ils rassemblèrent les cadavres dans un trou d'obus, ils lurent leurs noms sur des plaques de poitrine et des bracelets, et le sergent les écrivit un à un dans son carnet de route.

Et puis ils trouvèrent une bâche dans la tranchée ennemie, de bonne toile solide, et ils couvrirent les morts et ils déplièrent le manche de leurs pelles et, tous ensemble, ils comblèrent le trou, en s'activant car la canonnade, au levant comme au couchant, avait repris, elle était comme un long roulement de tambours qui les rappelait à la guerre.

Avant de se remettre en marche, Dick Bonnaventure se fit donner par un de ses hommes, qui vida dans sa poche ce qui lui restait de tabac, une boîte en métal rouge. Il l'enfonça aux trois quarts dans la terre après y avoir enfermé un billet à l'intention de ceux qui trouveraient la tombe, une page arrachée à son carnet sur laquelle il avait écrit au crayon, comme il pouvait, en s'appuyant sur un genou :

Lundi matin

Cinq soldats français
ici reposent,
morts leurs souliers aux pieds,
à la poursuite du vent,

le nom du lieu,

où se fanent les roses,

et une date,

Il y a longtemps.

Hossegor, 1989.
Noisy-sur-École, 1991.

Lecteur, Lectrice, qui venez de finir
ce livre,
j'ai mis trois ans à l'écrire. Vous
avez passé quelques heures à le lire.
Ce n'est pas juste. Pour que l'échange
soit plus équitable, j'aimerais que
vous preniez à votre tour la plume
ou le crayon et que vous m'écriviez,
au Club, ce que vous avez ressenti
en accompagnant Mathilde dans
son long dimanche de fiançailles.
D'avance, merci.
Si je devais mettre trois ans à
lire mon courrier, vous pensez bien
que je ne m'en plaindrais pas.
Je reste, avec une 🌼, votre
fidèle
            Sébastien Japrisot
                        1992

Fiche d'identité

Sébastien Japrisot, né à Marseille, a fait ses études chez les jésuites, puis en Sorbonne. A dix-sept ans, il publie sous son vrai nom (Jean-Baptiste Rossi) un roman, *Les Mal Partis*, qui obtient en 1966 le prix de l'Unanimité, décerné par un jury qui comprend Jean-Paul Sartre, Louis Aragon, Elsa Triolet, Arthur Adamov, Jean-Louis Bory, Robert Merle. Il traduit à vingt ans *L'Attrape-Cœur* de Salinger et, plus tard, les *Nouvelles*.

Après une expérience de concepteur et de chef de publicité dans deux grandes agences parisiennes, il publie coup sur coup, en 1963 : *Compartiment tueurs* et *Piège pour Cendrillon* qui obtient le grand prix de Littérature policière ; les deux ouvrages rencontrent d'emblée la faveur de la critique et du public. Ce succès sera confirmé par la publication de *La Dame dans l'auto avec des lunettes et un fusil* qui reçoit le prix d'Honneur en France et le Best Crime Novel en Grande-Bretagne.

Après une période où il écrit directement pour le cinéma (*Adieu l'ami*, *Le Passager de la pluie*, *La Course du lièvre à travers les champs*) et porte à l'écran *Les Mal Partis*, il revient à la littérature avec *L'Été meurtrier* (Prix des Deux-Magots 1978, César de la meilleure adaptation cinématographique en 1984). Le roman et le film connaîtront un très grand succès. Puis ce sera *La Passion des femmes* en 1986. Un an plus tard, Japrisot redevient scénariste et metteur en scène pour *Juillet en septembre*, avant d'entreprendre *Un long dimanche de fiançailles* qui obtiendra le prix Interallié 1991.

Tous les livres de Sébastien Japrisot ont été portés à l'écran, sauf les deux derniers actuellement en préparation. Traduit dans de nombreux pays (Europe, Amérique, Japon, URSS, pays de l'Est), il est considéré comme l'un des écrivains français les plus lus à l'étranger.

Sébastien Japrisot à bâtons rompus

Le besoin de raconter des histoires remonte à mon enfance, à Marseille. Dès six ou sept ans, je me suis aperçu que j'avais ce don de capter l'intérêt de mes camarades. Plus que par mon adresse aux billes ou au ballon, c'est en racontant des histoires que je me singularisais. Mon grand-père m'emmenait tous les jeudis au cinéma. Je racontais ensuite ce que j'avais vu aux copains du quartier, et déjà je brodais, j'inventais des épisodes, j'allais jusqu'à raconter des films que je n'avais pas vus. Bref, je faisais du roman.

Le point d'ancrage de ce « long dimanche » vient aussi de l'enfance. J'écoutais les récits de mon grand-père, qui se mettait en colère chaque fois qu'il évoquait les tranchées. Il avait eu une guerre un peu particulière. Descendu à Marseille en permission, il n'avait pas voulu retourner se battre. C'est pour ça qu'on l'a envoyé à Verdun, il y a été blessé. Oui, cette guerre-là me fascine parce que ses échos retentissaient encore dans mon enfance et je n'ai pas oublié la terreur qu'elle m'inspirait. Je me suis souvent surpris à penser : « Et si moi aussi, j'étais appelé à descendre dans une tranchée, à ramper dans la boue, avec les ennemis en face, les mitrailleuses, les bombes. » J'en avais le cœur glacé.

(...) La Grande Guerre a toujours représenté pour moi une époque mythique, extraordinaire, comme la Révolution française. Ce ne sont pas tous ces morts, ce n'est pas le sang qui me fascinent, bien au contraire, c'est la patience populaire, c'est le courage. Je pressentais peut-être depuis quelques années que des choses allaient se passer qui rendraient ce conflit monstrueux, encore plus absurde et plus vain. Le 11 Novembre ne devrait pas être un jour de fête mais un jour de deuil pour tout le monde. Cette guerre n'a servi qu'à provoquer la Révolution russe, l'URSS qui s'effondre aujourd'hui, et la Seconde Guerre mondiale. On retrouve en 1992 pratiquement la même situation géopolitique qu'en 1913, les mêmes tensions, et on voit s'entretuer à nouveau les Serbes et les Croates.

J'ai donc travaillé un an sur la documentation non pas pour écrire un roman historique, mais pour me donner l'impression que j'avais vécu tous ces moments. J'ai lu des masses de témoignages, beaucoup de récits de combattants et visionné de nombreux documents filmés avant de commencer d'écrire. Je suis très soucieux du détail véridique. Ainsi me suis-je aussi rendu sur les lieux. En outre, 14-18 fut une époque durant laquelle les gens ont énormément écrit. Je m'en suis inspiré. C'est pourquoi une bonne partie de mon roman se développe sous forme épistolaire. Je me nourris du vécu pour alimenter la fiction. J'ai retrouvé chez les « bonhommes » de 14-18 (ils ne s'appelaient pas « poilus » entre eux) une forme de dérision qui m'émeut. Sous les bombes, la peur au ventre, ils se contentaient de dire : « Tout ça finira mal ! »

Sébastien Japrisot dans les tranchées de VIMY.

La seconde raison qui peut expliquer la naissance de ce roman, c'est que j'avais toujours rêvé d'écrire un livre qui se passe dans les années 20, les années folles, à cause des voitures splendides, des fêtes, de la mode : la nostalgie de ce qu'on n'a pas vécu.

(...) La discipline dans l'écriture n'a aucun sens pour moi, c'est-à-dire qu'il arrive que je ne puisse pas écrire pendant des jours, et des jours, et des jours. Et puis, à un certain moment il se passe quelque chose, une sorte de déclic intérieur, je sens que je pénètre dans une période de grande exaltation ou, comme disait Shakespeare, « une période de grands désordres ». Je sais que je vais écrire un roman. Les femmes peuvent comprendre cela car c'est une sorte d'enfantement. Je peux alors ne pas dormir, je suis capable, Dieu merci, de rester seize heures à ma table, comme je suis capable de rester neuf heures dans un fauteuil de dentiste ! Je ne me lève pas à certaines heures du matin pour écrire, je ne m'impose jamais rien, et puis on ne peut pas imposer grand-chose à Sébastien Japrisot et je suis le premier à le savoir, je me connais très bien !

(...) Les expressions toutes faites m'ennuient au plus haut point. Débanaliser une vieille formule, la dépoussiérer, retourner un cliché, voilà ce que j'appelle des bonheurs d'écriture. J'aime l'insolite, je décris des couleurs qui n'existent pas.

(...) Je crois qu'*Alice au pays des Merveilles* de Lewis Carroll est le seul livre que je regrette de ne pas avoir écrit. Je n'envie aucun écrivain, passé, présent, futur (en parlant ainsi, je m'avance un peu, qui sait ?), je ne suis jaloux de personne ; même pas de Lewis Carroll.

(...) L'écriture d'*Un long dimanche de fiançailles* m'a demandé trois ans, c'est-à-dire le double de *La Passion des femmes* et plus de six fois *L'Été meurtrier*. Et j'ai écrit *La Dame dans l'auto* en trois semaines. *La Passion des femmes* m'avait déjà demandé du temps car c'était un

Photo Cathy Esposito

véritable exercice de style. Faire vivre huit personnages à la première personne, huit femmes au langage différent, a été pourtant plus facile pour moi que le travail d'*Un long dimanche de fiançailles*, qui a exigé rigueur, attention, précision et un agencement sans faille. Si l'émotion est passée, ou l'humour, ou la poésie, il faut croire que j'avais durant cette période une bonne main droite.

(...) Stendhal évoquant l'amour parlait d'une cristallisation. Ainsi vous remarquez une femme parmi tant d'autres. Vous vous surprenez à penser à elle, vous désirez la revoir. Une série d'images surgissent : la couleur des yeux, la longueur des jambes, la voix. En elle, tout vous plaît, même les défauts. Du coup vous ne voyez plus les autres. Pour un roman c'est la même chose. A un moment donné, je ressens le besoin de me raconter une histoire, une histoire qui tient souvent en une phrase, la première. Il faudra peut-être des années pour que différents détails s'y greffent. Au début de ce roman, je ne connaissais même pas Mathilde, j'avais commencé un livre sans même savoir qui serait le personnage principal : c'est venu après, à Hossegor. J'ai écrit un premier chapitre un peu lyrique, l'histoire de ces cinq soldats français aux mains liées dans le dos, qui sont jetés par-dessus leur tranchée dans la tranchée ennemie, je n'avais que cela. Et tout à coup Mathilde m'est apparue comme une évidence et tout pouvait alors arriver, mais je n'ai été ni étonné, ni inquiet. Elle a fait ce qu'elle voulait. C'est, avec *La Dame dans l'auto*, le personnage le plus imprévisible que j'aie jamais rencontré dans ma vie d'écrivain. Mathilde s'est mise à exister, et elle a tout pris. Elle m'a imposé sa conduite plus que je ne l'ai dirigée. Ainsi s'est greffé, sur le thème tragique des condamnés de 1917, celui d'un amour indomptable.

(...) Mathilde est foncièrement moderne, libre dans ses choix, dans ses passions. Le critique Jean-Jacques Gautier a écrit à propos de *La Dame dans l'auto* « Modernisme vrai »

Sébastien Japrisot et Anne Parillaud sur le tournage de Juillet en Septembre.

Sébastien Japrisot et Laetitia Gabrieli sur le tournage de Juillet en Septembre réalisé par Sébastien Japrisot.

Photo Cathy Esposito

et je pense que c'est cela, Mathilde n'est jamais que l'héroïne que je promène de roman en roman, c'est un être fragile, qui a une obstination redoutable.

J'ai voulu Mathilde exemplaire — elle ne serait pas exemplaire si elle pouvait marcher —, je lui ai tout enlevé au départ pour qu'elle se montre telle qu'elle est intérieurement, une passionnée qui va jusqu'au bout. Ce que j'aime le plus chez elle, comme chez tous mes personnages féminins, c'est cette obstination mais aussi ce don de comprendre sans mot, cette générosité de cœur que je ne pourrais pas exprimer aussi franchement avec un héros masculin.

Le seul défi au malheur, pour Mathilde, c'est la dérision. C'est un être qui utilise l'humour pour masquer son chagrin, mais je suis sûr que les lecteurs et les lectrices comprennent très bien qui elle est et le chagrin qu'elle cache, même quand elle s'empêche de pleurer. L'autre femme de ce roman, Tina Lombardi, est différente : c'est quelqu'un qui a du courage aussi et de l'intelligence, mais sa passion s'extériorise dans un tourbillon. Elle a perdu son homme, elle veut le venger, elle tue et c'est tout. Dans mon roman, elle n'apparaît que de manière épisodique, mais au cinéma ce sera un très, très beau rôle de femme et je ne peux évidemment m'empêcher de penser à la « Elle » de *L'Été meurtrier*, à Isabelle Adjani.

(...) J'aime beaucoup les femmes, ou plutôt, j'aime la Femme parce qu'elle est ma « complémentaire », elle est stable, aiguë, courageuse, elle supporte mieux la vie que les

Gisèle Pascal, Daniel Desnais, Laetitia Gabrieli et Sébastien Japrisot sur le tournage de Juillet en Septembre.

hommes : la preuve, les femmes vivent plus longtemps. J'ai toujours aimé créer des personnages féminins, cela me permet, je crois, un certain confort car ainsi je passe à l'as, on ne me reconnaît pas, je peux tout dire *impunément* parce que jamais personne ne me soupçonnera d'être l'héroïne de l'histoire.

(...) Je pense que la fin de ce livre est pure émotion, tout le monde la ressent, et c'est d'ailleurs pour cette raison qu'un lundi matin, j'ai ajouté un dernier chapitre de trois pages pour calmer le lecteur. Le film lui se terminera par la scène entre Mathilde et le Bleuet et j'espère que ce sera une fin très belle et pour tout dire bouleversante. Ceux qui ont lu le livre, pour imaginer ce qui se passe après, doivent se remémorer comment est Mathilde et de quel courage elle est capable. Cette fin est un commencement. Cet Homme l'a dit dans un chapitre précédent : « Surtout n'essayez pas de lutter contre cela. Si vous devez revoir le Bleuet vivant, qu'il ait perdu le souvenir des mauvais jours, ne les lui rappelez pas. Ayez de nouveaux souvenirs avec lui. »

(...) Je crois que j'ai un Bon Dieu au-dessus de ma tête et en plus il est très conciliant avec moi. Il me permet de faire ce que j'aime, c'est-à-dire raconter des histoires et pouvoir en vivre, mais mon but véritable n'est pas tant de gagner de l'argent que de donner rendez-vous à mes lecteurs. Les lettres que je reçois sont mon oxygène, je les souhaite, je les demande. Ce n'est ni la presse, ni la petite notoriété que je peux avoir qui me comblent mais ces lettres pour me dire, tant mieux, qu'on a passé une nuit blanche en lisant *Un long dimanche de fiançailles*. Évidemment cela m'oblige à me surpasser. J'ai reçu pour ce livre beaucoup plus de courrier que pour aucun autre. Et je me dis qu'il va falloir que je fasse très très attention et que je travaille encore plus dur la prochaine fois, quand je sentirai à nouveau que « j'entre dans une période de grands désordres ».

Propos recueillis par Isabelle Sieur

Un long dimanche de fiançailles et la critique

Un grand livre

« Sébastien Japrisot est un merveilleux raconteur d'histoires... Il fait sauter le vernis des mots, il abolit les conventions de la fiction, et nous nous retrouvons pris au piège d'un récit que l'on voit, entend, sent, respire. Un récit aussi dense que la vie même, aussi plein d'images, de couleurs et d'ombres. *Un long dimanche de fiançailles*, c'est un roman en images, c'est un grand livre qui vous fait son cinéma. »

Michèle Gazier, *Télérama*

Une mécanique implacable

« Une mécanique implacable et une passion comme personne n'ose plus en décrire : c'est du pur Japrisot. Un roman foisonnant où l'on retrouve tous les thèmes qu'affectionne ce manipulateur au cœur de midinette. »

Jean-Dominique Bauby, *Elle*

Une écriture riche

« Si l'on peut qualifier de " chef-d'œuvre " ce *Long dimanche de fiançailles*, c'est peut-être avant tout au sens ancien du terme : l'œuvre " capitale et difficile ", minutieusement documentée, solidement charpentée, d'un compagnon d'avant la Grande Guerre. De la qualité d'antan, une passion amoureuse comme on n'ose plus en peindre, une écriture riche, généreuse : parions que Japrisot séduira une fois de plus les amateurs de " romanesque pur ". »

Florence Noiville, *Le Monde*

Un foisonnement d'intrigues

« Japrisot a une vertu rare, ou une grâce, ou une chance : il ne sait pas rater un livre, pas plus qu'un film... Il y a dans le roman de Japrisot un tel foisonnement d'intrigues, comme dans la littérature picaresque où chaque personnage raconte un univers, une telle générosité d'invention, une telle émotion, pour tout dire un tel talent, qu'on y trouverait dix films. »

Renaud Matignon, *Le Figaro*

Suspense et émotion

« La force de Japrisot, c'est d'une part cette construction maligne qui s'apparente au jeu de Meccano, chaque pièce s'emboîtant l'une dans l'autre. C'est aussi, bien sûr, cette écriture d'apparence simple, rythmée, étonnamment phonétique, charmeusement musicale... On frémit, on s'interroge, on s'inquiète. Le suspense se liant à l'émotion. Un grand livre, ce n'est rien d'autre : un grand sujet, des personnages forts, une écriture saisissante. »

Gilles Pudlowski, *Le Point*

Photo Cathy Esposito

Composition réalisée par BUSSIÈRE
18200 Saint-Amand-Montrond
pour France Loisirs,
123, boulevard de Grenelle, Paris

Aubin Imprimeur

LIGUGÉ, POITIERS

Cet ouvrage a été imprimé
sur du papier bouffant Skoura
des papeteries de la Gorge de Domène
et relié par la Nouvelle Reliure Industrielle à Auxerre

Achevé d'imprimer en avril 1992
pour le compte de France Loisirs
123, bd de Grenelle, 75015 Paris
N° d'édition 21018 / N° d'impression L 40144
Dépôt légal, avril 1992
Imprimé en France